光文社古典新訳文庫

消しゴム

ロブ=グリエ

中条省平訳

kobunsha classics

JN287201

光文社

目次

消しゴム

すべてを見張る時間が、
お前の意に染まぬ解答を出した。
——ソポクレス

序幕

1

カフェの店内の暗がりで、主人がテーブルと椅子、灰皿、ソーダ水のサイフォンを並べている。午前六時。

主人はまわりがよく見えなくてもかまわない、自分が何をしているのかも分かっていない。まだ眠っているのだ。大昔からの法則が主人の細かい動作を支配して、幸いにも人間の意思の不安定から守っている。ゆえに毎秒ごとに正確な動きが刻まれる。一歩横へ、椅子から三〇センチ、布巾で三度拭《ふ》いて、右へ半回転、二歩前へ進み、完全無欠、非の打ちどころのない毎秒が進む。三一。三二。三三。三四。三五。三六。三七。毎秒が正確な場所に収まる。

残念ながら、ほどなく時間の支配は終わるだろう。この日の出来事は、まったく些《さ》細《さい》な事柄にすぎないはずだが、錯誤と疑惑の影を身に纏《まと》いながら、すぐに自分の仕事にかかり、徐々に理想の配置を乱し、狡猾《こうかつ》にも、そこかしこに、転倒や、ずれや、混乱や、ひずみを忍びこませ、まもなく務めを終えてしまうだろう。計画もなく、方針もなく、不可解で、おぞましい、初冬の一日。

だが、まだ朝が早すぎるため、通りに面した扉はようやく鍵が外されたところで、舞台に現れる唯一の登場人物は、いまだ自分の存在をとり戻していない。いまは、一二脚の椅子が先ほどまで夜を過ごした大理石まがいのテーブルからそっと下ろされる時刻だ。ただそれだけ。機械のような腕が舞台装置を整えていく。

すべての準備が整うと、照明が入る……。


そこにはひとりの大柄な男、カフェの主人が立ち、テーブルと椅子に囲まれて、自分が誰なのかを理解しようとしている。バーの上方の鏡には、病人のような主人が映り、鏡の水槽のなかには、緑がかった、冴えない顔つきの、肝臓病を患う、肥満した姿が浮かんでいる。

その鏡の向かい側では、ガラス窓を背にして、同じ主人が外の通りの夜明けの光にゆっくりと溶けていく。おそらくこの主人のシルエットによって、カフェの配置はすっかり整ったのだ。だからもう消えてもかまわない。鏡のなかでは、幽霊の反映が、すでにほとんど完全に薄れて、かすかに震えている。そして、その奥には、ますます不確かになる、ぼんやりした影の連なり。主人、主人、主人……。「主人」という名の、みずからの光輪に沈む、悲しき星雲。

だが、そこからなんとか主人は浮かびあがった。自分のまわりに漂うがらくたを手当たりしだいに摑《つか》む。なにも急ぐことはない、この時間には人出はまだ多くないのだ。主人は両手をテーブルにつき、まだちゃんと目覚めていない体を前に傾け、何かしらに目をすえる。あのアントワーヌのばかは毎朝スウェーデン体操をやるんだ。それに、この前、いや、きのう締めてたピンクのネクタイときたら。今日は火曜日だ、あとからジャネットが来る。

小さな変なしみがある。まったくこの大理石はやっかいだ、なんでも跡がついてしまうのだから。血みたいだ。そういえばきのうの夜のダニエル・デュポン。この店のすぐ近所での事件。なんとも胡散臭《うさんくさ》い話だ。ただの泥棒だったらわざわざ照明の点《つ》いた部屋には入らないだろう、そいつはダニエルを殺そうとしたんだ、まちがいない。あいつに恨みがあったんじゃないか？　いずれにしても下手《へた》にしくじったものだ。きのうのことだから、あとで新聞を見てみよう。そうだ、あとからジャネットが来る。

一緒に買ってきてもらうものが……いや、明日でいい。

おつとめを果たすと見せて、おざなりに布巾で変なしみを拭く。残った水気のあいだで曖昧《あいまい》な模様は消えていない。もしかしたらただの穴かもしれない。すぐにジャネットにストーブをつけさせなくては。今年は寒さの始まるのが早い。薬屋は七月一四日の革命記念日に雨が降るといつでも冬が早いといっていた。たぶんそうなのだろう。もちろん、いつでも自分が正しいと思っているアントワーヌのばかはやっきになってその逆を証明しようとした。さすがに薬屋も腹を立てそうになったが、白ワイン四、五杯で機嫌を直した。それにしても、アントワーヌは何も分かっちゃいない。幸いあのときは自分がいあわせたが。きのうのことだ。いや、日曜だったか？　そう、日曜だ。アントワーヌは例の帽子をかぶっていた。あれをかぶると利口そうに見えるんだ、あの帽子！　あの帽子にピンクのネクタイ！　そうだ、きのうもネクタイを締めていた。いや、違うか。だが、それがどうしたっていうんだ？

もう一度布巾をぞんざいに滑らせ、テーブルからきのうの埃《ほこり》を拭《ぬぐ》いとる。主人は立ちあがる。

ガラス窓に張り紙が貼られ、その裏側が見えているが、「家具付の部屋貸します」

の文句は、一七年間もアルファベットの二文字が消えたままだ。一七年間、すぐに書きなおそうと思ってきた。ポーリーヌが生きていた時代からすでにこうだった。ふたりがここにやって来たときからそういっていたのだが……。

ともかく、貸し部屋はひとつしかないのだから、「部屋」という単語を複数形で綴《つづ》ってあるのはばかみたいだ。振子時計を一瞥《いちべつ》する。六時半。やつを起こさなくては。

「ねぼすけ、仕事に行け！」

思うだけでなくほとんど声に出してそういい、口元を不愉快そうに歪めている。主人は機嫌が悪い。寝不足だからだ。

いや、じつをいえば上機嫌のときはあまりない。

二階に上がり、廊下の突きあたりまで行き、主人は扉を叩《たた》き、しばらく待ち、まったく返事がないので、もうすこし強く、さらに何度も叩く。扉の向こう側で、目覚まし時計が鳴りはじめる。叩こうとした右手の動きを止めて、主人は耳を傾け、意地悪そうに、眠っている男の反応を窺《うかが》う。

だが、目覚ましを止める者は誰もいない。一分ほど経《た》って、音が弱くなったことに驚いたように、目覚ましはひとりでに止まった。

主人はさらにもう一回ノックした。相変わらず反応はなし。扉をすこし開け、頭を突っこむ。弱々しい朝の光に、寝乱れたベッドとちらかった部屋が見える。主人はなかに入り、部屋を確かめる。怪しいものは何もない。空っぽのベッド、ダブルベッドだが一人用の枕ではなく、真ん中が一か所だけ窪《くぼ》んだ長枕が置かれ、足元まで捲《めく》られた毛布とシーツ、洗面台の上に、汚れた水がいっぱいに入った琺瑯《ほうろう》びきの洗面器。まあいい、やつはもう出かけたんだな、それならそれでいい。カフェを通らずに出ていったのだ、まだ熱いコーヒーができないことを知っていたから。いずれにせよ、外出することを知らせる必要はない。主人は肩をすくめ、部屋を出る。でも、時間前に起きる連中は好きじゃない。

下に降りると、男がひとり、立ったまま待っていた。平凡な男、どちらかといえばうらぶれた感じで、常連ではない。主人はバーの後ろに回り、予備の電灯を点け、客の顔をじろりと眺め、コーヒーを注文されたら、まだ早いとぴしりと断ってやろうと思っていた。だが、男はこう尋ねただけだった。

「ヴァラスさんはいますか？」

「出かけましたよ」とりあえず主人は優位に立てたわけだ。

「いつです？」男は驚いた様子だ。

「今朝《けさ》」

「今朝の何時に出かけました？」

男は不安げに腕時計を見て、それから振子時計に目をやった。

「ぜんぜん分からない」と主人は答える。

「彼が出るのを見なかったんですか？」

「見ていたら、何時か分かったでしょうね」

同情するような渋面を浮かべると、してやったりの気分も高まる。男はしばらく考え、さらに尋ねた。

「それではいつ帰ってくるかも分からないですね？」

主人は返事もしない。だが、新たな陣地から攻撃を仕掛ける。

「何をお出ししましょう？」

「コーヒー」と男は答える。

「この時間にコーヒーなんかできませんよ」と主人。

まったくちょろいやつだ、ばらばらになった情報の切れ端をなんとかつなぎあわせようと、哀れな蜘蛛《くも》みたいなつらを下げて。だがこいつは、あのヴァラスがきのうの夜、アルパントゥール通りのこのちっぽけなカフェにやって来たことをいったいどうやって知ったんだろう？　怪しいやつだ。

かくて自分の打てる手をすべて打った主人は、この男に興味を失ってしまう。心ここにあらずといった様子で酒瓶を拭き、男が何も注文しないので、ふたつある電灯を手早く消す。外はもうずいぶん明るくなっている。

男は聞きとれない言葉を呟《つぶや》きながら店を出た。主人は残骸のなかにとり残される。大理石のしみ、垢《あか》のせいでところどころべとつくニス塗りの椅子、ガラス窓に貼られた文字の消えた張り紙。だが、もっと執拗な亡霊が主人にとり憑《つ》き、ワインのしみよりもっと黒いしみで視界を曇らせる。主人は亡霊を払いのける身ぶりをするが、無駄なことだ。一歩踏みだすたびに、それらがぶつかってくる……。腕の動き、失われた言葉の音楽、ポーリーヌ、やさしいポーリーヌ。

やさしいポーリーヌは、奇妙な死にかたをした、ずいぶん昔に。奇妙だと。主人は鏡に顔を近づける。いったい何が奇妙だというんだ？　意地悪そうな引きつりで主人の顔は徐々に歪んでいく。死というのはいつだって奇妙なものじゃないか？　渋面はさらにひどくなり、悪魔のような顔となって固まり、しばらく自分で自分を見つめたままになる。それから片目が閉じられ、口がねじれ、顔の片側が痙攣《けいれん》して、よりいっそうおぞましい怪物が現れるが、それもまもなく溶けて消え、穏やかで、ほとんど微笑《ほほえ》むような顔に変わる。まさにポーリーヌの目だ。

奇妙だって？　それはこの上なく自然なことではないか？　あのデュポンを見ろ。彼が死んでいないことのほうがはるかに奇妙だ。ひどくゆっくりと主人は笑いはじめる、無言の笑い、陽気さの欠けた、夢遊病者の笑いのようなもの。そのまわりで、親しい亡霊たちが主人の真似をして、みんなそれぞれ作り笑いを披露する。それがだんだん大げさになり、大笑いし、肘で脇腹をつつきあい、背中をばんばん叩きあう。もはや黙らせることは難しい。多勢《たぜい》に無勢《ぶぜい》。それにここは死者の国だ。

鏡の前で微動だにせず、主人は自分が笑うのを見ている。なんとかほかの連中を見ないように頑張るが、笑いころげる一団は、悲痛な心をもてあまして荒れ狂う群衆と化し、五〇年間の未消化の人生をごみのように引きずって、カフェの店内にひしめきあう。その喧噪《けんそう》は耐えがたく、獣の鳴き声、吠え声の恐るべき合唱となったが、いきなり、突然の静寂が回復し、若い女の澄みきった笑い声が響きわたる。

「消えちまえ!」

主人は自分自身の叫び声で悪夢からひき戻され、後ろをふり返った。そこには、もちろん、ポーリーヌも亡霊たちもいない。疲れたまなざしをカフェのなかにさまよわせても、店は静かに訪れる客を待つだけで、椅子にはこれから殺人者と犠牲者が座り、テーブルでは彼らのための聖体拝領がおこなわれるだろう。

アントワーヌがやって来た。お得意の話が始まる。

「ねえ、例の話を知ってるかい?」

返事がわりに頷《うなず》くこともしない。今朝は機嫌が悪いのだ、この主人。だが、かまうものか、続けよう。

「アルベール・デュポンとかいう男が、きのうの晩、殺されたんだ、あそこの、ちょうどこの通りが始まるところで」

「ダニエル」

「ダニエルってなんだ？」

「ダニエル・デュポンだよ」

「違う、アルベールだっていってるだろ、そこの……」

「そもそも誰も殺されてない」

「へえ、大したもんだな！　この店から一歩も動かないくせに、何を知ってるっていうんだ？」

「ここから電話をかけたんだ。家政婦の婆さんが。電話は通じにくかったがね。デュポンは腕に軽い怪我をしただけだ」

（この哀れなばかものはいつでも何でも知っている）

「そのとおり、だが、死んだんだ！　新聞を見てみろよ。いっただろ、死んだんだよ」

「新聞をもってるのか？」

アントワーヌはコートのポケットを探り、それから思いだした。

「いや、女房に置いてきた」

「だったらいいが、つまらないことをいうなよ。名前はダニエルで、この男はぜんぜん死んでなんかいない」

アントワーヌは不満顔だ。そこにつっ立ったまま、皮肉なうすら笑いを浮かべる以上に効き目のある応対ができないものかと思案するが、主人はすかさずこう攻める。

「何か飲むのか、それとも退散かい？」

論争は険悪なものになりかねなかったが、ちょうどそのとき、扉が開いて、陽気な、丸々と太った男が店に入ってきた。まるでぼろ切れみたいな服を着て、さかんに身ぶり手ぶりで話をする。

「ごきげんよう、みなさん。ところで、なぞなぞをひとつ」

「いらないよ、もう知ってるから」とアントワーヌが答える。

「そんなはずはない」上機嫌の男は悪びれもせずに続ける。「誰も聞いたことがないやつ。いいかね、誰もだ。ご主人、まずは白ワインを一杯！」

このお人好しの得意顔から判断するに、なぞなぞは本当にすごいものなのだろう。男はみんながひと言も聞きもらさないように、聞きとり問題を読みあげるみたいに一語一語を強調した。

「こんな動物、なあんだ？　朝は……」

だが、誰も聞いていない。男はすでにきこしめしていた。もちろんふざけているのだが、主人とアントワーヌは冗談を聞く気になれない。ふたりのあいだでは、ひとりの人間の、生か死か、それが問題だからだ！

2

アルパントゥール通りは長く、真っ直ぐな通りで、三階か四階建ての古びた建物が両側に並び、手入れの行きとどかない建物の正面は、そこに暮らす借家人たちの生活がつましいことを教えている。工員、ひらの勤め人、しがない漁師といったところだ。ぱっとしない商店が軒を連ね、カフェそのものの数も少ないが、この通りの住民がとくに酒を好まないというわけではなく、むしろよそへ行って飲むほうがましだと考えているのだ。

「カフェ・デ・ザリエ」（お酒と食事、家具付の部屋貸します）は、アルパントゥール通りのごく最初のほうの10番地に位置し、市街と環状通りから建物数軒ぶんしか離れていないので、周辺の建築物は下層労働者が暮らすにふさわしい雰囲気ではあるが、裕福な市民もそれなりにいり混じって住んでいた。通りの曲がり角には、きわめて立派な外見の石造りの巨大な建物があり、その向かいの2番地には、二階しかないが、狭い帯状の庭園に囲まれたこぢんまりした邸宅があった。この邸《やしき》はさして風格があるわけではないが、安楽な暮らしぶりを示唆し、ある種の贅沢さの印象さえ醸《かも》しだしていた。鉄柵と、人間の背丈ほどに剪定《せんてい》されたニシキギの生垣で二重に囲まれているため、ほかからすっかり孤立して見える。

アルパントゥール通りは東にむかって果てしなく延び、どんどん見た目が悪くなり、完全な場末というべき、まさしく貧窮にあえぐ地域に到達する。あばら屋のあいだを碁盤の目のように走る泥だらけの道、錆《さ》びたトタン板に、古い木の板きれや、タールを塗った厚紙のボード。

アルパントゥール通りの西は、環状通りと環状通り沿いの運河の向こうに市街が広がり、煉瓦《れんが》づくりの高い建物のあいだを通るいささか狭苦しい道路、不要な装飾を排した公共建造物、びくとも動かぬ教会、華やかさの欠けるショーウィンドーが連なっている。市街全体は堅固で、ときに裕福に感じられるが、厳《いか》めしい印象をあたえる。

カフェの閉店時刻は早く、窓は小さく、住民は生真面目だ。

とはいえ、悲しげに見えても、市街は退屈ではない。北の方角の六キロも離れていないところに海が開け、そこから、複雑な網の目のようにいり組む運河と貯水池が、海藻の匂いや、鷗《かもめ》たち、小型船舶、沿岸航海船、艀《はしけ》、小さな曳船《ひきふね》を運んできて、それらのために、一連の橋と水門が開かれる。この水、この動きが人々の精神に風を吹きこむのだ。ずらりと並んだ倉庫とドックをこえて、貨物船の汽笛が港から住民の耳に届き、満潮のときには、空間の広がりと、外の世界への誘《いざな》いと、ほかの生きかたの可能性という慰めをもたらすのだった。

精神が堅固ならば、誘いだけで十分なのだ。可能性はただ可能性のままにとどまり、汽笛は昔から望みのかなわぬ呼びかけを続けている。

船員は海外で募集される。ここの人間は陸《おか》で商売に従事することを好み、住民のなかでもっとも冒険心に富んだ者でもせいぜいニシン漁に出るだけで、沿岸から三〇マイル以上は離れたがらない。それ以外の者は船の汽笛に耳を傾け、積荷のトン数を推算するだけで満足している。船を見に行くことさえしない。遠すぎるからだ。日曜日の散歩は環状通りどまりで、クリスチャン＝シャルル大通りを下って環状通りにぶつかったあとは、環状通りと運河に沿って、「レトリ・ヌーヴェル」という乳製品工場まで行くか、グーテンベルク橋まで歩くかが精一杯で、それより遠くへ足を延ばすことはめったにない。

もっと南の地区になると、日曜日には、いわば地元の人間としか出くわさない。平日にここで静寂が乱されるとすれば、自転車の軍団が仕事場に向かうときだけだ。

朝の七時には、もう工場労働者は出勤したあとなので、大通りにはほとんど人影が見えなかった。

運河のほとり、アルパントゥール通りの端の旋回橋のそばに、ふたりの男がいる。橋はトロール漁船を通すために旋回して開いたところだ。ウィンチのそばに立った船員がこれから橋を閉じようとしている。

もうひとりの男はたぶんこの作業が終わるのを待っているのだが、べつに急いではいないのだろう。右に一〇〇メートル離れたところにある、運河をまたぐ歩行者用の橋に行けば、向こう側の堤に渡ることができるからだ。小柄な男で、かなり古い緑がかった長いコートを着て、くたびれたフェルト帽をかぶっている。船員に背を向け、船は見ていない。旋回橋のたもとにあって、手摺《てす》りとして使われている簡易な鉄格子に寄りかかっている。足下を流れる運河の油の浮いた水を眺めている。

この男の名前はガリナティ。先ほどカフェ・デ・ザリエに入ってゆき、すでに出かけてしまったヴァラスを訪ねた男を見たが、あれがガリナティだった。ダニエル・デュポンを殺そうとして、軽傷しか負わせることができなかった昨夜の不器用な犯人もこの男だ。ちょうどガリナティの背後にある、アルパントゥール通りの曲がり角に入り口の鉄柵を向けている小さな邸に、被害者は住んでいた。

鉄製の柵、ニシキギの生垣、邸を一巡する砂利を敷いた小道……。後ろをふり返ってわざわざそれらを見る必要はない。二階の中央にあるのは書斎の窓だ。そんなことはすべて目をつぶっていても分かる。先週しっかりと下調べをしたのだ。結局、失敗に終わったが。

いつものように上司のボナは十分に情報を集めていたから、ガリナティ自身はボナの命令を細心の注意を払って実行すればよかった。というより、実行できたはずだった、というのも、ガリナティの失策ですべてが水泡に帰したからだ。おそらくかすり傷を負っただけのデュポンは、まもなくニシキギの生垣の向こう側に戻り、緑色の仔牛革で装丁した本に囲まれて、書類とカードの仕事に没頭することだろう。

扉の横には照明のスイッチ、金属板で囲まれた陶製のスイッチがあった。ボナは照明を消すようにいったのに、ガリナティは消さず、すべてが失敗に終わった。この上なく些細な手違い……。しかし、本当にそうか？　たしかに廊下は明るかった。だが、寝室が真っ暗だったとしても、たぶんデュポンはすぐに扉を大きく開いて照明のスイッチを入れただろう。たぶん？　どうだか！　それとも本当にそうしただろうか？　ともかくほんの些細な失策で十分だったのだ。たぶん。

ガリナティは前もってこの家に入ったことは一度もなかったが、ボナの指示はきわめて正確だったので、たとえ目を閉じていたとしても難なく家のなかを進むことができただろう。午後七時五分前、彼はアルパントゥール通りの側からそっと到着した。近くには誰もいない。庭の鉄柵の扉を押した。

ボナはこういった、「防犯ブザーは鳴らない」。そのとおりだ。ブザーは音を発しなかった。だが、その日の朝、邸の前を通り（「あの辺をぐずぐずうろついてはだめだぞ」)、様子を見てみようとこっそり扉を開けたとき、たしかにブザーが鳴る音が聞こえたのだ。おそらく午後になってから電線を切断したのだろう。

朝、扉を開けて試したのが、そもそも間違いだった。夜になって忍びこんだとき、彼は一瞬、怖くなった。だが、無音だったので、気持ちが落ちついた。あのとき感じた不安は本物だったのか?

注意深く鉄柵を押して完全に開ききり、しかし、戻しても掛け金は下ろさず、砂利の軋《きし》り音を立てないように、芝生の上を歩いて、邸を右手に回りこむ。暗闇のなかに、両側の花壇に挟まれて明るく浮かぶ小道と、しっかり剪定されたニシキギの樹木の先端だけが見えている。

運河に面した側の、二階の中央にある書斎の窓が煌々《こうこう》と明るかった。デュポンはまだ机に向かっている。すべてがボナの予測どおりだった。

庭の奥の物置の壁に背をつけて、じっと窓に目を注ぎながら、ガリナティは待った。数分後、強い光が穏やかな明かりに変わった。デュポンが机上の大きなライトを消して、天井の電球をひとつだけ点けたままにしたところだった。七時。デュポンは夕食に降りてくる。

二階の昇降口から、階段を降りて、玄関へ。

食堂は一階の左手にある。その鎧戸《よろいど》は閉ざされている。邸の後方に位置する台所の鎧戸も閉ざされているが、戸の隙間からかすかな光が洩《も》れている。

ガリナティは、廊下から射してくる光で自分の体が照らされないように注意しながら、小さなガラス戸に近づいた。そのとき食堂の扉が閉まった。もうデュポンが来たのか？　ずいぶん速く降りたものだ。それとも家政婦の老女か？　いや、老女はいま台所から出るところだ。やはりデュポンだった。

老女は玄関のほうへと遠ざかるが、手には何ももっていない。もうすこし待つべきだろう。老女は食堂の扉をなかば開けたまま、すぐに戻ってきた。台所に入り、ほどなく両手で大きなスープ鉢をもって現れ、ふたたび食堂に入って、今度はなかから扉を閉めた。いまだ。

ボナはいった、「君が二階へ行くのに、五分ほど余裕がある。婆さんはデュポンがスープを飲みおわるのを待つはずだから」。おそらく老女は明日なすべき仕事を命じられるのだろう。耳がよく聞こえないから、それにも多少時間がかかるにちがいない。

ガリナティは音もなく家のなかに滑りこんだ。「スイングドアを大きく開きすぎると、蝶番《ちょうつがい》が軋むぞ」。にもかかわらず、それを確かめたい猛烈な欲望が湧きあがる。ほんのちょっと、もうちょっとだけ大きく開ける。どこまで大丈夫か知りたいだけだ。角度にして何度か開くだけ。いや、一度でいい、たった一度だけ。ささやかな失策の可能性……。だが、利口者の腕が思いとどまる。だめだ、帰るときのほうがいい。

この家はとても用心がいいとはいえない。誰だってなかに入れる。

ガリナティはそっと扉を閉めた。石材を張った床を忍び足で進むと、靴のゴム底が聞きとれないほどの摩擦音を立てる。階段と二階には厚い絨毯《じゅうたん》が敷きつめてあるので、さらに静かに進めるはずだ。玄関は照明されている。二階の昇降口も同じだ。もう難所は越えた。二階に上がって、デュポンが戻るのを待ち、殺す。

台所の食卓には、薄いハムが三切れ、白い皿の上に載っていた。軽い夕食だが、それでいいのだ。スープ鉢も全部飲みほさないほうがいい。夢にわずらわされず眠るためには、食べすぎてはいけないのだ。

変わらぬ足どりが続く。動きはひとつひとつ計算済みだ。

完璧に調整された機械仕掛けには、ほんの些細な予想外の出来事も起こるはずがない。台詞《せりふ》をひとつずつ暗誦しながら、文言《もんごん》に従いさえすれば、言葉は現実となり、全身を包帯で巻かれたラザロが墓から甦《よみがえ》るだろう……。

かくのごとく、命令を実行するべく秘密のなかを進む者は、恐れも疑いも抱《いだ》かない。もはや自分自身の体の重みも感じない。その足は司祭のように音を立てず、タイルと絨毯の上を滑り、一歩一歩が規則的で、非人間的で、迷いがない。

ある一点と一点をつなぐ最短距離は直線だ。

……海原の表面にさざ波ひとつ立てない軽い足どり。この家の階段は二一段あり、二点間の最短距離は……海原の表面に……。

突然、あれほど透明だった水が濁る。規則で定められたこの舞台装置のなかで、ほんのすこしも左右にぶれることなく、一秒のたゆみもなく、休息もなく、後ろをふり返ることもなかった役者が、突然、台詞の途中で立ちどまる……。役者は毎晩演じるこの役をまるごと暗記していた。だが、今日は、これ以上進むことを拒む。彼のまわりでは、ほかの登場人物たちが、腕を上げたまま、脚をなかば曲げたまま、凍りついている。音楽家たちが演奏しはじめた小節が永遠にひき延ばされる……。さあ、何かをしなければ、何か言葉を、台本にない台詞でもいいから口に出さなければ……。だが結局のところ、いつもの夜と同じく、始まった台詞はあらかじめ定められた形で終わりを迎え、腕は下ろされ、脚はその動きを終わらせる。オーケストラボックスでは、楽団が変わらぬ活力をみなぎらせて演奏を続ける。

階段は木でできた二一段からなるが、いちばん下に、ほかの段よりもかなり幅広の白い石の段がさらにひとつあり、石段の端は絨毯に覆われず、丸く磨かれており、そこに銅製の柱が立って、複雑な模様で飾られ、柱の上部には丸い握りの代わりに、鈴が三つ下がった帽子をかぶる道化師の顔が据えられていた。上の木の段には、ニスを塗った量感豊かな手摺りがめぐらされ、その手摺りを、轆轤《ろくろ》を使って丸く削り、下部をわずかに膨らませた木製の格子が支えている。縁にふた筋の暗紅色の縞が施された灰色の絨毯は、ひと続きで階段を覆い、さらに玄関まで延び、入口の扉に至っている。この絨毯の色は、銅製の柱の上部の飾りと同じく、ボナの説明では言及されていなかった。

いまここに、もうひとりの人物が、足どりの一歩一歩の重さを考えながら、やって来るかもしれない……。

階段の一六段目に、壁の目の高さに小さな絵が一枚掛かっている。夕立の光景を描いたロマン派的な風景画だ。稲光が塔の廃墟を照らしだし、塔の下にはふたりの男が横たわり、轟《とどろ》く雷鳴にもかかわらず眠っている。それとも、雷に打たれたのか？塔の天辺《てっぺん》から落ちたのかもしれない。額縁は彫刻が施され、金色に塗られている。全体の作りがずいぶん古いもののように思われる。ボナはこの絵にも触れていなかった。

二階の昇降口。右に扉。書斎だ。まさにボナが説明したとおりだが、たぶんもっと狭苦しく、物が散らかっている。本、至るところに本。壁を埋めつくす本はほとんどすべて緑色の革装で、ほかの仮綴じ本は、暖炉や、小さな円卓や、床にまできちんと積みあげられている。さらにそのほかの本は、机の端や二脚ある革張りの肘掛椅子に適当に置いてある。長く、堂々たる、くすんだ色あいのオーク材の机は、悠然と部屋のそれ以外の場所を占めていた。そして、完全に書類と紙片に占拠されている。机の真ん中に据えられたシェード付きの大きなライトは消えていた。天井の丸いガラス覆いのなかで、電球が一個だけ光っている。

ガリナティは、扉と机のあいだの、緑色のカーペットが敷かれていない小さな空間を直接横切らず（そこは床板が軋むから）、肘掛椅子の背後を通って、円卓と本の山のあいだをすり抜け、部屋の奥の側から机にたどり着いた。

「机の後ろに立って、自分の前にある椅子の背もたれを両手で摑んで、すべての物品の位置と扉の位置を記憶するんだ。時間はあるからな。デュポンは七時半まで二階には上がってこない。すべてを完全に頭にたたきこんだら、天井の明かりを消しに行け。照明のスイッチは入口の、扉の枠のすぐ横にある。スイッチは壁の広がっている方向に押すこと。逆に扉の枠のほうに押すと、残りの二個の電球が点くからな。それから入ったときと同じ道筋を通って椅子の後ろの、正確に前と同じ場所に戻れ。そして、弾をこめたピストルを右手にもって、書斎の入口を見張って、待つんだ。デュポンが扉を開けば、明かりの点いた廊下を背に、彼の影が入口にはっきりと浮かびあがる。お前は暗闇にいて姿が見えないから、椅子の背もたれに置いた左手で支えて、安心して狙いを定めるんだ。心臓にむけて三度撃ったら、あまり慌てず逃げればいい。婆さんの耳には何も聞こえないだろう。もし玄関ですれ違ったら、なるべく顔を見せないように。押しのけるのはいいが、乱暴にするなよ。家にはほかに誰もいないはずだ」

二点間をつなぐ唯一の道筋。

一種の立方体が置かれている。立方体だがわずかに歪んでいる。灰色の溶岩できた艶々《つやつや》した塊で、それぞれの面は摩耗したかのように磨きこまれ、稜線は消え、密度が高く、見た目にも固く、黄金のように重そうで、ほぼ握り拳の大きさに等しい。文鎮か？　この部屋唯一の装飾品だ。

本の表題は、『労働と組織』、『恐慌（1929年）の現象学』、『経済周期研究試論』、以下同様。まったく面白くない。

扉の枠の横にある照明のスイッチ、ニッケルめっきの金属板で囲まれた陶製で、三段階切り替え。

デュポンは白いページのいちばん上に数語を記していた。「妨げることができないのは」……。ここまで書いて、夕食に降りていったのだ。このあとに来る言葉を見ることはないだろう。

二階の昇降口に足音。明かりを消してない！　いまから行っても間に合わない。扉が開き、呆然としたデュポンの目……。

逃げだす体のどこかに向けて、ガリナティは当てずっぽうで一発撃ちこんだ。

この上なく些細な手違いだ……。たぶん。船員はちょうどアーム付きのウィンチの作業を終えたところだ。旋回橋はもう閉じていた。

手摺りに寄りかかったガリナティは身動きもしなかった。運河の窪みに入りこむ油の浮いた水が足元でさざ波を立てるのを見ている。そこには様々な漂着物が集まっていた。タールのしみのついた木片、よく見る形の古い栓がふたつ、オレンジの皮の切れ端、それよりもっと小さい、なかばくずれかかって、それとは見分けがたいパンのかけら。

3

腕への軽傷で人はそう簡単に死にやしない。やれやれ！　拒絶に無関心のいり混じった動作で、カフェの主人は重い肩をすくめた。連中は好きなことを書けばいい。だが、世間の目を欺くためにわざわざ捏造された情報で、こんな話を信じこまされたりはしないぞ。

「一〇月二七日（火）。――アルパントゥール通り2番地のダニエル・デュポン氏の住宅に、昨日夕刻、大胆な強盗が侵入した。犯人は室内を物色中デュポン氏に発見され、逃走する際、デュポン氏に銃弾を数発、発砲した……」

　家政婦の老女がすっかり息を切らしてやって来た。八時すこし前だった。カフェに客はいなかった。いや、なかば眠りに入った酔っぱらいがいつもの席にまだ残っていた。お得意のなぞなぞでうんざりさせる相手はもうひとりもいなかった。ほかの客はみんなとっくに切りあげて、夕食に帰っていった。老女は電話を貸してくれないかと聞いた。もちろんご随意に、主人は壁にかかった電話機を指差す。老女は手にした紙切れを見て番号を回し、回しながらもしゃべりつづけていた。うちからは電話がかけられなかったの、土曜日から故障していたから。「うち」というのは、通りの角にある、周囲に生垣をめぐらした小さな邸のことだ。老女がいったい誰にむかってしゃべっていたのか、よく分からない。たぶんカフェの主人にだろう。酔っぱらいが事件に興味を示していないことは明らかだったからだ。いや、老女は、もっと遠くにいる、公共広場の群衆のような、より巨大な聴衆に話しかけたがっているようにも見えた。あるいは、カフェの主人のなかにひそむ聴覚よりも深い感覚に訴えたかったのかもしれない。

「もしもし、土曜日からずっとなのよ、誰も修理に来てくれなかったんだから。ジュアール先生をお願いします」

老女は自分の不幸の話をするときよりもはるかに大きな声を上げた。

「すぐ先生に来てもらいたいんです。怪我人が出たんです。すぐに、いいですか？　怪我人ですよ！　もしもし！　聞こえてます？」

いずれにしても、老女のほうがよく聞こえていないらしかった。結局、傍受用の補助の受話器を主人に差しだして、病院の返事を伝えてもらわなければならなかったからだ。たぶん耳が遠いのだろう。主人が話しているあいだ、唇の動きを読みとっていた。

「アルパントゥール通り2番地のダニエル・デュポンです。先生はよく知ってますよ」

老女が主人に目で問いかける。

「大丈夫、来てくれるよ」

老女は電話料金を払うあいだも、息せききってしゃべりつづけた。とり乱したようには見えないが、ちょっと興奮の度が過ぎていた。食事を終えてから、デュポンさんは泥棒が書斎にいるのを見つけたの――大胆なことをするやつがいるものよ――デュポンさんがちょっと書斎を出たすきに。明かりだって点けっぱなしだったのに！　どういうつもりだったと思う？　本を盗むつもり？　デュポンさんはすんでのところで隣の寝室に飛びこんだの。そこにピストルがあったから。弾は腕をかすっただけだった。でもデュポンさんが廊下に戻ったときには、犯人はもう逃げたあとだった。で、あたしはなんにも見も聞きもしなかったけれど、ほんとにひどい話だ！　どこから入ったのだろう？　大胆なことをするやつがいるものだ。「大胆な強盗が侵入した……」。土曜から電話は使えなかった。それで老女はその日の朝、わざわざ電話局まで行って、修理する人をよこしてくれと頼んだのだ。もちろん、誰も来なかった。仕方がない、日曜は休日だから――でも、こういうときのために、常時対応サービスがあったはず。ともかく、もうちょっと対応がしっかりしていたら、すぐに修理人が来てくれたはずだ。しかもデュポンさんは土曜の午後じゅう大事な電話がかかってくるのを待っていた。でも外からの電話はかかるかどうかも分からなかった、だって金曜日から電話はかかってこなかったし……。

郵政省電話局の総合改革計画。第一項、緊急時のために常時対応が確保されなければならない。いや、そうじゃない。項目はひとつだけ、デュポン氏宅の電話はいつでも完璧に使えなければならない。あるいはもっと単純に、すべての機能はつねに正常でなければならない。そして、とくに土曜の午前中はきちんとした対応が必要なのだ。次の月曜の午後まで六〇時間、つまり三六〇〇分もあいだが空いてしまうからだ。

老女の大声で目を覚ました酔っぱらいが口を挟まなかったら、彼女は九月の出来事までもさかのぼっていたにちがいない。酔っぱらいはしばらくじっと老女を眺め、話が小康状態になったとき、すかさず割りこんだ。

「ちょっといいかな、おばあさん、いちばんすごい電話局員の仕事はなあんだ？」

老女は酔っぱらいのほうをふり返った。

「あのね、あなたのつまらないなぞなぞにつきあうひまはないの」

「ちがうちがう、おばあさん、わたしのことじゃなくて、いちばんすごい電話局員の仕事はなあんだって聞いてるんだよ」

酔っぱらいはもったいぶった調子でそういったが、舌がもつれていた。

「この人、いまなんていったの？」

それに答えるかわりに、カフェの主人は頭を指差した。

「あら！　そうだったの。それにしても、おかしな時代になったものね。郵便局員の仕事がいい加減でも、そんなに驚いてちゃいけないってことね」

そうこうするうちジャネットがストーブに火を入れ、カフェには煙が立ちこめた。主人は通りに面した扉を開けた。寒さが流れこむ。空は重く曇っている。雪でも降りそうだ。

主人は歩道に出て、大通りのほうを眺めた。角の邸の鉄柵と生垣が見える。運河の堤の旋回橋のたもとに、こちらに背をむけて手摺りに肘をついている男がいる。あんなところで何を待っているのだろう？　鯨《くじら》でも通るってか？　小便みたいな色のコートしか見えない。今朝訪ねてきた男のコートにそっくりだ。きっと、今朝の男がうちの客の帰りを待ってるんだ！

それにしてもあの強盗の話はなんなんだ？　もっと重傷だったが、ばあさんは知らなかったのか？　それとも、いいたくなかったのか？　強盗だと！　どうにも納得のいかない話だ。まあ、どうでもいいことかもしれんが。

主人は新聞記事を思いだす。

「……被害者は重傷を負い、付近の病院に緊急搬送されたが、意識を回復することなく死亡した。警察は殺人犯の正体を調査中だが、現在までその足どりは摑めていない。

ダニエル・デュポンは戦功十字章および勲五等受勲者で、年齢五二歳。法学部教授を務めたほか、政治経済学に関する多数の著作を発表し、そこでとくに生産組織の問題について独創的な見解を披瀝《ひれき》した」

意識を回復することなく死亡しただと。だが、意識を失いさえしなかったのだ。主人はふたたび肩をすくめる。腕へのかすり傷。やれやれ！　人はそう簡単に死にやしないのだ。

4

一瞬の沈黙ののち、デュポンはジュアール医師に向きなおり、尋ねた。

「で、あなた、あなたはどう思います、先生？」

だが、先生はごまかすようなふくれ面をしただけだった。明らかにどうも思っていなかった。

デュポンは続ける。

「医師として、あなたはこの旅行に何か不都合があると思いますか？　こんなものは（とデュポンは包帯を巻いた左腕を示した）どこかへ行くのに邪魔にならないし、車を運転するのは私ではありません。それに、あなたが警察とトラブルを生じることはけっしてないのです。警官たちは今朝、もう私のことは詮索せず、あなたが提出した死亡証明書をきちんと受理し、私の『死体』を首都の関係機関に運ばせるように命令を受けるでしょう――いや、すでに受けとったかもしれません。あなたは剔出《てきしゅつ》した銃弾を警察に渡すだけでいいのです。銃弾は私の心臓に達したと見なされています。すべてをほぼ真実らしく見せるように、あなたは銃弾のあった正確な位置をあなた自身で決めてください。いまのところはほかに何もするべきことはありません。正式の捜査はおこなわれないでしょうから。何か問題がありますか？」

小柄な医師があいまいな否定のしぐさをすると、医師にかわって発言したのは、第三の人物だった。負傷者のベッドの枕もとで鉄製の椅子に腰かけ、コートを着たままだった。あまり落ち着かないように見える。

「それは……ちょっと……なんというか？……荒唐無稽ではないかな？　もっとまと

もな措置というか……見解というか……要するに、もっと隠しごとを少なくしたほうがいいのでは？」

「いや、むしろ逆だよ、我々がそうした行動をとらざるをえないのは、慎重を期しているからなんだ」

「一般の人々、世間大衆にたいしては、そのやり方も理解できる。報道むけに発表する文書を用意し、この病院内部でも秘密を厳守する、それはたいへん結構だ。だが、秘密が本当に……守られるかどうか……たとえこの病室を隔離したとしても……」

「もちろん大丈夫だ」とデュポンがさえぎった。「私は先生と先生の奥さん以外の誰にも顔を見られていないといったじゃないか。ほかの誰もこちらには来ないし」

医師はかすかに同意の身ぶりを見せた。

「たしかに……たしかに」と応じながら、黒いコートの男はあまり納得していない。「とはいうものの、警察にたいして、同様に……秘密にするのは……ちょっと、その……」

デュポンはベッドのなかでさらにすこし身を起こした。

「そうだ、だからもう説明したじゃないか！　ロワ＝ドーゼがそうするようにと主張したんだよ。彼は自分の仲間を除けば、警察も、ほかの人間も、いまは何も信用していないんだ。いずれにしても、これは一時的な措置にすぎない。いずれは、ここだけでなくほかのあらゆる部局でも、トップの連中はみんな、いやトップの何人かは事情を知ることになるだろう。だが、いまは、この市のなかで誰が信用できるのかよく分からないのだ。だから、当面は私が死んだことにしたほうが、みんなのためになるんだよ」

「まあ、そうだな……だが、アンナ婆さんはどうする？」

「今朝、私が夜のうちに死んだと伝えてもらった。最初は重傷に見えない奇妙な傷だが、あとで致命傷になったのだと説明させた。彼女をこんなふうにだますのは忍びないが、やはりこうするほうがよかった。嘘をいうように命じても、人から聞かれたら、彼女は慌ててへまをしでかすだろうから」

「それなのに、新聞各紙には、『意識を回復することなく死亡した』と発表させたんだね」

今度は医師が割ってはいった。

「いや、私はそんなことをいってませんよ。警察が尾ひれをつけたんでしょう。そんなことを報じていない新聞もありましたから」

「それはともかく……ともかく、まずかったと思うよ。君が意識を失わなかったことを知っている人間がひとり、いやふたりもいるんだから。アンナ婆さんと、君を撃った男だ」

「アンナは新聞なんか読むものか。それに、彼女は今日この町を出て、娘のところに身を寄せるから、ぶしつけな質問にさらされることはなくなる。私を殺そうとした男については、私が寝室に逃げこんだのを見ただけだ。弾が私のどこに当たったか、正確に分かるはずがない。私が死んだと知れば大喜びするだろう」

「たしかに、たしかに……。だが、君自身がいってたじゃないか、彼らは完璧に組織化されていて、情報機関はとくに……」

「連中は自信があって、とくに自分たちの力量と成功を確信している。だから今回はその自信の後押しをしてやろうというのさ。それに現在まで警察はまったく無力だから、警察の援助は当てにできない、すくなくともいまのところは」

「分かった、分かった、君がそう思うのなら……」

「いいか、マルシャ、私はきのうの夜、ロワ＝ドーゼと一時間ちかく電話で話をしたんだ。私と彼は、我々の決断とそれがひき起こすあらゆる結果を熟慮した。これ以上の名案はない」

「そうか……たぶんね……まさか君たちの会話は盗聴されなかっただろうね？」

「必要な防護策はとってある」

「ふむ……防護策……そりゃそうだ」

「あの書類の話に戻ろう。私は今夜、絶対にあの書類をもって行かなければならないが、もちろん自宅に取りに行くわけにはいかない。それで、その仕事を任せるために君に来てもらったのだ」

「うん、うん……分かったよ……でもねえ、それはむしろ警官の任務というべきじゃないかな……」

「おいおい、何をいってるんだ！　それにいまからでは不可能だ。まったく、君が何を怖がっているのか分からないよ。鍵を渡すから、今日の午後、アンナが出発したら、心配せずにあそこへ行けばいいんだ。書類鞄ふたつ分もない。それをすぐここにもってきてほしい。私は七時ごろ、ロワ=ドーゼが回してくれる車に乗って、ここから直接出発する。夜中の一二時前にはロワ=ドーゼのところに着けるだろう」

小柄な医師は立ちあがり、白衣の皺《しわ》を直した。

「もう私に用はありませんね？　出産した女性のひとりを見に行ってきます。すこししたら、また来ますよ」

コートを着た気の小さい男も立ちあがり、医師と握手した。

「さよなら、先生」

「ではまた」


「あの医者を信用してるのか？」

デュポンは自分の腕をちらりと見た。

「ちゃんと手当てができているようだが」

「違う、手術の話じゃない」

デュポンは使えるほうの腕を大きくふり払った。

「何をいわせたいんだね？　古くからの友だちだよ。それに、口は固いって分かってるはずだ！」

「うん、もちろん……口は固い、たしかに」

「何を考えてるんだ？　彼が私を裏切るとでも？　理由は？　金がほしい？　あの男は仕方なくこの件に関わっただけで、それ以上深入りするほどばかじゃないと思う。できるだけ早く私に出ていってもらいたいとしか望んでいないだろう」

「あの男の顔が……ちょっと様子が……なんというか？……嘘をついてるような気がするんだが」

「何をいいだすんだ！　疲労困憊《こんぱい》した医者の顔、それだけだ」

「噂では……」

「もちろん、噂はあるだろう！　ともかく、この国では産婦人科医についてその手の噂をしたがるものだ。そんなものだよ。だが、そのことこの件とどんな関係があるっていうんだ？」

「ああ……そうだな」

沈黙が流れる。

「マルシャ、書類を取りに行くのがそんなに嫌なのか？」

「いやいや……そんなことはないが……。でも、思うに、まったくないとはいえない……危険が」

「君には、絶対にない！　だからわざわざほかの仲間に頼むのは避けたんだ。連中は君にはまったく危害を加えるつもりはない、君にはね！　分かってると思うが、やつらは、いつでも誰でもいいって、手当たりしだいに殺しているわけじゃない。九日前から、一日一度の殺人があり、かならず午後七時から八時のあいだに起こっている、まるでその正確さを規則としているかのように。私はきのうの被害者で、私の件はもうけりがついたはずだ。今日の新たな犠牲者はとっくに選ばれていて、それはもちろん君じゃない——たぶん事件が起こるのはこの町ですらないらしい。それに、君が私の家に行くのは、誰も何も恐れる必要がない時間帯なんだ、真昼間だよ」

「ああ、そうだ……分かってる」

「行ってくれるね？」

「ああ、行くよ……君のためだからな……君が必要だと考えているのだから……。でも、君の仲間のために働いているとも思われたくないんだ……。君とあまり仲が良すぎるように見えるのもまずい時期だ……だろ？　最後の最後は君と意見が違ってるってことも忘れないでくれ……。こんなことをいうからって……あれの……弁護をしたいわけじゃない、あれの……」

医師は規則正しい呼吸音を聴いている。若い女は眠っている。一時間後にまた来ることにしよう。朝の八時になったばかりだ。デュポンは今夜の七時にならなければ病院を出ないといっていた。彼はなぜ自分に声をかけたのだろう？　医者なら誰でもいいのに。運が悪い。

今夜の七時か。長い一日になる。この種のごまかしをするとなると、なぜ決まって自分が呼ばれるのだろう？　断るか？　もちろん、無理だ、もうひき受けてしまった。またしても人のいいなりだ。だが、どうすればいい？　裏の世界が相手では、選択の余地はなかったのだ！　結局、裏の世界はこの新たな事件を必要としていたのだ。裏の世界。あれからそう簡単に逃げることはできない。待つことだ。

今夜の七時まで。

デュポン、友だちをこんな事件に引きこむとは、ほんとにいいやつだな！　マルシャはごく単純に、図々しい話だと思う。そのうえ、納得してるふりをしなくちゃならないとは！　ところで、デュポンの妻は？　夫の顔を見に来るほかないだろう。もちろん、デュポンが妻に会う時間はある。妻だろうと、誰だろうと、今夜の七時までは。

小さな白い病室をちょうど出ようとしたとき、マルシャはデュポンのほうをふり向いた。

「で、君の奥さんは、このことを知っているのか?」

「医者が手紙で知らせたよ。そのほうが確実だからね。知っていると思うが、ひどく長いこと、もう妻とは会っていないのだ。『私の遺体』を見に来る気もないだろう。その点に関しては、自然にうまく片がつくはずだ」

エヴリーヌ。彼女はいまどうしているのだろう? もしかして、何はさておき彼女はやって来るのではないか? だが、彼女に死人探しは似あわない。いまさら何ができるというのだ? どこの病院にいるのか知っている人もあるまい。聞かれたほうも、ここじゃないというほかないだろう。今夜の七時までのことだ。

5

全員の考えが一致しているのだから、大いに結構。警察署長のローランは事件の報告書を閉じ、左に積んだ書類の上に満足げに置いた。一件落着。自分個人としても、この事件をさらに調べたいとはぜんぜん思わない。

署長がすでに命令を下した捜査はほんのわずかな成果も上げられなかった。指紋はほとんど至るところに、わけもなく数多く、はっきりと残されていた。それは殺人者の指紋に違いないが、警察の膨大なファイルに記録されたものとはまったく一致しなかった。現場で収集されたほかの証拠も、これから追うべき方向を示すものはひとつもない。たれこみ屋からもなんの情報も寄せられなかった。こんな状況で、どこを調べればいい？　犯人が町や港のプロの犯罪者の一員だという可能性もほとんどない。警察のファイルはそのあたりの記録をすべて把握していたし、たれこみ屋は無数にいるので、犯人が彼らの情報網を逃れることができるとは考えられない。ローランは長い経験でそのことを知っていた。普通の犯罪なら、このくらいの時間が経てば、すでに何か手がかりが上がってくるはずだ。

だとしたら？　一匹狼の初めての仕事か？　素人か？　頭のいかれたやつか？　そうした例はまずめったにない。それに、素人ならすぐに尻尾《しっぽ》を出すはずだ。むろんひとつの解答として、この殺人だけを実行するために遠くからやって来たひとりの人間の仕業という考えもあるだろう。だが、仕事ぶりがいささかきちんとしすぎているので、それには周到な準備が必要だったはずで……。

結局のところ、中央の関係機関がこの事件を全面的に掌握したがり、犠牲者の死体を検屍の前にさらっていったのだから、事件はもう解決だ。文句をいう筋合いではない。署長にとって、犯罪は起こらなかったようなものだ。最終的には、デュポンの自殺だったとしても、まったく同じことになるだろう。指紋はどこかの誰かが付けたものだろうが、生きている人間で犯人の顔を見た者がいないのだから……。

むしろ上等じゃないか。何も起こらなかったのだ！　自殺だって死体だけは残る。だが今回は死体もいきなり消えてしまい、上のほうからもう手を出すなといってきた。いうことなしだ！

誰も何も見なかったし、何も聞かなかった。犠牲者もいない。殺人者は空から降りてきて、いまはきっと遠くの彼方で、空に戻っていく最中だろう。

6

くずれたパンのかけら、栓がふたつ、黒ずんだ木片。オレンジの皮の切れ端を口に見立てれば、いまや人間の顔のように見える。重油の輝きが加わって、グロテスクな道化師の顔、球を投げて人形を倒すゲームの人形の姿を作りあげる。

あるいは、伝説上の動物だ。頭、首、胸、前脚、ライオンの胴体に巨大な尻尾、鷲《わし》の翼。巨獣は舌なめずりしそうな様子で、すこし遠くに広がる形の定かでない獲物のほうに進んでいく。ふたつの栓と木片は相変わらず同じ場所にあるが、それらがついさっき描いていた顔は完全に消えてしまった。貪欲な猛獣も同じこと。いま運河の水面に残っているのは、ぼんやりとしたアメリカの地図だ。せいぜい好意的に見ればの話だが。

「でも、デュポンが扉を大きく開く前に照明のスイッチを入れたら?」しかし、ボナはいつものように反対意見を認めなかった。議論の余地はない。とはいえ、実際には、デュポンが照明のスイッチを入れたのと同じことになったのだ。だが、もしデュポンが戻ってきたとき、扉を開ききる前に照明を点けたとしても、ガリナティがその気になれば照明を消すこともできたのだから、結局、それは問題ではない。書斎が完全に明るくならなければ、ガリナティの姿は見られなかっただろう。

だからどうした！　いずれにしてもボナが間違ったのだ。なぜなら、彼が信用して仕事を任せた自分は照明を消さなかったからだ。

忘れたのか？　それともわざとそのままにしたのか？　どちらでもない。自分では消そうと思っていた。もうすこしでそうするところだった。だがデュポンが上がってくるのが早すぎたのだ。正確には何時だったろう？　自分の行動が遅すぎた、それだけだ。結局、時間が足りなかったというのなら、それもまた計算違いなのだ、ボナの計算違い。これからボナはこの事態をどう収拾するのだろう？

デュポンは負傷したように思われる。負傷したが、身を隠す場所まで走るのは難儀ではなかった。ガリナティは自分の後ろで鍵がかちゃりと回る音をはっきりと聞いた。だが、逃げるほかなかった。灰色の絨毯、二二段の階段、いちばん下の柱の頭に銅の飾りをかぶせた光沢のある欄干。いまだに事態の推移の一貫性はよく摑めないままだ。ピストルの一撃はなんともおかしな音を発した。現実とは思えない、トリックを使って出した音。「サイレンサー」を使ったのは初めてのことだった。プシュッ！　空気銃のような音。蠅《はえ》を脅かすこともできそうにない。そして、すべてが真綿でくるまれたようになった。

おそらくボナは結果を知っている。新聞によってか？　朝刊に載るには事件は遅すぎた。それに、起こらなかったも同然の犯罪をわざわざ報道する者がいるだろうか？「殺人未遂。昨夜、ある男が消音器付きピストルで無防備な教授を狙撃しようとした……」だが、ボナはいつでも知っている。

昨夜、ホテルの部屋に帰ると、ガリナティは上司ボナからの自筆の伝言を見つけた。「仕事のあと、なぜ約束どおり来なかった？　君に頼みたいことがある。やつらは特別捜査官を送ってきた。ヴァラスとかいう男で、これから作戦展開地区に部屋を取るらしい。だがこの男は今日の朝から捜査に来ているべきだった！　この出遅れのおかげで万事順調だ。明日、火曜の一〇時に待っている。J・B」。すでに作戦成功の報告を受けたような調子だ。失敗もありうるということを想像できないだけなのだ。自分が物事を決めたら、かならず実現すると決まっている。「今日の朝から捜査に来ているべきだった」だと。違う！　いまこそ捜査に来るべき時なのだ。

そいつ、そのヴァラスとかいう男がどこにいるのか探しだすのは存外難しくなかったが、結局、ヴァラスも逃してしまった。すぐに見つかるだろう。だが、それでどうする？　そいつになんという？　今日の早朝からこの地域をしらみつぶしにヴァラスを探しているとき、彼に伝えるべき何か緊急の用件があると考えていたが、なんだったか思いだせない。まるでヴァラスの仕事を手助けする任務をあたえられたような気分だったのだが。

まあいい、ともかく、どうやってきのう起こった不測の事態を収拾するか決断することだ。今日の一〇時にボナと会わねばならない。ボナはデュポンが殺されるべき日にちと時刻をことのほか重要だと見なしていた。仕方がない、特例として許してもらおう。だが、ガリナティが知らないほかのお偉がた、ボナを一員とする〈組織〉全体、さらにその上にいる人々、そんな巨大な機械が自分のせいで停止するというのか？　これは自分のせいではない、時間が足りなかったのだ、予定どおりことが運ばなかった、といって説明するほかない。だが、失敗したわけではない。明日、いや、おそらく今夜、デュポンは死ぬだろう。

そうとも。

ガリナティは生垣の向こうの、本と紙切れに埋もれた書斎に戻り、デュポンを待つ。自由に、明晰に、力をとり戻して、注意深く、「足どりの一歩一歩の重さを考えながら」、そこに戻る。机の上には、角が丸くなり、表面が摩耗してつるつるになった立方体の鉱物が置かれている……。

夕立の稲妻が照らしだす崩れた塔。

木製の二一段に、白い一段。

床に石材を張った廊下。

なかば開かれた扉から見える、皿の上の三切れのハム。

食堂の鎧戸は閉まっている。台所も同じだが、鎧戸の隙間からぼんやりした光が洩れている。

芝生の上を歩くのは、小道の砂利で軋む音を立てないためだ。小道は二列の花壇に挟まれ、花壇より明るく見えている。書斎の窓は二階の中央にあり、明るく照らしだされている。デュポンはまだそこにいる。

入口の鉄柵の防犯ブザーは鳴らない。

七時五分前。

アルパントゥール通りは、光なき場末の界隈《かいわい》と、みすぼらしいあばら屋のあいだを走る泥だらけの碁盤の目のような道から発して、ニシンとキャベツのスープの匂いに浸されながら、果てしなく延びてきている。

底のぬけた洗い桶と針金がおい茂るこの薄汚い植物群落のなかを、ガリナティは日暮れどきに、時間が来るのを待ちながらさまよっていた。ボナから渡された手書きのメモはホテルに残して来たが、その指示はずいぶん前から暗記してしまっていた。
その紙片類——庭と邸の正確な見取図、現場のこと細かな描写、実行すべき段取りの詳細などだが——それはボナの筆跡によるものではなく、ボナみずからが書いたのは殺害そのものに関わる何枚かのメモだけだった。ほかの紙片については、ガリナティは誰が書いたか知らなかった。いや、どんな書き手たちが、というべきだろう。というのも、必要な視察を実行し、事物の配置を書きとめ、足を踏みだすごとにどこの床板がどんな反応を呈するかに至るまで、家のなかの状況や家事の習慣を調べるためには、何人もの人間が邸に忍びこんだにちがいないからだ。なかのひとりは、その日の午後に、入口の鉄柵に設置された防犯ブザーの電線を切る必要もあった。

ガラスのはまった小さな扉は重い軋み音をあげた。慌てて逃げだすときに、ガリナティが必要以上に大きく開けたからだ。

まだどうなるか分からないが……。

すぐにあそこに戻ろう。耳の聞こえない老女がいるだけだ。ふたたび二階に上がって、自分で実験してみよう。書斎は暗闇に沈んでいるから、いったいいつ、予期せぬ手が明かりを点けるか、見てみるのだ。

自分のかわりに、もうひとりの人物が……。予期せぬ人物。その人物の手。

犯人はつねに現場に戻る……。

だがもしボナがこのことを知ったら？　いや、ボナだってこんなところにつっ立ったままではいられないはずだ！　ボナ、ボナ、ボナ……。ガリナティは顔を上げた。

橋に差しかかっている。

雪でも降りそうだ。

自分のかわりに、もうひとりの人物が、足どりの一歩一歩の重さを考えながら、明晰かつ自由に、抗しがたい正義の行為を完遂するためにやって来るだろう。

灰色の溶岩の立方体。

電線を切られた防犯ブザー。

キャベツのスープの匂いが漂う通り。

はるか彼方で、錆びたトタン屋根のなかに消えていく泥だらけの道。

ヴァラス。

「特別捜査官」……。

第1章

1

ヴァラスは旋回橋の入口の手摺りにもたれかかっている。まだ若く、背が高く、落ち着いて、整った顔だちの男だ。身につけた服装とそぞろ歩きの風情《ふぜい》は、港にむかって急ぐ最後の労働者たちにとって、すれ違った瞬間に、軽い驚きを呼ぶことになるだろう。この時刻、この場所で、作業服を着ず、自転車に乗らず、急ぐ様子でもないのは、どこか不自然に見えるのだ。火曜日の明け方に散歩する者などいないし、そもそもこのあたりでは散歩する人間がいない。場所と時刻を無視するような行動は、ちょっと不愉快に感じられるものだ。

ヴァラスのほうは、今日は寒いので、なめらかなアスファルトの上で流れに運ばれるように自転車を漕ぐのは、足の冷えを防いで快いにちがいないと考えている。にもかかわらず、ヴァラスは鉄の手摺りに寄りかかったまま、そこにとどまっている。顔がひとつまたひとつとヴァラスのほうに向けられる。ヴァラスはマフラーを直し、コートの襟のボタンを留める。顔はひとつまたひとつとヴァラスからそむけられ、消えていく。今朝は朝食をとれなかった。部屋を借りたあのカフェは八時前にはコーヒーも出さない。ヴァラスは機械的に腕時計を見て、時計が動きださなかったことを確認した。時計は昨夜七時半に止まったままで、旅行をするにも、何をするにもいささか不都合だ。なぜかときどき止まるのだが――ちょっとした衝撃を受けたとき、しかし、いつも止まるとはかぎらない――それから、理由もなく、ひとりでにふたたび動きだす。ちょっと見には壊れたところはどこもなく、数週間も続けて動くこともある。気まぐれなのだ。最初はかなり厄介に感じたが、何事にも慣れるものだ。たぶんいまは六時半ころだ。カフェの主人は約束どおり部屋の扉をノックしに行くことを憶えているだろうか？　用心に用心を重ねて、ヴァラスは念のためにもってきた小さな目覚まし時計のねじを巻いておいたのだが、結局、時間よりもすこし早く起きてしまった。眠れないのだから、すぐに仕事を始めてもいいだろう。いまヴァラスは自転車乗りの波にさらわれて迷子になったかのように、ひとりぼっちでいる。ヴァラスの前には黄色い明かりに照らされてぼんやりと道が延びている。その道を通って大通りに出たところだった。左の角には六階建ての立派な石造りの建物があり、目の前には狭い庭に囲まれた煉瓦造りの邸がある。きのう、問題のダニエル・デュポンが胸に銃弾を撃ちこまれて殺されたのは、この邸だ。いまのところ、ヴァラスはそれ以上詳しいことを知らない。

ヴァラスは昨夜遅く、ほとんど知らないこの町に着いた。前に一度来たことがあるが、子供のころのことで、たった数時間いただけだから、はっきりとした思い出はない。ひとつだけ記憶に残った情景は、行きどまりになった運河の端だ。その片側の岸に使われなくなった古い船――ヨットの残骸か?――が繋留《けいりゅう》されており、石でできたひどく低い橋が運河の入口を塞いでいた。おそらく現実にはこうではなかったはずだ。船はこの橋の下を通ることができないからだ。ヴァラスは市街の中心にむかってふたたび歩きはじめる。

運河を渡ると、ヴァラスは止まって、港から戻ってきた路面電車の通過を待った。真新しいペンキ――黄色と赤の地に黄金の紋章――で輝く電車に乗客はひとりもいない。人々が向かうのは反対方面だ。電車は道路を渡ろうと待つヴァラスの前にやって来て、今度は電車のほうが止まった。ヴァラスはちょうど電車の鉄製の昇降ステップの前にいた。そのとき自分の横のガス灯の柱に円盤が取りつけられていることに気づいた。「全車輛停留所」と記され、そこに書かれた6という数字は電車の路線の番号と一致していた。ブザーを鳴らすと、電車は車体を軋らせながらゆっくりと発進した。一日の仕事を終えたような様子だ。昨夜、ヴァラスが駅から乗ったときには、路面電車は満員で、降車する前に料金を払うことができなかった。乗客の荷物が邪魔で、車掌が車内を回れなかったからだ。ほかの乗客たちがアルパントゥール通りにいちばん近い停留所を教えてくれたが、すんなりと分かったわけではなく、大部分の乗客はそんな通りがあることすら知らないようだった。ひとりの乗客など、この方向ではないといいだす始末だった。ヴァラスは明かりの乏しい大通り沿いにかなり長く歩かなければならず、ようやく目的の通りにたどり着いたとき、まだ開いているあのカフェを見つけて、部屋を借りることができた。むろん快適とはほど遠かったが、ヴァラスには十分だった。ともかく幸運だったといわねばならない。というのも、ひと気のないこの界隈でホテルを見つけるのは容易ではないからだ。ガラス窓にエナメルの文字で「家具付の部屋貸します」と書かれていたが、カフェの主人は返事を渋った。不安になったか、不機嫌だったのだろう。ヴァラスは路面電車の通りを横切って、市街の中心部に通じていそうな、木材で舗装した通りに入る。青いプレートには「ブラバン通り」と記してある。出発する前にヴァラスはこの町の地図を手に入れる時間がなかった。朝、商店が開いたらすぐに買うつもりだが、警察署の通常業務は八時にならないと始まらないので、その空き時間を利用して、警察に行く前に、いり組んだ街路をひとりで歩きまわり、自分がどこにいるか見当がつくようにしたいと思ったのだ。この通りは狭いが、町にとって重要な役割を果たしているように見える。長い通りなのだろう、遠くのほうは空の灰色に溶けこんでいる。まさに冬空で、雪でも降りそうだ。

通りの両側にはむきだしの煉瓦《れんが》の建物が並び、どれも同じように簡素な造りで、バルコニーも、軒の蛇腹《じゃばら》も、いかなる種類の装飾もなかった。ここには必要最小限のものしかない。平らな壁に開いた長方形の出入口。だが貧しい印象ではなく、労働と節約の匂いだけがしている。それにほとんどの建物は商業施設だ。

厳めしい建物の正面は、暗鬱で、堅固で、単調で、壊れにくい、小さな赤煉瓦を丹念に積みあげて作られている。煉瓦の一個一個が、「樹脂材木会社」が上げた一スーの利益であり、「木材輸出商ルイ・シュウォッブ」、「マルク&ラングレル」、「ボレックス」なる株式会社が稼いだ一スーなのだ。木材輸出、樹脂材木、工業用木材、輸出木材、樹脂材木輸出と、地域全体がこの貿易産業にたずさわっている。何千ヘクタールもの樅《もみ》の森林を木材にしてひとつひとつ山積みにし、その後ろに後生大事に分厚く膨れあがった会計帳簿をしまってあるのだ。すべての会社が同じ様式で建築されている。石段を五段上がると、すこし奥まったところにニス塗りの扉があり、扉には、金文字で企業の正式社名を記した黒いプレートが嵌《は》めこんである。左に窓ふたつ、右に窓ひとつ、その上に似たような窓が五階まで並んでいる。もしかして会社のなかに居住用の区画があるのだろうか？　いずれにしても外から見ただけではまったく区別がつかない。一時間後には通りを埋めつくすはずの、まだ寝ぼけ眼《まなこ》のサラリーマンたちは、いくら慣れているとはいっても、自分の会社の扉を見つけるのにかなり苦労することだろう。あるいは適当な扉から入って、手当たりしだいにルイ・シュウォッブやマルク&ラングレルの木材を輸出するのか？　肝心なのは仕事を良心的に果たすことではなく、小さな木材を分厚い帳簿の数字のようにどんどん積みあげ、小銭をかき集めて建物にもう一階増やす準備をすることなのだ。数百トンの追加注文に数百通の細心綿密な手紙。「拝復、お申し越しの件ですが……」樅の木一本五〇〇万フラン、現金払いで。

建物の並びは延々と続き、通りがそれと瓜ふたつの通りと直交する場所まで切れ目がない。この切れ目は帳簿の山と計算機のあいだに滑りこむためのぎりぎりの隙間なのだ。

しかしここに、煉瓦の積みあげ仕事の成果をさえぎって、水が穿《うが》つ、もっと深い溝が姿を現す。河岸《かし》に沿って切妻壁はこの溝にたいする防衛線を立ちあげ、その壁に開いた窓は——本能的に——遠くの水を見ないようにするし、城壁はぐんと分厚くなっている。この通りの中央を横切って流れる運河は、一見したところ動きがないが、港にむかってゆっくり下る木材を積載した艀《はしけ》のために、人間が生まれ故郷の湖から引いてきた真っ直ぐな廊下なのだ。それはまた、この乾ききって息づまる土地のなかで、夜にとって、眠れる水にとって、海から逆流し、目に見えぬ怪物たちが腐らせた青緑色の水にとって、最後の避難場所となっている。

水路と堤防の彼方では、大海原が轟々《ごうごう》と唸《うな》りを上げる怪物たちの渦巻を解きはなっているが、その波紋もここでは安全な隔壁のあいだに抑えこまれている。だが、怪物たちの息吹きを避けたいなら、用心して、あまり運河に身を乗りださないほうがいいだろう……。

すぐに煉瓦の建物の行列が再開する。「ジョゼフ＝ジャネック通り」。だが実際には、運河の向こう側から続いてきたのと同じ通りだ。同じ厳めしさ、同じ窓の配置、同じ扉、同じ文句を刻みこんだ同じ黒いガラス板。シルベルマン親子会社、パルプ材輸出、資本金一二〇〇万。総合倉庫、サン＝ヴィクトル河岸《がし》4および6番地。荷積み用の水路に沿って、整列したクレーンの後ろに見事に積みあげられた木材、ずらりと並んだ金属の倉庫、重油と樹脂の匂い。サン＝ヴィクトル河岸はその先のどこか、北西の方角にあるにちがいない。

十字路を過ぎると、わずかに風景が変わる。医院の夜間用の呼び鈴、何軒かの商店、すこし画一性の薄まった建築が、この地域に住みやすい印象をあたえている。右側から一本の通りが始まり、これまで見たものより鋭い曲がり角を作っているが、もしかしたらその通りを行くべきか？　いや、いま来た道を最後まで行くほうがいいだろう。横にそれることは、あとからいつだってできる。

煙の匂いが地面から立ちのぼってくる。「靴修理」の看板。褐色の地に黄色い文字で書かれた「食料品」の表示。周囲に人の姿はまだ見えないが、人間の雰囲気がしだいに強まってくる。ある家では一階の窓のカーテンが、大量生産される寓話的なデザインで飾られている。捨て子を拾う羊飼いの男たちとか、その手の似たような絵柄。チーズ屋、食料品店、豚肉屋、また食料品店。いまのところ見えるのは、そうした店の閉じられた金属製シャッターだけで、シャッターの中央には、折り紙遊びで子供たちが作るような、灰色のブリキ板から切りだした、皿くらいの大きさの、きれいなレース模様の星形が掲げられている。これらの商店は小さいが、清潔で、掃除が行きとどき、ペンキもしばしば塗りかえられる。そのほとんどが食料品を扱っている。黄土色の肉屋、青いチーズ屋、白い魚屋。それらを区別するのは、店の色と、切妻壁に職種を記した文字だけだ。

ふたたび鎧戸を開けた家があって、安物のカーテンに施した刺繍が見える。古代の衣装を着たふたりの羊飼いが木の下で裸の幼子に羊の乳を飲ませている。

煉瓦の壁の下まで降ろしたシャッターに囲まれて、ひとりきりのヴァラスはこれまでと同じく、確実かつしなやかな足どりで歩きつづける。前へ進む。ヴァラスの周囲ではまだ生活は始まっていない。そうはいうものの、彼は先ほど大通りで港にむかって自転車を漕ぐ労働者の第一波とすれ違ったが、それ以降、もはや誰とも出会っていなかった。サラリーマン、商人、一家の母親、学校へ行く子供たちは、まだ閉ざされた家のなかで沈黙を守っている。自転車は消えてしまい、眠っていた男が本当に目を開ける前に数分の猶予を自分にあたえるべく腕を伸ばして目覚ましのベルを止めるように、なんらかの動作がおこなわれて、自転車で始まった一日が、後戻りさせられてしまったのだ。だが、まもなく瞼《まぶた》が開かれ、偽《にせ》の眠りからぬけ出た町はたちまち港のリズムに追いつき、リズムのずれが解消されれば、またしてもすべての人間にとって同じ時刻が動きだすことになるだろう。

このはかない間隙を縫って、奇妙な散歩者ヴァラスは先に進む。（夜更かししすぎた人間にとって、自分の存在がひき延ばされている不確かな時間が、きのうと今日と明日のどれに属するかもはや分からなくなるようなものだ。労働と不眠で疲れきった脳髄は、日々の連続性を回復させようとするが、その試みは空《むな》しい。きのうの夜に始めたこの仕事を明日までに終わらせねばならないのだから、きのうと明日のあいだに現在が入りこむ余地はないのだ。完全に消耗しきって、ついにベッドに身を投げ、眠りこむ。その後、目覚めたとき、自然な今日のなかに戻っているだろう）ヴァラスは前へ進む。

2

道筋から外れることなく、進む足どりを緩めることなく、ヴァラスは前へ進む。前方でひとりの女性が道を横切る。年老いた男が歩道の端に置いたままの空《から》のごみ箱を玄関のほうへ引きずっている。ショーウィンドーのなかには長方形のプレートが三段並び、そこにあらゆる種類の、アンチョビーのマリネ、燻製《くんせい》のイワシ、巻かれたり、ほどかれたり、塩や香料を振られたり、生だったり焼かれたり、塩漬けされたり、フライにされたり、酢漬けにされたり、切られたり刻まれたりしたニシンが載っていた。もうすこし先では、黒いコートを着て帽子をかぶった男性が家から出て、ヴァラスのほうに向かってきた。中年で、安定した地位に就き、ときどき消化不良。数歩進むと、すぐにきわめて清潔な外見のカフェに入ってしまったが、すくなくともこのカフェはヴァラス自身が一夜を過ごしたもう一軒のカフェより感じがよさそうだった。ヴァラスは空腹であることを思いだしたが、朝食は広場か大通りにある広々とした近代的な店でとろうと決めていた。どこの都市でもそうだが、そうした広場や大通りが町の中心であるにちがいないのだ。

それから、行く手を横切る通りがいくつか現れたが、それらはヴァラスの進む通りに対してかなりな鋭角を作りつつ交差してくるので、そうした通りを進めば、結局後ろのほうへ――ほとんどいま来た方向へ――戻ることになってしまうだろう。

ヴァラスは前へ進むのが好きだ。初冬の冷たい空気のなか、未知の都市を横断して、真っ直ぐ前へ進むのが好きだ。彼は眺め、聞き、感じる。こうしてたえず新しいものと接触することから、快い連続感が生まれる。ヴァラスは前へ進みながら、自分自身の通過という途切れることのない線を風景に記していく。その線は、突拍子もない、相互に関連を欠いた映像の連鎖ではなく、この上なく偶発的な要素であっても、また、最初はばかげていたり、怖かったり、場違いだったり、偽りのように見える要素であっても、すべてが即座にするりと布地の糸目に織りこまれていく、なめらかなリボンなのだ。それらの要素が例外なく、ひとつまたひとつと行儀よく並んで、リボンは規則正しい進行の速度で、欠けたところも余分なところもなく延びていく。というのも、前進するのはヴァラスにほかならず、この運動は彼自身の体が作るものであり、大道具係が動かす舞台幕の変化によるものではないからだ。ヴァラスは自分の四肢に関節の動きや筋肉の連続的収縮を感じるし、足を踏みだす速度と歩幅を決めるのは自分自身だ。一歩に半秒、一メートルに一歩半、一分で八〇メートル。不可避かつ完全な未来へむかって歩くことは、意志の力によるものだ。かつては猜疑心と無力感の悪循環に捕われることがあまりに多かったが、いま、彼は前へむかって歩く。そこに自分の時間の持続を回復している。

学校の校庭の壁に、三枚の黄色いポスターが並べて貼られている。それは小文字で印刷された政治的演説で、上部に大きな字で見出しが書かれている。「市民諸君、注意せよ！　市民諸君、注意せよ！　市民諸君、注意せよ！」ヴァラスは、国じゅうに出まわり、すでに時代遅れになったこのポスターを知っていた。労働組合が企業独占に警戒を呼びかける、あるいは自由主義者が関税保護に反対するといった内容、つまりけっして誰も読まないたぐいの文芸作品というべきだが、たまに年老いた紳士が立ちどまり、眼鏡をかけて文章全体をじっくりと解読し、始めから終わりまで各行に沿って目を動かし、すこし後ろに下がって全体を眺めながら首を振り、眼鏡をケースに、眼鏡ケースをポケットにしまって、それから何か肝心なことを見逃さなかったか自問し、当惑しつつふたたび歩きはじめる。月並な文章のそこかしこに不審な言葉が標識灯のように浮かび、それに照らしだされる表現が一瞬、じつに怪しげに多くの意味を隠しているようにも見えるが、まったく隠していないようにも思われる。三〇メートル先に、車の運転者に学校の存在を知らせる標識の裏側が見えている。

つづいて道はふたたび運河をこえる。前の運河より広いこの運河の上を、曳船が、石炭を積む平底船を二隻引きながら近づいてくる。平底船の吃水線は水面すれすれだ。濃紺の作業服をきて制帽をかぶった男が跳ね橋の向こう岸の出入口を閉めたところで、こちら側の岸の開いたままの入口から橋に上ったヴァラスのほうに近づいてきた。

「急いで渡っちゃって、橋を開くから！」男はヴァラスに叫ぶ。

ヴァラスは男とすれ違ったとき軽く会釈して声をかけた。

「今朝は寒いね！」

「いよいよ始まったね」と男は答えた。

遠慮がちに汽笛を鳴らして、曳船が挨拶を送ってくる。鉄骨を組みあわせた橋の上からヴァラスは、蒸気がもくもくと上がり、すぐに散るのを見た。小さな戸を押して橋から出る。電動ブザーが鳴り、橋の向こう側でさっきの係員が開橋の機械仕掛けを作動させることを告げる。ヴァラスが戸を閉めたとき、背後で橋に割れ目が生じ、モーターと歯車の騒音のなかで橋床がぐらりと揺れて上がりはじめた。

ついにヴァラスは非常に広い幹線道路にぶつかった。夜明け方に通ってきた環状通りによく似ているが、環状通りに並行していた運河のかわりに、この通りの中央にはとても若い樹木の植えられた歩道が通っている。六、七階建ての高級賃貸マンションが続くかと思うと、もっと質素な、ほとんど田舎ふうの外見をした家々や、明らかに工業用の用途に使われる建物が見えたりする。まるで郊外のような、こうした雑然とした風景がいまだに残っていることにヴァラスは驚きを覚えた。この道路を横切り、新たな方向に進むため右に曲がったとき、その角の建物に設置されたプレートを見て、ヴァラスの驚きはさらに大きくなった。「環状通り」とあったからだ。方向感覚を失って、ヴァラスは後ろをふり返った。

円形にひと回りしたなどということはありえない。アルパントゥール通りからずっと真っ直ぐに歩きつづけてきたからだ。おそらく、進路が南に寄りすぎ、町を斜めに横切ってしまったのだろう。道を聞かなければなるまい。

通行人は仕事場へと急いでいるので、ヴァラスは彼らの邪魔をしたくない。通りの反対側で店の前の歩道を洗っているエプロン姿の女に尋ねることにした。ヴァラスは近づいたが、どう質問を切りだしていいか分からない。いまのところはっきりした目的地があるわけではないのだ。もうすこしあとで警察署に行かなければならないが、警察の名前を出すことは避けたかった。職業的な警戒心というより、気楽な中立の立場にとどまっていたかったからで、そのために、恐怖心はもちろん、単なる好奇心も不用意にかき立てたくなかったのだ。同じ理由で裁判所も適当ではない。警察署の前にあるとは聞いていたが、観光上の興味は期待できないため、そこに関心をもつ動機づけに乏しかった。女は自分に近づいてくる男を見て顔を上げ、デッキブラシの動きを止めた。

「すみません、奥さん、中央郵便局に行きたいんですが」

すこし考えて、女は答えた。

「中央郵便局、それは何、中央郵便局って?」

「大きな郵便局のことですが」

質問が悪かったようだ。大きな郵便局はいくつもあって、そのいずれもが市の中央に位置していないということもありうる。女は手にしたデッキブラシを眺めていった。

「郵便局ならこのすぐ近くの大通りにあるわよ。(その場所を顎《あご》で示す)普通はみんなそこに行くの。でも、この時間じゃきっと開いてないわね」

とすると、質問も無駄ではなかったわけだ。ひと晩じゅう開いている電報窓口のある郵便局はひとつしかないのだろう。

「ええ、そうなんですが、電報用に開いている郵便局があるはずですよね」

まずいことに、この言葉は婦人の同情を引いたらしい。

「あら、電報なの!」

女はデッキブラシにちらりと目をやり、ヴァラスは自信がなさそうに「ええ」と答えればこの場を切りぬけられると思った。

「深刻な話じゃないわよね?」

この質問ははっきりと問いただす調子ではなく、いささか疑わしげに、儀礼的に発せられた願望だった。だが、そのあと女が黙りこんでしまったので、ヴァラスが答えなければならなかった。

「いえいえ、違います。心配していただいてどうも」

またしても嘘をつく。昨夜、ひとりの男が殺されたというのに。それとも、殺されたのは身内じゃないと説明すべきだろうか？

「それじゃあ」と女はいった。「急いでいないなら、あそこの郵便局は八時には開くわ」

とんだ作り話の結果がこれだ。いったい誰に電報を送り、何を知らせるのか？　どんな話にもっていけば本題に戻れるだろう？　ヴァラスの不満げな顔を見て、女はようやく言葉を足した。

「クリスチャン＝シャルル大通りにもうひとつ郵便局があるけど、ほかより早く開くかどうかは分からないわねえ。それに、ここから行くには……」

女は、八時前にこの目的地に行きつける可能性を計算するかのように、いまやじっとヴァラスを見つめている。そして目を逸《そ》らし、ふたたびデッキブラシの先を検証しはじめる。ブラシの毛の束のひとつがなかば崩れ、毛が何本か横からはみ出している。ようやく女は検証の結果を発表した。

「あなたはここの人じゃないんでしょ？」

「違います」とヴァラスは心ならずも白状した。「すこし前に着いたところです。町の中心へ行く道を教えていただければ、なんとかなると思います」

町の中心？　女はそれを頭のなかに思いうかべようとする。まずデッキブラシ、それから水のいっぱい入ったバケツを眺めた。ジャネック通りの始点のほうを向いて、身ぶりでヴァラスがやって来た方向を示した。

「あそこの通りを行けばいいの。運河を渡ったら、左に曲がってベルリン通りを進むと、県庁広場に出るから。あとは道なりに、真っ直ぐ行くの」

県庁か、県庁を聞けばよかったのだ。

「奥さん、ありがとうございます」

「でもね、すぐ近くじゃないわよ。あそこの路面電車のところまで行って、そのほうが……」

「いえいえ、速足で行きますから。そうすれば体も温まります！　ありがとう、奥さん」

「いいえ、どういたしまして」

女はデッキブラシをバケツに漬け、歩道をこすりはじめる。ヴァラスは道を逆方向に歩きだす。

一日の時間の確かな進行が回復された。いまや勤め人たちは模造革の鞄を手にもち、習慣通り鞄に昼の弁当のサンドイッチを三つ入れて、家を出ようとしている。玄関の敷居をこえるとき、空にむかって目を上げ、茶色いニットのマフラーを首に巻きつけ、家をあとにする。

ヴァラスは顔に寒さを感じる。顔を麻痺させ、痛む仮面に変えてしまう、切れるガラスのような寒さの時期ではまだないが、すでに皮膚の収縮が始まったことは感じられる。額がこわばり、髪の生え際が眉毛に近づき、こめかみがひきつれ、脳は両目のあいだ、鼻のすこし上、皮膚すれすれのところで、小さい役立たずの塊に縮んでしまう。ところが感覚はぜんぜん鈍くならない。相変わらずヴァラスは、秩序と永続性という特質をまったく失わない舞台をじっと眺める注意深い観客なのだ。ヴァラスが風景に記していく通過の線は皮膚の鈍化とは逆に厳密さを増し、さらに飾りと曖昧《あいまい》さを捨てていく。だが、この設計図のような正確さはもしかしたら、単に空っぽの胃袋が作りだした幻影にすぎないかもしれない。

ディーゼルエンジンの音響がヴァラスの背後から接近し……その震動がついにヴァラスの頭いっぱいに充満し、窒息するような煙を濛々《もうもう》とたなびかせて、まもなくヴァラスを追いこしていく。陸運専用の大型トラックだ。


自転車から降りた男が、橋床の下降を終えようとする跳ね橋の、入口の白い交通遮断機の前で待っていた。ヴァラスは男の隣で立ちどまり、男と同じように、橋床の裏側が見えなくなる様子を観察していた。ふたたび橋の通路の表側が見えてくると、自転車の男はその小さな柵をなかば開けて、車輪の前部を前に押しだした。男はヴァラスのほうをふり向いた。

「今朝は寒いね」

「ほんとに」とヴァラスは答える。「いよいよ始まったね！」

「雪でも降りそうだ」

「でも、この季節に雪は変だな」

「そうかな、私は驚かないけど」と自転車の男はいった。

ふたりとも、道路の高さまでひどくゆっくりと降りてくる橋床の鉄製の縁をじっと見ていた。橋床の縁が道路に接すると、突然、騒音はやんだ。そして、静けさのなかに、通行許可を告げる電動のブザーの響きが聞こえる。小さな柵を押して橋に出るとき、自転車の男はくり返した。

「私は驚かないけど」

「そうかもしれないね」とヴァラス。「行ってらっしゃい！」

「ごきげんよう」と自転車の男。

男はサドルに飛びのり、遠ざかる。本当に雪が降るのだろうか？　まだそれほど寒いようには思えない。天候が急に変わったので驚かされただけだ。ヴァラスは橋の真ん中で、交通遮断機を開けに来た濃紺の作業服の男とすれ違った。

「もうお帰りかい？」

「ええ」とヴァラスは答える。「橋が上がっているあいだにちょうど時間が足りたから。県庁はこっちでいいんですよね？」

作業服の男がすこしふり向く。「時間、何をするための？」と考えている。男は答えた。

「もちろん、こっちでいいんだよ。ベルリン通りを行くのがいい。いちばん近いから」

「どうもありがとう」

「じゃ、良いお散歩を」

どうして向こう側から交通遮断機を自動で開閉しないのだろう？　ヴァラスはいまになって気づく、ジャネック通りは真っ直ぐではなかった、と。実際には、気づかない程度の彎曲《わんきょく》を重ねて、南のほうへカーブしているのだ。学校カバンを背負ったふたりの子供が手をつなぐ標識板の上に、さかさまに貼られてむしり取られた駐車違反票の切れ端が見える。ふたつ並んだ小学校の門——女子部と男子部——を過ぎると、校庭とのあいだにある壁が、マロニエの木の下に落ちた赤茶色の葉っぱと果皮のはじけた木の実を視界からさえぎる。年少の男子は様々なゲームと細工の材料になる艶《つや》やかなマロニエの種子を大事に集めていた。ヴァラスは左側から始まる通りの名前を見るために、反対側の歩道に渡った。

ある交差点で、ヴァラスは、先ほど見かけた消化不良の中年男性が目の前の道路を渡っていることに気づいた。男性は食後の常で、冴えない顔色をしている。そんな顔つきをしているのは、もしかしたら胃痛のせいではなく、心配ごとがあるのかもしれない。(ファビユスにそっくりだ!) 黒いコートを着ている。お悔みの電報を打ちに郵便局へ行くのだろう。

「あら、電報なの。深刻な話じゃないわよね?」

「弔電です、奥さん」

悲しげな顔の男性はヴァラスの前を通過し、横に走る通りに入っていく。「ベルリン通り」。ヴァラスもそのあとに続く。

この通りの方向から判断するならば、今朝はもっと手前から斜めの方向に進んでおくべきだったのだ。黒いコートの背中がヴァラスとほぼ同じ速度で前進し、道を教えてくれる。

3

黒いコートを着た男性は左側の歩道を行き、小さな通りに曲がった。そのためヴァラスは男性を見失った。残念だ、いい道連れだったのに。ともあれ、電報を打ちに郵便局へ行くのではなかったのだ。直接クリスチャン＝シャルル大通りへ行く近道でも知っているのなら話は別だが。ともかく近道は必要ない、ヴァラスは広い幹線道路を行くほうが好きなのだ。ましてや、郵便局に行かなければならない理由はないのだから。

デッキブラシの女には単刀直入に、自分はこの町に初めて来たので、町の主要な通りを歩いてみたいのだ、と説明したほうがずっと簡単だっただろう。だが、気がとがめて、昔一度来たことがあると話すはめになったのではないか？——母親と一緒に歩いた、陽光で明るいこぢんまりとした通り、低い家の並びに挟まれた運河の隅っこ、放置された船の残骸、出会った憶えのある親族の女性（母の姉、それとも従妹《いとこ》だったか？）——子供時代の思い出にふける様子を見せることになったにちがいない。芸術愛好家にとって完全に魅力を欠いたこの町に、一年のこんな時期にやって来て観光客を装うのは、その口実じたいが怪しいだけでなく、もっと大きな危険に導かれる恐れもあった。そもそも郵便局の一語が発せられただけで、女の返事に逆らいたくない気持ちと、新たな説明をひねり出す面倒くささとで、ごく自然に電報の話になってしまったのだから、女が観光上の質問をくり出せば、どんなことになっていたのか見当もつかない。単に愛想よく、慎み深い人間に見せたいというだけで、最終的にどんな想像上の大冒険に巻きこまれることになっただろう！

「あなたはここの人じゃないんでしょ？」

「ええ、政治的な暗殺事件の調査のために昨夜到着した警察官です」

これではほかの話よりも嘘くさく聞こえる。「情報収集にあたる刑事は」とファビユスは口癖のように語っていた。「可能なかぎり人々の記憶に痕跡を残してはならない。したがって、いかなる状況下にあっても、目立たない行動を保つことが肝要だ」。〈特別捜査局〉のみならず、すべての省庁で有名なファビユスを描いた風刺画には、「のんきな散歩者」に変装した格好が描かれていた。帽子を目深《まぶか》にかぶり、大きなサングラスをかけ、地面を引きずりそうな、とんでもない付け髭を貼りつけたファビユスが、野原の真ん中で、びっくりした家畜に囲まれながら、身をよじるようにして、地面を「目立たないように」這《は》っているのだ。

この失礼な絵姿は、実際には、ファビユスの同僚たちが老師に捧げる心からの尊敬の気持ちを表していた。ファビユスの敵はにやにやしながら「あの御仁も耄碌《もうろく》したものだ」と評するが、毎日ファビユスと一緒に働く者たちは、ときにわけの分からぬ頑《がん》迷固陋《めいころう》さを発揮することはあっても、名高いファビユスがいまだに伝説の名にふさわしい存在であることをよく心得ている。しかしながら、たとえファビユスを信奉する者であっても、いささか時代遅れな方法への固執に加えて、決断力の不足、病的な慎重さなどはときに批判の対象としており、それらの欠点のせいで、もっとも確かな事実にも果てしなく疑義を呈する悪癖を非難していた。疑わしい状況のなかでこの上なく感知しにくい証拠を嗅《か》ぎつける能力、謎の本源にむかって突きすすむ情熱的な行動、さらには、明るみに出された幾筋もの事件の糸をひとつにまとめあげる疲れを知らぬ忍耐力、こうした長所すべてが、ときとして偏執狂の不毛な懐疑主義に一変するらしいのだ。以前から、ファビユスは単純な解決を信用しないという見方があったが、いまでは彼はなんらかの解決の存在を信じることさえ放棄したと噂されている。

例えば、ヴァラスが現在関わっているこの事件において、捜査の目的は明らかだが（無政府主義組織の指導者たちの正体を暴くこと）、ファビユスは最初からひどく曖昧な態度ばかりとって、この事件への対応に乗り気でないように見えた。部下の前でも平気でとんでもない意見を開陳し、この犯罪を偶発事の連続だと見なすふりをしたかと思えば、政府の陰謀によるでっちあげだと決めつけたりもした。あるときなど、この事件の仕掛け人は博愛主義者なのだと冷静に断言した。彼らの追求する目的は公共の利益だと！

こうした悪ふざけをヴァラスは好まなかった。そのせいで〈特別捜査局〉が怠慢であるという批判、いや、それどころか、何か陰謀を企てているといった誹謗中傷を受けることになるのだ。もちろんヴァラスは、同僚の一部がファビユスにむける無条件の崇敬を共有しているわけではなかった。戦争中、ファビユスが敵の諜報員たちと死闘を演じた時代の、栄光に輝く彼の姿をヴァラスは知らなかったからだ。ヴァラスが〈特別捜査局〉の一員となったのは最近のことで、以前は内務省の別の部局に属しており、この職務に就いたのは偶然にすぎなかった。これまでのヴァラスの主な任務は、内務大臣のロワ＝ドーゼが突然警戒心を抱《いだ》きはじめた、各種の神智学教団を監視することだった。ヴァラスは数か月間も足しげく秘儀伝授者の集会に通い、常軌を逸した布教パンフレットを研究し、狂信者たちの信頼を得ようと努めた。この使命を終えてまだ日が浅いが、ヴァラスが書きあげた教団の活動についての分厚い報告書の結論は、まったく無害、というものだった。

じっさい、本物の警察とは別組織であるこの警察が果たす役割は、たいていの場合、きわめて平和的だった。最初は防諜活動を唯一の目的として設立されたのだが、第二次世界大戦の終戦後に一種の経済警察に変わり、その主な機能はカルテルの不正行為を抑えこむことになった。それ以降、経済、政治、宗教に関わる団体、あるいはそれ以外の団体が国家の保安を脅かす可能性を見せるたびに、〈特別捜査局〉が行動を起こし、数度にわたって、政府のために貴重な貢献をしたのだった。

しかし、今回の事件はそうしたケースとはまったく異なっている。九日間に九件の変死事件が続き、そのうちすくなくとも六件は疑問の余地なく他殺である。これら別々の犯罪に見られるある種の類似性、被害者たちの社会的地位の高さ、さらに、九人の死者が属していたらしい組織の、ほかのメンバーに送られた脅迫状の内容を見れば、これが同一の犯罪にほかならないことは明らかだった。すなわち、たとえ公式のものではないにせよ、その政治的役割がおそらくきわめて重要である人々に対しておこなわれる（誰の手で？）、悪逆卑劣な威嚇の――あるいは殲滅《せんめつ》の――活動ということができるが、被害者たちは政治的役割の重要さによって、いってみれば……利益を享受していたのではないかと……。

県庁広場は大きな四角い広場で、その三辺に立ちならぶ建物は正面がアーケードになっており、残りの一辺には県庁が面していた。県庁は渦巻と帆立貝の意匠を用いる様式の巨大な石造建築だが、幸いなことに装飾は控えめで、要するに、簡素な醜悪さを備えた建物だった。

広場の中央には、まわりに鉄柵を巡らし、低い台座に据えられたブロンズ彫刻の群像が立っている。二頭の馬に引かれるギリシアふうの馬車に何人もの人物が押しこまれていて、たぶんそれぞれ何かを象徴しているのだろうが、その不自然なポーズは馬車の競走に想定されるスピードとまったくそぐわなかった。

広場の反対側からレーヌ大通りが始まり、すでに葉を落とした細い楡《にれ》の並木が続く。このあたりで戸外に出ている人はめったにいない。たまに現れる通行人は毛皮を着こんでおり、並木の黒々とした枝と相まって、早すぎる冬の雰囲気を醸しだしている。

裁判所もそう遠くないところにあるのだろう。というのは、郊外の地域を除けば、市街自体はさほど大きな広がりをもたないからだ。県庁の大時計は七時一〇分をすこし過ぎた時刻を指している。ということは、ヴァラスは四五分以上もこのあたりを探索したことになる。

レーヌ大通りが終わる地点では、古い運河からの分水路が灰色の水を浮かべ、風景の凍りつくような静寂はさらに深くなる。

それをこえると、クリスチャン＝シャルル大通りが始まって道幅はわずかに広くなり、何軒かの高級品店や映画館が両側に立っている。路面電車がときおり通過するが、その接近があまりに静かなため、チンチンという澄んだ金属音を二、三度鳴らして警告を発する。

ヴァラスは市街図を描いた掲示板を見つける。黄ばんだ地図の真ん中に回転する針がついている。ほかに小さな箱もあって、そのなかで回転する巻紙が通りの名前を示していくが、それらの小道具を無視して、ヴァラスはたやすく自分の通ってきた道筋をたどり直した。駅、すこしひしゃげた円形を作る環状通り、アルパントゥール通り、ブラバン通り、環状通りに通じるジョゼフ＝ジャネック通り、ベルリン通り、県庁。ヴァラスはこれからクリスチャン＝シャルル大通りを進んで環状通りまで行くことになるだろう。そして、時間があるので、さらに左に道をそれ、まずはルイ五世運河に沿って進み、ついでこの通り……ええと、コペンハーゲン通りの先まで行く、前より狭い運河に沿って戻る。ついさっきこえた分水路がこの狭い運河だったのだ。この道順で移動を終えれば、ヴァラスは、環状通りの内側に位置する厳密な意味での市街を、端から端まで二回も横断したことになる。環状通りの外側には郊外の地域が大きく広がり、東部と南部は家屋が密集しているが雰囲気は悪く、北東部は港の奥の数多くのドックにむかって風通しのいい印象をあたえ、南西部には運動場や森があり、さらに市営公園には動物園まで備わって、明るく開けている。

ジャネック通りの始点からこのクリスチャン＝シャルル大通りまで来るのに、もっと短い小道があったが、それはもっといり組んでもいたから、デッキブラシをもった女が県庁を通る道筋を教えたのは正しかった。苦しそうな顔をした黒いコートの男性が入ったのはその小道で、狭くて曲がりくねった小路の連続のなかに姿を消したのだ。市街図の掲示板からたち去ろうとしたそのとき、ヴァラスはまだ裁判所に行っていないことを思いだした。しかし、すぐに県庁の裏手に、広場から始まる「シャルト通り」という細い道で県庁とつながった裁判所を発見した。たしかに警察署も裁判所のちょうど正面に位置している。こんなふうに配置の目星をつけた空間のなかで、ヴァラスは自分をよそ者だと思う感覚が薄れ、注意を集中しなくてもほうぼう歩きまわれるようになったのだった。

クリスチャン＝シャルル大通りをさらに下ったところで、郵便局に差しかかった。閉まっている。立派な扉の上に、白い厚紙で掲示がなされている。「事務取扱は8時から19時まで。休み時間なし」。斜めに環状通りに入ると、まもなく運河が現れ、運河に沿って歩きながら、水に魅了され、励まされ、その反射光と影を見つめることに我を忘れてしまう。

ヴァラスが二度目に県庁広場に着いたとき、大時計は八時五分前をさしていた。シャルト通りの角のカフェに入って、急いで何か食べるだけの時間はある。店のなかはヴァラスの予想とまったく違っていた。この地方では、鏡やステンレスやネオンの類《たぐい》は好まれないらしい。ガラス窓は小さく、それに壁の照明の光がいくつかおずおずと加わるだけで、くすんだ板張りと、暗い色のモールスキンを張った詰め物の不十分な椅子のせいもあって、どこかもの悲しい雰囲気を醸している。もって来させた新聞がかろうじて読める程度の明るさだ。見出しをざっと見る。

「デルフ街道で大きな交通事故」

「明日、新市長選出のため市会開催」

「女予言者、客をだます」

「ジャガイモの生産量が過去最良の年を上回る」

「一般市民殺害さる。ダニエル・デュポン氏の住宅に、昨日夕刻、大胆な強盗が侵入し……」


ファビユスの紹介状があるから、警察に行けば、ただちに署長のローランが直接会ってくれるだろう。ただし、この事件に首を突っこんだことでローランを怒らせなければの話だ。事情をうまく説明しなければなるまい。さもなければ敵を作ることになるか、ともかくローランに手を貸してもらえなくなるが、今回、ローランの協力は必要不可欠なのだ。現実には、デュポンの事件の前に起こった八件の犯罪において、地方警察は完全な無能さを露呈しているが――いかなる手がかりも見出《みいだ》せなかったばかりか、二件の犯罪についてはこれを事故死であると結論づけた始末だ――、警察を完全に無視するのは困難だと思われる。「殺人者」と見なしうる者たちについて、いずれにせよ唯一利用できる情報源は警察だけだからだ。また、警察を信用していないと思われるのも具合が悪いだろう。

一軒の文具店が開いているのを見て、ヴァラスはふらりとなかに入った。レジの後ろに座っていたひどく若い娘が注文を聞くために立ちあがる。

「何かご用ですか？」

ちょっとすねたような可愛《かわい》い顔で、金髪だ。

「製図用のとても柔らかい消しゴムがほしいんだが」

娘は壁に並んだ引出しのほうをふり向く。髪はうなじの上でまとめてあり、背後から見ると、先ほどより年上に感じられる。引出しのひとつを探り、ヴァラスの前に、斜めに切られた横長の黄色い消しゴムを置いたが、それは学童むけの普通の品物だった。ヴァラスは尋ねる。

「製図用の特別の製品はないかな？」

「これが製図用の消しゴムです」

娘はわずかに微笑みを浮かべながら製品を薦める。ヴァラスは消しゴムを手に取り、前より注意深く検証する。それから、娘、娘の目、娘の薄く開いた肉づきの豊かな唇を見る。今度はヴァラスが微笑む。

「できれば……」

娘はヴァラスの言葉をよく理解しようとするかのように、わずかに頭を横にかしげた。

「……もっと柔らかいのがいいんだが」

「でも、本当です、これは鉛筆用のとてもいい消しゴムですよ。うちのお客さまはみんなこれがいいっておっしゃいます」

「分かった」とヴァラスは答える。「使ってみるよ。いくらかな?」

金を払い、店を去ろうとする。娘は戸口まで送ってきた。いや、もう子供じゃない。娘の腰つき、ゆったりとした歩きかたは、ほとんど一人前の女だ。

通りに出ると、ヴァラスは思わず小さな消しゴムを指でいじっていた。触っただけで安物と分かる。あんなに小さな店にあるはずがなかった……。でも親切だった、あの娘……。親指で消しゴムの先をすこしこすってみる。自分が探していたものとはぜんぜん違う。

4

ローランは机の上の書類を動かして、小さな消しゴムを見つけた。ヴァラスはこう結論した。

「要するに、大したものは見つからなかったと」

「そう、なんにも」警察署長は答えた。

「で、今後はどうなさるつもりです？」

「いや、これ以上は何も。だって、もう私の事件じゃないのですから！」

ローラン署長はそういって、恐縮そうに、しかし皮肉のこもった笑みを浮かべた。相手が黙ったままなので、言葉を続ける。

「自分がこの町の公安の責任者だと思っていたのは、たぶん誤解なんですよ。この紙には（と二本の指で手紙をつまんで振ってみせた）はっきりとした表現で、きのうの犯罪は首都の関係機関に任せろと書いてあるのですよ。交渉の余地はありません。そこへもってきて、内務大臣が、あなたはそうおっしゃいましたよね――あるいは、いずれにしても大臣に直属する部局が――ここにあなたを派遣して、『私に代わって』ではなく、『私の協力を得て』、捜査を続行したいといってきた。ここからどういう結論を導くべきでしょう？　私にできる協力というのは、私のもっている情報をあなたにお渡しし——たったいまそうしましたよね——それから、必要な場合には私の部下の警官にあなたを保護させるということだけですよ」

新たな笑みを見せて、こうつけ加えた。

「というわけで、今度はあなたがこれからどうするかを教えてくださる番ですよ、もちろん、それが秘密事項でないのならという条件付きですが」

署長は机に積みあげた書類の後ろに隠れ、肘掛椅子の腕に両肘を置いて、話をしながら、警戒するかのように、ゆっくりと両手をこすりあわせた。それから、自分の前に散らばった紙片に両手を押しあて、太くて短い指を最大限に広げ、その間もたえず訪問者の顔をじっと見つめながら、答えを待った。署長は頭頂部が禿《は》げ、赤ら顔で、でっぷり太った小男だった。愛想のよさそうな口ぶりだが、いささか無理が感じられた。

「あなたがおっしゃるには、目撃者は……」とヴァラスは始めようとした。

すぐにローランは手を上げてさえぎった。

「目撃者なんてものは厳密には存在しませんよ」左手の人差指の上を右の掌《てのひら》で払う。

「被害者の命を救えなかった医者も、なんにも見なかった耳の遠い年寄りの家政婦も、とうてい目撃者とはいえませんからね」

「事件を知らせたのは医者ですか?」

「ええ、ジュアール医師は昨夜九時ごろ警察に電話してきました。電話を受けた刑事が医師の報告を記録してありますが――先ほどあなたが確認された書類ですよ――それから医師は私の自宅に電話してきました。私はただちに現場検証を指示しました。刑事たちは邸の二階で四人分の真新しい指紋を採取しました。家政婦の指紋のほかの三つは、明らかに男の手の指紋でした。ここ数日、外部の者はひとりも二階に上がらなかったという証言が事実ならば、ほかの三つとは次のごとくです。(署長は指を使って数えてみせる)その一、医師の指紋。階段の手すりとデュポンの寝室にあったもので、鮮明とはいえず、数も少ない。その二、デュポン自身の指紋。家じゅうで発見されています。その三、殺人犯の指紋。階段の手すり、書斎の扉の脇のスイッチ、書斎のいくつかの家具――主に椅子の背もたれ――から、相当数見つかり、非常に鮮明に残っています。邸には入口がふたつあり、表の扉の呼び鈴からは医師の右の親指の指紋、裏の扉の把手《とって》からは殺人犯のものと思われる右親指の指紋が検出されました。お分かりですね、すべての情報をつつみ隠さずお話ししているんですよ。結局、家政婦の証言によれば、医師は表の大きな扉から入り、いっぽう、彼女が被害者に呼ばれて二階に上がろうとしたとき、裏の小さな扉が開けっぱなしになっているのを見たのです――数分前に彼女が閉めたばかりなのに。お望みなら、さらに正確を期するため、ジュアール医師の指紋を取らせることもできますが……」

「死人の指紋を取ることもできるんでしょうね？」

「もちろん、死体が手元にあればの話ですがね」とローランは従順さを装って答える。

ヴァラスの問いたげな目つきを見て、ローランはこう尋ねる。

「おや、ご存じじゃないんですか？　死体は捜査の指揮権と同時に私から奪われてしまいましたよ。あなたを派遣した組織が死体を欲しがったのだとばかり思っていたんですが」

ヴァラスは明らかに驚いた様子だ。ほかの部局がこの事件を扱っているのか？

ローランは露骨に満足そうな顔を見せてこの推測を受けいれた。両手を机の上にべったりと置いて、待つ。善良そうな顔つきに憐れみが混じっている。ヴァラスは死体の問題にはこだわらず、言葉を継いだ。

「負傷したデュポンは二階から家政婦の老女を呼んだとおっしゃいましたね。耳がよく聞こえないにもかかわらず、老女がデュポンの声を聞いたとするなら、デュポンはよほど大きな声で叫んだことになりますね。それなのに医師の証言では、デュポンは銃撃の負傷でひどく弱り、ほとんど意識を失っていたというのですが」

「ええ、そうです。そこには矛盾があるように見える。だが、自分のピストルを取りに行き、助けを求める力は残っていたものの、その後、救急車を待っているあいだに大量失血したということもありえます。ベッドの上に比較的大きな血痕が残っていました。いずれにせよ、医師が到着したときにはデュポンは意識を失っていなかった。犯人の顔を識別することができなかったと明言したらしいですから。報道陣が公表した見解には曖昧なところがありますよ。手術がおこなわれたあと、被害者は意識をとり戻さなかったというんですから。ともかく、あの医者にはもちろん会いに行くべきです。同じく説明を求めるべきは、あの家政婦、ええとマダム……（ローランは書類の一ページを確認する）そう、マダム・スミットです。彼女の証言はかなり混乱していました。やけに詳しく故障していた電話の一件を語りたがるんですが、それが事件に関係があるとは思えない――いや、一見したところでは、ということですが。刑事たちは彼女が落ち着くのを待つほうが先決だと考えて、それ以上しつこく聞きませんでした。主人が亡くなったこともいいませんでした」

ふたりの男はしばらく黙りこんだ。新たに言葉を続けたのは警察署長で、親指の骨をやさしくマッサージしている。

「たしかに、自殺という線も考えられます。ピストルの弾を一発――あるいは数発――自分に撃ちこんだけれども、その場で死ぬことができなかった。それで、よくあることなんですが、思いなおして助けを求めながら、自殺未遂を外部からの襲撃に見せかけようとしたというわけです。もしくは――こちらのほうが、あの男の性格を知ると、それにふさわしいようにも思えるんですが――あらかじめこの狂言の準備をしておいて、しばらく生き延びられる程度の重傷を自分に負わせ、後世に暗殺の伝説を残すことに成功したという可能性もあります。そりゃ無理だ、とおっしゃいますか。銃弾一発がひき起こす結果をそんなに正確に計算するなんて不可能だと。ですから、家政婦が医者を呼びに行っているあいだにもう一発撃ったんじゃないでしょうかね。多くの点から見て、あの男は変人ですからね」

「それらの仮説を検証するには銃弾の位置を調べればいいでしょう」とヴァラスは応じた。

「ええ、それで検証できる場合もあります。銃弾および被害者と見なしうる男のピストルの検査結果もあるはずです。でも私が個人的に所有しているのは、問題の医師から今朝送られてきた死亡証明書だけです。いまのところ、それが唯一確かな書類なのです。身元未確認の指紋は、家政婦に気づかれずに日中やって来た者ならば誰のものであってもおかしくありません。彼女が警官たちに話した裏手の小さな扉についても、もしかしたら風のせいで開いたのかもしれません」

「あなたは本当にデュポンが自殺したと信じているのですか?」

「私は何も信じていません。私の手元に残された調査結果によれば、その解釈も不可能ではないと思うのです。死亡証明書はたしかに規則にのっとって書かれていますが、死亡の原因となった負傷の実態についてはいかなる情報も含んでいません。この点について医師と家政婦が昨夜おこなった証言は、あなたもご覧になったとおり、あまりにも漠然としています。まず何よりも、こうした細部を明らかにすることが先決でしょう。それができない場合、首都の関係機関に属する検屍官に、あなたが関心をもつ補足的な説明を要求することができますよ」

ヴァラスはいった。

「あなたに援助していただければ私の任務はきっと簡単に終わるでしょう」
「もちろん、私を当てにしてくださって結構です。誰か逮捕する必要ができたら、私の屈強な部下を二、三人あなたのところに送りますよ。あなたのお電話が待ちどおしい。124の24にかけてください。直通ですから」

人形のように丸々とした顔が署長の微笑みを効果的に際だたせる。小さな手を机の上に置き、掌を広げ、それぞれの指を大きく開く。ヴァラスは「C・ローラン、124―24」と書きとめた。だが、何に直通だというのだ？

ヴァラスはあらためて自分の立場がひどく孤立していることを確認する。最後の自転車に乗った集団が労働をめざして遠ざかっていく。ひとり残され、頼りない手すりで身を支えていたヴァラスは、いまこの支えを捨て、自分で選んだ方向へと出発し、ひと気のない街路を横切りはじめる。見たところ、ヴァラスの活動に興味を示すものは誰もいない。建物の扉は閉まったままで、いかなる人間もヴァラスの通行を眺めるために窓から顔を出したりはしていない。だが、この場にはヴァラスの存在が必要なのだ。ほかの誰ひとりあの殺人事件を気にかけていないからだ。これは自分の事件だ。

この事件をうまく終結させるため、自分はわざわざ遠方から送りこまれたのだ。

警察署長は、今朝の労働者たちと同じく、驚きの目で――おそらく敵意も抱きつつ――ヴァラスを見つめ、顔をそむけた。署長の役割はすでに終わっている。彼は煉瓦の壁の向こうにいて、この事件が展開する世界に接近することはできない。署長の言葉からヴァラスがはっきり感じとったのは、自分もまたその世界に侵入することはほとんど不可能だということだ。だが、ヴァラスには自信がある。一見、その困難さはヴァラスにとって署長の場合より大きいように見える――ヴァラスはこの町ではよそ者であり、町の秘密も近道も知りはしない――が、ここに送られたのは無意味ではないと知っている。ひとたび隙間を見つけたらもぐりこみ、ためらうことなく最後まで前進してやるのだ。


ヴァラスは念のために尋ねる。

「もし捜査を続けていたとしたら、あなたは何をなさったと思いますか？」

「捜査は私の権限ではないのですよ」と署長は答えた。「まさにそれゆえに捜査は私の手から奪われたのです」

「それでは、あなたのお考えでは、警察の役割とはいったいなんなのですか？」

ローランは前より速く手をこすりあわせる。

「私たちは悪人たちを、法律がどうにかこうにか定めた限界のなかに抑えこんでいるのです」

「それで？」

「あの事件の犯人は私たちの手を逃れましたが、この犯人は通常の悪人の範疇《はんちゅう》に収まらないのですよ。この町の悪人なら、私は全員知っています。カードに分類されて、番号を振られているのです。連中が社会から課されている約束事をないがしろにしたら、私が逮捕します。仮に連中のうちのひとりが盗みを働くため、あるいは、ある政党から金をもらってデュポンを殺したのだとしたら、殺人ののち一二時間以上も経ってから、私たちが、あれは自殺だったんじゃないか、などと考えつくと思いますか？この町は狭いし、密告者は掃いて捨てるほどいます。いつも犯罪を阻止できるとはかぎらないし、犯人がまんまと高飛びすることもありますが、どんな場合でも、すくなくともその足どりは摑《つか》めるのに、今回は名無しの指紋と扉を開く隙間風を相手にしているのです。それに聞きこみの警官を助けてくれる情報もまったくありません。あなたがおっしゃるように、これがテロリストの組織の犯行であるとするなら、金銭等の利害関係という弱点を免れたわけです。その意味で彼らの手はきれいです。監視すべき連中と親密な関係をもつ警察の手なんかよりよっぽどきれいです。私たち、潔白な警官と犯罪者のあいだには、あらゆる種類の仲介者がいます。私たちの活動はその仲介者に支えられています。だが、残念なことに、ダニエル・デュポンを殺した銃弾は別の世界から飛んできたのです！」

「それでも完全犯罪などありえないのですから、どこかに存在するはずの欠陥を探すほかないでしょう」

「どこを探すんです？　誤解しないでくださいよ。これはプロの仕事です。なりゆきに任せた行動などほとんどなかったのは明らかです。しかし、私たちが獲得したわずかな手がかりが活用できないのは、それを何かほかの情報と照合することができないからなのです」

「でも、この事件でもう九件目ですよね」とヴァラスはいった。

「ええ、しかし、ご存じのとおり、被害者たちの政治的意見と犯行の時刻が一致しているだけです。それに私はあなたほど、この件が現実に存在する何かと関係があるようには思えないのです。いや、関係があると仮定しても、いっこうに事態は進展しません。たとえば、今夜この町で、この事件と同じく、まったく犯人が分からない第二の犯罪がおこなわれたとして、それが私にとってなんの役に立つというのです？　中央の関係機関にしたって、私以上に解決に到達するチャンスがあるとは思えません。同じ情報ファイルと同じ捜査方法しかないのですから。彼らは私から死体を奪いましたが、喜んでくれてやりますよ。だって、あなたがおっしゃったように、ほかに八つの死体をもっていても、彼らはそれをなんの役にも立てられなかったのですから。あなたがここに来る前から、本件はもはやこの警察署の手を離れたという印象をもっていましたが、こうしてあなたがここにいらっしゃったいま、印象は確信に変わりましたよ」

質問相手が態度をはっきりと表明しているにもかかわらず、ヴァラスは食いさがる。被害者の親類縁者や友人知人を尋問することもできるはずだ。だが、ローランはその方面を探ろうとしても、なんら有益な結果を得られないだろうという。

「噂では、デュポンは書物と家政婦の老女だけを相手に、きわめて孤独な生活を送っていました。ほとんど自宅から外へ出ないし、訪問者が来ることもめったになかった。そもそも友だちなどいたのでしょうか？　親類はひとりもいませんが、妻はいて……」

ヴァラスは驚いた。

「妻がいたんですか？　事件が起こったときはどこにいたんです？」

「知りません。デュポンが結婚していたのは数年だけです。妻はデュポンよりずっと若くて、おそらく隠遁者のような生活に耐えられなかったのでしょう。すぐに離婚したのです。しかし、いまでもときどき会っていたらしい。デュポンの妻に会いに行って、昨夜七時半に何をしていたか尋ねてごらんになるといい」

「まさか本気じゃないでしょうね？」

「いいえ、本気ですよ。なぜいけないんです？　彼女は別れた夫の住居と習慣をよく知っていた。だから、自分の手でこの殺人を犯そうと思えば、ほかの人間よりずっと簡単にできたはずだ。それに、元夫からの相当額の遺産を期待する権利があるはずですから、私が知るかぎり、この妻は、デュポンを始末することで利益を獲得できる数少ない人物のひとりになります」

「それなのに、なぜそのことを話してくれなかったんですか？」

「あなたが断言したからですよ、これは政治的暗殺だと！」

「元妻がそれに関係している可能性もある」

「もちろん。ありうるでしょうね」

ローラン署長は陽気な調子をとり戻し、微笑を見せながらいった。

「あるいは、デュポンを殺したのは家政婦で、実行以外のすべてはジュアール医師との共犯で考えだしたことかもしれませんよ。あの医者は――ついでにいっておきますが――あまり評判が芳《かんば》しくない」

「その解釈はちょっと無理でしょう」とヴァラスは指摘した。

「絶対に無理ですよ。でも、疑いだしたら切りがありませんからね」

ヴァラスはこうした皮肉を悪趣味だと思った。しかし、一方で、ローランから大した情報を引きだせないことも分かった。この官吏はヴァラスの権限を妬《ねた》ましく思い、もう何もしないと決心しているのだ。だが、本当に身を引くつもりなのか？　それとも、自分自身の捜査をひとりで続行するために、競争相手のやる気を挫《くじ》こうとしているのか？　ヴァラスはいとまを告げるために立ちあがった。まず医者に会いに行ってみよう。ローランは医者と会える住所を教えてくれた。

「ジュアール医院、コリントス通り11番地。県庁の反対側で、ここからそう遠くありません」

「たしか新聞には」とヴァラスは口を挟んだ。「『近所の医院』とありましたが？」

「はは！　新聞ってやつはねえ！　それに、アルパントゥール通りからものすごく遠いというわけでもない」

ヴァラスは手帳に住所を記入する。

「新聞のなかには」と署長がつけ加える。「名前を混同して、アルベール・デュポンの死を報道したものもありましたがね。こちらは、この町でいちばん大きな木材輸出商のひとりです。今朝、彼は仰天したことでしょうね、自分の死亡記事を読んだのですから！」

ローランは立ちあがった。結論がわりにウインクをしてみせる。

「結局、私は死体を見なかったから、もしかしたらそれはアルベール・デュポンの死体だったかもしれない」

この考えがひどくお気に召したらしく、栄養の行きとどきすぎたローランの体はばか笑いで大きく揺れた。ヴァラスもつきあいで笑う。署長は息を整え、にこやかに手を差しだした。

「新たな情報が入ったら、お教えしますよ。どこのホテルにお泊まりで？」

「アルパントゥール通りの、デュポン邸のすぐそばのカフェに部屋を取っています」

「ほう！　誰かに教えられたんですか？」

「いいえ、たまたま見つけました。10番地です」

「電話はありますか？」

「ええ、あると思います」

「それじゃあ、連絡の必要ができたら、電話帳で探してみましょう」

そういうなりすぐにローランは人差指を舐《な》めて、すばやく分厚い電話帳をめくりはじめた。

「アルパントゥール通り、と。あった。10番地。カフェ・デ・ザリエですか？」

「ええ、そうです」

「電話は、202の03。しかし、ここはホテルじゃありませんね」

「そうなんです」とヴァラスは応じる。「いく部屋かを貸しているだけです」

ローランは整理棚に載った帳簿を取りに行く。しばらく調べたが見つからず、ヴァラスに尋ねた。

「妙だな、宿泊人が登録されていない。部屋はたくさんありましたか？」

「いいえ、そんなになかったと思いますが」とヴァラスは答える。「警察の仕事にも不手際はあるということですね！」

警察署長の顔に大きく笑いが広がった。

「いやいや、手際のよさに感心するべきでしょう。そのカフェに泊まった最初の客が、宿の主人の手間を省いて、みずから警察に宿泊を届けに来てくれたのですから！」

「なぜ最初の客と？　きのう、殺人犯がそこに泊まっていたとしても、あなたには分からないのでは？」

「宿の主人が届けでていたはずです。あなたの宿泊をこれから届けでるのと同じことですよ。今日の正午までに届ければいいのです」

「もし届出がなかったら？」とヴァラスは尋ねた。

「ふむ、その場合には、あなたの勘のよさを褒《ほ》めてあげましょう。到着するなり、この町唯一の非合法宿泊所を見つけたのですからね。でもそれはあなたにとって、決定的に不利な事実となりますよ。だって、要するにあなたは、私が出会った最初の重要な容疑者ということになりますからね。つい最近ここに到着し、犯罪の現場からすぐ近くに宿泊し、しかも完全に警察の目を逃れていた！」

「しかし、私は昨夜の一一時に着いたばかりなんですよ」ヴァラスは抗議した。

「宿泊の届出がなければ、到着時刻の証拠もありませんよね？」

「犯罪がおこなわれた時間に、私はここから一〇〇キロ以上も離れた場所にいたんです。調べていただければ分かります」

「もちろん！　有能な殺し屋はいつでもアリバイを用意するんでしょう？」

ローランはふたたび机の後ろに座り、満足しきった顔でヴァラスを見つめた。それから、だしぬけに尋ねる。

「ピストルはおもちですか？」

「ええ」とヴァラスは答える。「今回は特別にもってきました、上司の忠告に従って」

「なんのために？」

「分かりません」

「そのとおり、何があるか分かりませんね。見せていただけますか？」

ヴァラスが差しだしたピストルは、七・六五ミリ口径のオートマチックで、広く出まわっている外国製の型だった。ローランは弾倉を抜きだしてから、銃を仔細に調べた。そして、ヴァラスのほうを見ずに、当たり前のことをいうように締めくくった。

「弾丸が一個足りませんな」

署長は拳銃を持ち主に返した。それから、だしぬけに手を絡みあわせ、指を組んだまま、両掌だけを離し、あらためて手首と手首を近づけ、親指同士をこすりあわせた。手と手が離れ、指が広がる。両手が軽い音を立ててふたつに折りまげられ、ふたたび開かれ、最後に、指を等間隔に開けたまま、机に掌を伏せて置かれた。

「ええ、分かっています」とヴァラスは答えた。

署長は帳簿を置いてめくる場所を作ろうとして、机いっぱいに置かれた書類を動かした。するとふたたび灰色がかった消しゴムが現れたが、それはたぶんインク用の消しゴムで、すり減った場所がところどころうっすら光っているのを見れば、安物にちがいなかった。

5

扉が閉まるやいなや、署長は小走りで肘掛椅子に戻った。満足して手をこすりあわせる。やっぱり死体を取りあげたのは、ロワ=ドーゼだ！　こうした謀略は、いかにもあのいかれた老人の途方もない想像力が生みだしそうな企みだ。ついにあの爺《じじい》が登場して、国じゅうに配下の秘密捜査官と刑事の一行を送りだしたというわけだ、あのファビユスの大将とその一味を。

政治的犯罪？　もちろん、そう考えれば、このローランの捜査が完全な失敗に終わったのも当然のことだろう――いずれにしても失敗の立派な言い訳にはなると彼は考えた――、だが、ローランはロワ=ドーゼ内務大臣の誇大妄想癖をひどく警戒していたので、自分以外の者たちがこの危険な進路に送りだされたのを見て、内心ほくそ笑んでいた。彼らが泥沼から抜けだそうともがく姿がいまから容易に想像される。そもそも、現地に派遣されたあの腹心の部下でさえ、デュポンの死体が大急ぎで首都のどこかに移送されたという事実を知らなかったようではないか――あの驚きぶりは演技なんかじゃない。もちろん、やる気は十分のように見えた、あのヴァラスとかいう男。だが、実際に何ができる？　だいたい、あの男の任務とはいったいなんなのだ？　かなり無口な男だったが、結局のところ、問題の「テロリスト」たちについてどこまで知っているのだろう？　いや、何も知らないにちがいない、分かりきったことだ！　それとも、何もしゃべるなと命令されたのか？　もしかして、ヨーロッパ随一の腕利き探偵ファビユスは、このローランがギャングどもに買収されているとでも説明したのだろうか？　何をやらかすか分かったものじゃない、天才的な悪知恵を働かす連中だから。

最初の連中の動きを見れば、彼らの最大の関心事が、現地警察の捜査中止を確実なものにすることだったと分かる（それがいちばん急がれる問題だった。だから、邸の封鎖や見張り警官の配置をやめて、ただちに邸を明けわたせとの命令が警察署長には伝えられたのだ。その一方で、あまり頭がまともとはいえない家政婦の老女は邸にひとり残ることを許された）。それなのに、あとになってからヴァラスを寄こして、自分の意見を聞きに来たふりをさせた。まあいい、今後はローランの協力など当てにできると思うなよ。

椅子に座る前に、署長はすこし机の上を片づけた。電話帳を元どおり並べ、書類を書類挟みに戻す。表に「デュポン」と書かれたファイルは左側、すなわち処理済みの書類の山の上に置かれた。ローランはまた手をこすりあわせて、心のなかで得意の言葉をくり返した。「大いに結構！」

だが、ほどなくして、郵便物を読みおえたころ、受付係がジュアール医師の来訪を告げた。今度はこいつがなんの用なんだ！　もう自分はこの事件から手を引いたはずなのに、どうして静かに放っておいてくれないんだ？

部屋に通させたとき、ローランは医者の疲れきった顔に驚いた。

「署長さん」と医師はほとんど呟くようにいった。「あの可哀《かわい》そうなデュポンの死のことで参ったのです。医師のジュアールと申します」

「いえ先生、私たちはすでに一度、一緒に仕事をしたことがありますよ、私の記憶が確かならば」

「いやいや、『仕事』だなんて！」小柄な医師は恐縮したように答えた。「たいした手助けにもなりませんで。でも、あんなことを憶えていらっしゃるとは思いもしませんでした」

「私たちはふたりとも自分の最善を尽くしたんですよ、先生」と署長が応じる。

一瞬の沈黙のあと、医師は気が進まないような表情で言葉を続けた。

「死亡証明書をお送りしたのですが、もしかしたら、直接お会いになりたいかと思って……」

言葉が止まる。ローランは両手を机に置き、ぼんやりと指で机を叩きながら、無表情に医師を眺める。

「ええ、よく来てくださいました、先生」ローランはようやく口を開いた。

まったく心のこもらぬ謝辞だった。ジュアールは、警察からの呼びだしを黙って待たず、こんなに早く出頭したことを後悔しはじめていた。眼鏡を拭いて時間を稼ぎ、ため息まじりに続ける。

「しかしながら、あの奇妙な犯罪について、何をお話ししたらいいか分からないのです」

話すことがないのに、なぜやって来たのか？　ジュアールは、尋問を恐れていると憶測されるより、自分から出頭したほうがいいと考えたからだ。細かい質問をされると思っていたが――その準備はしてある――まるでジュアールに落度があるかのように、自分ひとりでこの場を切りぬけろというのか。

「あの犯罪のどこが『奇妙』なんですか?」と署長は尋ねた。

署長は奇妙だと思っていなかった。奇妙なのはこの医者のほうだ。この場に来て、空疎な言葉をもてあそび、自分が知っていることを素直にいわないのだから。だが、何について知っているというのか? 医者の証言は求めていない。この男は警察が自分の病院まで調べに来なかったことがかえって怖くなったのだ。それでここにやって来た。

「私がいいたかったのは、普通じゃない、ということです。この町で殺人が起こることはめったにありません。そして、泥棒が人の住む邸宅に侵入し、所有者の顔を見て逆上し、殺さなければならないと思うこともまず稀《まれ》なことでしょう」

医者が家にじっとしていられなかったのは、知りたかったからだ。自分以外の人間が知っていることと知らないことを正確に知りたかったのだ。

「『泥棒』とおっしゃいましたね?」ローランは驚いてみせた。「何か盗まれたんですか?」

「いや、私の知るかぎり、盗まれていない、と」

「盗まなければ、泥棒ではありませんね」

「それは言葉のあやですよ、署長さん」と小柄な医師は抵抗した。「おそらく盗むつもりで入ったのですから」

「おや、『つもり』とはね！　いささか性急な結論ですな」

署長は幸いにも沈黙から脱しようと決めた様子で、尋ねた。

「事件を知らせてきたのは家政婦ですね？」

「そうです、高齢のスミット夫人です」

「怪我人の治療を頼むのに婦人科医に連絡するのは変だと思いませんでしたか？」

「とんでもないですよ、署長さん、私は外科医なんです。この種の手術は戦争中にたくさんこなしました。デュポンはそれを知っていたのです。私たちは中学以来の知りあいですからね」

「おや、ダニエル・デュポンはあなたの友人でしたか？　それは失礼」

ジュアールはちょっと不満を表すしぐさをした。

「友人は大げさですよ。昔からの知りあい、それだけです」

ローランは質問を続ける。

「あなたはひとりで被害者を診《み》に行ったのですか?」

「ええ、わざわざ看護人を呼ぶまでもなかったので。自由に使えるスタッフがほとんどいないのですよ。襲われたデュポンに死の危険はなかったようですし。階段から降りるときも、私たち、スミット夫人と私ですが、私たちが支えてやるだけで十分でした……」

「そのときはまだ歩けたんですか? 昨夜のお話では、デュポンは意識を失っていたと?」

「とんでもない、署長さん、けっしてそんなことはいっていません。私が着いたとき、被害者はベッドに座って待っていたのです。彼は私に事情を話し、強くそうしてくれというものですから、担架を使わずに彼を移動させることに同意しました。できるかぎり時間を無駄にしないためにもね。デュポンが急にぐったりしたのは、車に乗せて運んでいるときのことです。それまでは、デュポンにも大した怪我じゃないと断言していたのですが、このとき私は弾が心臓に当たったのだと思いました。すぐに手術をすると、弾丸は心室の壁に止まっていて、これなら一命はとりとめると思いました。

しかし、弾丸を剔出《てきしゅつ》したとき、心臓が停止したのです。蘇生させようと全力を尽くしましたが、無駄な努力に終わりました」

医師はひどく疲れた様子でため息をついた。

「心不全を起こしたのでしょうか?」と署長。

「分かりません。健康な人間でも、いやどんな人間でも、この種の負傷に耐えられないことはあります。結局、運不運の問題なのです」

「ところで、先生」と署長はしばらく考えをめぐらしたあと尋ねた。「大体でいいのですが、弾はどのくらいの距離から発射されたと思われますか?」

「五メートル……いや、一〇メートルかな?」ジュアールは口を濁した。「正確な数字を出すのは難しいですね」

「いずれにしても」と署長は結論づけた。「逃げようとする人間に発射された弾にしては、正確に着弾している」

「たまたまでしょう……」と医師は呟く。

「ほかに傷はなかったのですね?」

「ありません、その傷だけです」

ジュアール医師はさらにいくつかの質問に答えた。警察にすぐに電話しなかったのは、デュポン邸の電話がつながらなかったからだ。そして、病院に到着してからは被害者の状態が急変して、電話するひまがなかった。スミット夫人が医師に電話してきたのは、近所のカフェからだった。いや、自分はカフェの名前を知らない。医師は死体が警察の輸送車で運ばれていったことも確かだといい、最後に、自分のもとに残された唯一の証拠品を警察署長に手渡した。薄葉紙に包まれた小さな玉……。

「弾丸をもってきました」とジュアールはいった。

ローランは礼をいう。あとで予審判事が医師の証言を必要とするだろう。

ふたりはねぎらいの言葉を交わして別れた。

ローランは黒い金属でできた小さな円錐を見つめる。弾丸は七・六五ミリ口径で、この型の銃器ならなんでも発射できるし、ヴァラスの拳銃から放たれたものかもしれない。せめて薬莢《やっきょう》が見つかってくれればいいのだが。

ジュアール医師という男はたしかに怪しい。初めてローランがジュアールと関わりをもったときから、その印象を完全に拭いさることはできなかった。あの男のおどおどしたしゃべりかた、怪しげな釈明、故意の言い落としから、なにか演技をしているように感じられたのだ。だが、いまはそれがジュアールの自然なそぶりだとも思える。胡散臭《うさんくさ》さを感じさせるのは、あの眼鏡だろうか？　それとも、ばか丁寧なところか、卑屈さか、「署長さん」というときの口調か？　ファビユスが見たら、ためらうことなく断言するだろう、共犯者だ！　と。ローラン自身、本能的にジュアールを追いつめようとして、相手に面食らわせるような質問を投げたのではなかったか？　だが、あの哀れな男にはそんな質問さえ必要なかった。ジュアールの口から出ると、どんなに単純な言葉でも不審の念をかき立てるのだ。

「……たいした手助けにもなりませんで……」

この医者の職業活動について、何かと噂が絶えないとしても驚くことがあろうか？　だが今日は、自分のメスのもとで友人のひとりが亡くなったことを悲しんでいるのだろう。心臓疾患による急死！　そんなこともあるだろうか？

「たまたまでしょう……」

だが、偶然も二度重なれば、この小柄な医者の立場はかなり厄介なものになる。首都の検屍官の結論がもたらされないかぎり、ローランの不審は完全には晴れないだろう。もしデュポンが自殺していた場合、専門家ならば弾丸が至近距離から発射されたと分かるはずだ。ジュアールはその事実を知って、友情から、デュポンが殺されたという話をほかの人々に信じさせようとした。ここにやって来たのは、自分の証言がどう受けとられたかを確かめるためだ。死体——手術を受けたものではあるが——を解剖した結果、真実が露見することを恐れているのだ。ジュアールはおそらく、霊柩車が死体を別の場所に運びさったことを知らないのだ。

まったく友だち思いの男なのだ。昨夜、ジュアールは、「故人への敬意をもって」報道関係者は「三面記事」で過度の憶測を流すのをやめてほしいと要請した！　だが、結局、心配する必要はなかったのだ。朝刊には最新の短いニュースが出ただけだったし、夕刊では被害者の身内の要請を十分に考慮に入れる時間があった。ダニエル・デュポンは大学の研究室と自宅以外の世間を避けて暮らしていたが、産業および商業界の大ブルジョワの出身で、その一族は、家門の一員の人生が、いや死亡が公的な場で取りざたされることを好まなかった。さらに、この国じゅうのいかなる新聞であろうと、デュポンの一族からまったく恩恵をこうむっていないと自慢できるものはなかっただろう。ましてや、一族の無敵の結束にひびひとつ入らないこの地方都市でのなりゆきは想像に難くない。海運業者、製紙業者、材木商、製糸業者、その全員が手に手を取って同じ利益の保護に邁進したのだ。デュポンは——たしかに——その著作のなかでこうした経済構造の弱点を暴いたが、それは攻撃というより忠告だったたし、彼の話に耳を貸さない者たちでも大学教授デュポンのことは尊敬していたのである。

やはり政治的犯罪か？　ある人々がいうように、この地味な人物は隠れた影響力を振るっていたのだろうか？　たとえそうだとしても、こんなばかげた計画を考えつくのは、ロワ＝ドーゼのような男しかいない。毎日、同じ時刻に、暗殺を一件ずつ……。幸いにして、今回、ロワ＝ドーゼは自分の幻覚による思いつきを正規の警察に委ねなかった。だが、ローランはこの大臣が先ごろ実行に移した突飛な着想に苦い思い出をもっていた。革命集団のために——とロワ＝ドーゼは主張した——大量の武器弾薬が毎日港に陸揚げされている。一刻も早くこの密輸に終止符を打ち、犯人を逮捕しなければならない！　三週間近くのあいだ、警察は厳戒態勢を敷いた。倉庫をしらみつぶしに調べ、船倉を上から下までほじくりかえし、荷箱を一個一個こじ開け、重さが通常のそれを超過しているとして、木綿の入った荷物をほどいた（もちろん包みなおした）。だが、すべての戦利品を合わせても、無届けの拳銃二挺と、不幸な旅行者が関税を払いたくないのでトランクに隠しておいた猟銃一挺が出てきただけだった。ロワ＝ドーゼの危惧をまともに受けとる者は誰もおらず、数日後に警察は町じゅうの笑いものになっていた。

警察署長はふたたびこの手の冒険に乗りだすつもりはなかった。

6

警察署を出ると、ヴァラスはふたたび頭のなかが空っぽになる感覚に捕えられた。さっきはそれを寒さのせいにしたが、今回は、空腹を抱えたまま延々と歩きつづけたことが——しかも朝食が軽すぎて腹の足しにならなかったことが——おそらくこの空虚な感じと関係があるのだろうと考えた。そして、ローラン署長との談話を思いだして有効な対応を考え、自分自身の思考に筋道をつけるためにも、もっと栄養のある食事をとることが必要だと判断した。そこで、すでに一時間前から目をつけていた軽食のできるカフェに入り、卵が二個入ったハムエッグと黒パンをしっかり食べた。食事をするついでに、ウェイトレスに尋ねて、コリントス通りへ行くいちばん簡単な道を教えてもらった。県庁広場に立つ彫像の前をふたたび通りかかったとき、ヴァラスが近づいて、台座の西に向いた側面の石に彫られた銘を読むと、「国家の馬車——彫刻家Ｖ・ドーリス作」とあった。

ジュアール医院は簡単に見つかったが、医師は外出したところだった。応対に出た看護婦は用件を尋ねた。ヴァラスは、先生に個人的にお話がしたいと答えた。それなら、と看護婦が提案したのは、ジュアール夫人に会って話をすることで、夫人も——看護婦の説明によれば——医師であり、そのうえ、この医院の院長だというのだった。ヴァラスは病気を見てもらうために来たのではないからといって、その場をきり抜けた。この言い訳に看護婦は微笑んだが——さしたる理由もなく——、それ以上何も聞かなかった。看護婦は医師がいつ戻るか知らないというので、あとでまた来るか、電話する必要があるだろう。扉を閉めるとき、看護婦は呟くような言葉を口にしたが、ヴァラスに聞こえる程度には大きな声だった。

「どいつもこいつも！」

ヴァラスは県庁広場まで戻り、右から県庁を回りこんで、アルパントゥール通りに向かう環状通りに出ようとした。だが、細い道の迷路に入りこんでしまい、突然の曲がり角や迂回路のせいで、必要以上にかなり遠回りをさせられた。運河をひとつこえたのち、ようやく見憶えのある界隈に出た。ブラバン通りと、剝《む》きだしの煉瓦でできた木材輸出業の建物である。ここまで歩きつづけるあいだ、ヴァラスの注意は正しい方向に進むという配慮だけに集中していた。そして、環状通りを渡って、ニシキギの生垣に囲まれた小さな邸の前に立ったとき、この住居はにわかに不吉な影を帯びて見えた。その日の朝、見たときには、逆に、お洒落《しゃれ》な外見に驚かされたのに。ヴァラスはこうした理屈に合わない考えを疲労のせいにして追いはらおうとした。そして、今後は移動の手段には路面電車を使おうと決心した。

この瞬間、ヴァラスは一時間近くも前から、自分がジュアール医院の看護婦の表情と口調のことばかり気にしていることに思いあたった。礼儀正しいが、何か思わせぶりな顔つきであり、口ぶりだった。まるでヴァラスがどんな注文でも聞いてくれる医者を探していると思っているような様子だった——何の仕事を頼むのかは知らないが。

ヴァラスは生垣に沿って鉄柵の外側を進み、門のところで止まって、しばらく家の正面を眺めた。窓が一階にふたつ、二階に三つあって、二階の窓のひとつ（左側のもの）がすこし開いている。

庭に入ったとき、予想に反して、防犯ブザーなどは鳴らなかった。元どおり鉄柵を閉め、円形に砂利を敷いた場所を横切り、玄関の石段を四段昇る。呼び鈴のボタンを押す。遠くでベルが鳴る。ニスを塗ったオーク材の扉の中央には、長方形の窓が穿《うが》たれ、そこにガラス板が嵌めこまれ、装飾過剰の鉄細工で覆われている。細工の模様は、絡みあった花の茎から長く柔らかい葉っぱが生えているように見えたが……煙を表しているのかもしれない……。

しばらくして、ヴァラスはもう一度ベルを鳴らした。誰も開けに来ないので、扉の小さなガラス窓から覗いてみた——しかし、なかは何も見えない。それから二階の窓のほうに顔を上げた。左の窓際に老女が立ち、ヴァラスの姿がかろうじて見える程度に、体をすこし前に傾けていた。

「どなたにご用？」老女は自分が見つかったことに気づくと、大きな声で聞いた。

「もうここには誰もいませんから。帰ったほうがいいですよ」

老女の口調はそっけなく、警戒心を滲《にじ》ませていたが、それにもかかわらず、なんとか丸めこむことができそうな気がした。ヴァラスはできるかぎり愛想のいい顔を見せた。

「スミット夫人ですよね？」

「なんですって？」

「あなたはスミット夫人ですよね？」もうすこし大きな声でくり返した。

すると今度は、そんなことはずっと前から分かっていたという調子で答えた。

「ええ、もちろんですよ！　スミット夫人になんのご用？」そして、すぐに甲高《かんだか》い声でつけ加えた。「電話のことだったら、いっときますけど、来るのが遅すぎよ。もうここには誰もいませんから！」

「違いますよ、電話のことじゃありません。あなたにお話を伺いたいんです」

「ぐずぐず話をしてるひまはないのよ！　荷作りをしてるんですから」

老女の癖がうつって、いまやヴァラスも彼女と同じくらい大声で叫ぶ。諦めるつもりはない。

「お願いです、スミットさん、ほんのちょっとお尋ねしたいだけなんですから」

老女はこの男を迎えいれるかどうか決めかねているように見えた。ヴァラスは石段を下がって、老女が自分の姿をもっとはっきり見られるようにした。自分のきちんとした身なりはきっと彼女の気に入るだろう。じっさい、老女は寝室にひっこむ前にこういったのだった。

「何をいいたいのかさっぱり分からないから、下に降りていきますよ」

しかし、かなり長い時間が過ぎても、いっこうに何も進展しなかった。忘れられたのではないかと恐れて、ヴァラスが声をかけようとしたまさにそのとき、扉の覗き窓が開いた。玄関からはなんの物音も聞こえなかったが、老女の顔が鉄の細工に押しつけられていた。

「やっぱり電話のことなんでしょ?」老女はしつこく大声で尋ねる。(いまは話し相手から五〇センチしか離れていないのに、声の大きさは変わらない)「もう一週間も待ってたのよ! きのうの夜の人みたいに精神病院から来たんじゃないでしょうね?」

ヴァラスはいささか呆然となった。

「いや、つまりですね」と、ヴァラスは老女がジュアール医院のことをいっていると思い、話をしようとした。「あそこには寄ってきましたが……」

家政婦は怒ってすぐにさえぎった。

「なんですって？　それじゃあ、あの郵便局には頭のおかしい人しかいないのね！　あなたもきっとここに来る前、ほうぼうのカフェに寄ってたんでしょう？」

ヴァラスは平静を保った。ローラン署長は老女がときどきおかしなことを口走るとほのめかしていたが、ここまでいかれているとは思わなかった。老女が分かるように言葉を一語一語はっきりと発音し、落ち着いて用件を説明しなければなるまい。

「よろしいですか、誤解なさっているようですが……」

だがヴァラスはすぐに今朝、二軒のカフェに寄ったことを思いだした――しかも、そのうちの一軒では居眠りまでした。他人から非難されるいわれはないものの、否定できない事実であることは確かだ。もっとも郵便局云々の非難に関しては、もっと自信があった――そうだろうか、中央郵便局の場所も知らなかったではないか？　なかにも入らなかったし――いや、入れなかったのだ、ともかく扉が閉まっていたのだし……それはともかく、なぜこんなばかげた非難を浴びなければならないのか？

「誤解ですよ」とヴァラスはくり返した。「私は郵便局の人間じゃないんです」（すくなくともこの点はなんの嘘いつわりもなく断言することができた）

「それならあたしに何をつべこべいってるの？」疑い深げな顔がいい返す。

こんな調子では質問のなりゆきが思いやられる！　主人が殺されて、たぶん頭の調子が狂ったのだろう。

「電話のことで来たんじゃないといっているんですよ」ヴァラスは我慢しながらくり返す。

「いいから」と老女は叫ぶ。「そんなに大声を出さなくてもいいの。あたしはちゃんと聞こえるんだから！（彼女は唇の動きを読んでいる。それは目で見て分かる）それに、電話の話じゃないんだったら、初めから電話のことなんかいわなきゃいいでしょ」

電話の話題を蒸しかえさないため、ヴァラスは手短かに来訪の理由を説明した。驚いたことに、話はじつにすんなりと通じた。スミット夫人はヴァラスをなかに入れることに同意した。だが、扉を開けず、顔の半分を隠す鉄細工の向こう側からヴァラスを監視しつづけている。すぐに閉められるようにした覗き窓のガラスの隙間から、非難するような調子を込めながら、ようやくこう告げた。

「この扉からは入れないのよ。操作が難しすぎるの。家の裏に回ってちょうだい」

そして覗き窓はぴしゃりと閉じられた。ヴァラスは砂利の小道にむかって石段を降りながら、玄関の暗がりから自分の行動を盗み見しつづける目を感じていた。

いっぽう、老女アンナは台所へと小走りに急いでいた。いまの人は、きのうの夜に来た、赤ら顔で、どた靴を履いた二人組より育ちのいい様子をしている。あの二人はきっと企みがあって、この家の至るところに入りこんだし、人のいうことなんかろくに聞いちゃいなかった。だから、何か持ちだされるといけないので、近くで見張っていなければならなかった。あの顔つきは信用ならないものだ。あの二人が、例の強盗が逃げるときに盗めなかったものをまた取りに来た仲間だったとしたら？　でも、さっきの人はそんなにずるそうには見えない――本題に入る前にずいぶんつまらない話でおたおたしていたし――、でも、たしかに育ちはいい。デュポンさんはいつでもお客を表の扉から通すようにいってたけど、鍵の外しかたがややこしい。旦那さまも亡くなったことだし、みんな裏に回ればいいのだ。

ヴァラスは、署長が「開いていた」といっていた小さなガラス戸の前に着いた。曲げた人差指でガラスを叩く。老女がまたしても消えてしまったので、ヴァラスは扉の把手を回そうとした。鍵がかかっていない。扉を押すと、廃屋――幽霊もいそうだ――のように蝶番《ちょうつがい》が軋み、ちょっと体を動かすたびにフクロウやコウモリが飛びだしそうだ。だが、いったん扉を閉めると、静寂に沈み、羽のこすれる音など聞こえない。ヴァラスは恐る恐る何歩か進んだ。目が薄暗がりに慣れると、板張りの壁、複雑な木材の刳《く》り形、階段の昇降口にそそり立つ銅の柱、絨毯など、二〇世紀初頭にブルジョワの邸宅に使われた装飾が見えてくる。

突然、廊下の端から呼びかけるスミット夫人の声を聞いて、ヴァラスはびくりと震えた。ふり向くと、ガラス戸を背景に浮かびあがる人影が見えた。一瞬、罠にはめられたという思いが脳裏をかすめる。

通されたのは台所だが、生気のかけらもない、模型のような台所だった。ぴかぴかに輝くレンジ、しみひとつない塗装、壁から下がってずらりと並ぶ赤銅《しゃくどう》の鍋の列、あまりに見事に磨きあげられているので、実際に使う気になれないほどだ。毎日の食事の支度がなされる形跡はどこにもない。戸棚に収められていない小さな品物はほとんどなく、あっても飾り棚の上で永遠に同じ場所に固定されているように見える。

老女はフェルトのスリッパを履いていたが、黒い服を着て、ほとんど優雅といってもいい姿だった。スリッパだけが、彼女が空き家を訪ねてきたのでなく、人家にいるという事実を示す唯一のしるしだった。老女はヴァラスを自分の正面に座らせ、すぐに話を始める。

「ほんとにねえ、なんてことでしょう！」

しかし、老女の声は大きすぎて、衝撃に沈んでいるというより、演劇の舞台で下手《へた》くそな感嘆の叫びを上げているように響いた。そうすると、ずらりと並んだ鍋は壁に描かれた書き割りのように見えてきた。もはやダニエル・デュポンの死はマネキン人形が議論しあう抽象的な出来事にすぎない。

「あの人は死んだんですよね？」がなり立てるような家政婦の声はあまりに勢いが強く、ヴァラスは椅子を数センチ後ろにずらしたほどだ。ちゃんとお悔みの言葉を用意していたが、老女は言葉を発するひまをあたえず、ヴァラスのほうにさらにすこし体を寄せて続けた。「ですからね、教えてあげますよ、あなた、誰が殺したか教えてあげますよ、このあたしがね！」

「誰がデュポンを殺したか知ってるんですか？」ヴァラスは仰天する。

「ジュアール先生です！　あの小ずるい顔をした医者、あたしが自分で電話をかけに行ったんです、だって——嘘じゃありませんよ——いうのを忘れてたけど、この家の電話は線が切られていたんです。ほんとに！　おとといから……いえ、もっと前から。あら、ちょっと計算が合わない。ええと、今日は……月曜で……」

「火曜です」ヴァラスはおずおずと訂正した。

「なんとおっしゃいました？」

「今日は火曜日だといったんです」ヴァラスはくり返した。

老女はヴァラスがしゃべるのを見ながら唇を震わせ、それから信じられないといった表情で目を大きく見開いた。だが、彼女は間違いに気づかなかったふりをする。頑固な子供相手にはすこしずつ譲歩しなければならない。

「いいわ、火曜日だとしときましょう。それで、いま話していたとおり、もう電話が通じなくなって……そう、日曜、土曜、金曜から……」

「あなたは本気で」とヴァラスが割りこむ。「ジュアール医師がダニエル・デュポンを殺害したとおっしゃるんですか？」

「もちろん、本気です！　それに、あの医者が犯人だってことはみんな知ってますよ。

町を歩いてる人に誰でもいいから聞いてごらんなさい。まったく、いまになってあたしはデュポンさんのいうことを聞かなきゃよかったって後悔してますよ。旦那さまはどうしてもあの医者を呼べっておっしゃったんです――そりゃあ、あのかたなりの考えがあったんでしょうけど、あたしが考えていたことは気にかけてくださらなかった。もちろん、人それぞれの考えがありますよ。そのことについて、いまから文句をいおうなんて思ってませんけど……。あたしはこの台所にいて、夕食のあとの皿洗いをしているところでした。すると二階からあたしを呼ぶ声が聞こえたんです。階段を上がるときにガラス戸が開いてるのを見ましたよ――そう、さっきあなたが入ってきたガラス戸。デュポンさんは階段の上にいて――生きてましたとも、もちろん！――胸の前で左腕だけを折りまげて、手にすこし血がついていました。右手には拳銃を持っていました。絨毯に垂らした小さな血のしみをとるのにはほんとに苦労しましたよ。ベッドの上をきれいにするにはすくなくとも二時間はかかったし。帰ってきたとき、ベッドの上にデュポンさんが寝てましたからね――帰ってきたときって、電話からですよ。血のしみってなかなか取れないんです、ほんとに。幸い出血は多くなかったけど。デュポンさんはこういったんです。『腕にかすり傷ができただけだ。心配しないで。大したことはない』って。あたしが介抱してあげようとしたら、させてくれなくて、ほんとに頑固なんだから——そのことはもう話したと思うけれど——それであの嫌らしい医者を呼びに行かなくちゃならなくなって、そしたら医者がデュポンさんを車で運んでいってしまったの。階段を降りるときに支えてもらうのも嫌がったくらい元気だったのに！　でも今朝早く、下着の替えを渡そうと病院に行ったとき、すぐにあの人が死んだって分かりましたよ。『心臓停止だ』ってあいつはいいました、あの堕胎医が！　あんまり自信がなさそうだった、まちがいないわ。しつこくはいいませんでしたよ。でも、あいつのほかに犯人がいるっていうのなら教えてほしいものだわ！　せめて一度だけでもいい、デュポンさんがあたしのいうことを聞いていてくれたら……」

老女はほとんど勝ちほこったような調子でまくしたてた。主人が彼女に何も他人にはしゃべるなと命じたとすれば、それは耳を聾《ろう》するばかりの老女の声を恐れたからではないか。いま彼女は主人の命令による沈黙の埋めあわせをしようとしている。ヴァラスはこの言葉の奔流にすこし秩序をあたえようと試みる。スミット夫人は主人の負傷よりも血のしみの洗浄のほうが心配だったらしい。負傷したのが本当に腕だったかどうかも確かめなかった。しかも、デュポンは老女にあまり近くから自分の傷を見られないようにした。デュポンの手に付着した血など確かな証拠にならない。彼は胸に弾を受けたが、それを正直にいって家政婦を慌てさせたくなかったのだ。老女をだますために立ちあがり、救急車まで歩いてみせることにも成功した。たぶんこの無理な努力のせいでデュポンは命を縮めたのだ。いずれにしても、医師だったらそんなことを許すべきではなかった。そうだ、尋問しなければならないのは、あの医者だ。

「ジュアール医院。婦人科および産科」。さっきヴァラスに扉を開いた看護婦は、今度はなかに入れようともしなかった。半開きにした扉の後ろに立って、すぐに閉められるようにしている。よそ者が力ずくで侵入することを恐れる門番のようだが、同時に言葉を重ねて、ヴァラスを帰そうとしない。

「どんなご用件でしょう?」

「先生にお会いしたかったんですが」

「ジュアール夫人が診察室にいらっしゃいます。患者さんを診察するのはいつでも夫人なんです」

「でも私は患者じゃありません。個人的にジュアール先生にお会いしたいんです」

「ジュアール夫人も医師なんですよ。それに当院の院長でもありますし、きっとすべての事情をご存じで……」

　話にけりをつけるため、ヴァラスが健康上の相談ではないというと、看護婦はやはりそうだったのかという顔をして、口をつぐんだ。そして、初めから相手の望みを完全に見ぬいていた人物のように、どこか人を見くだす微笑を浮かべながら、ヴァラスを見た。慇懃《いんぎん》が明らかな無礼に変わった。

「いいえ、先生はいつ戻られるかおっしゃいませんでした。お名前を伺えますか？」

「それには及びません。私の名前をいってもご存じないでしょうし」

　ヴァラスは先ほどはっきりといわれたのだ、「どいつもこいつも！」と。

「……あいつはいいました、あの堕胎医が！……」

　老女は二階の廊下のカーペットの上に立って、五つか六つの小さな何かのしみ、ほとんど目に見えなくなった痕跡をヴァラスに示した。ヴァラスは彼女に、昨夜やって来た刑事たちが被害者の拳銃を持ちさったかどうか尋ねた。

「持ちださせるわけがありません！」スミット夫人は叫んだ。「あたしがあの二人組に家じゅうをひっかきまわさせるなんて思わないでしょう？　拳銃はデュポンさんのテーブルの引出しに戻しました。そのときはまた必要になるかもしれないと思ったから」

ヴァラスは拳銃を見たいといった。寝室に連れて行かれる。かなり大きな部屋で、この邸のほかのすべての場所と同じく、時代遅れで、個性を感じさせぬ豪華さを備え、掛け布とカーテンと絨毯で覆われている。この邸はほんのわずかな音も抑えこむように配慮されているので、邸全体が完全な静寂に浸されているのだろう。デュポンもフェルトのスリッパを履いていたのか？　いかにして大声を上げずにひどく耳の遠い家政婦に話しかけたのか？　たぶん慣れの問題なのだろう。ヴァラスはベッドカバーがとり替えられたばかりの様子に気づいた――完全に血のしみを落とすことができなかったにちがいない。すべてが、まだ何事も起こらなかったときと同じく、清潔で、整理が行きとどいている。

スミット夫人はナイトテーブルの引出しを開け、ヴァラスに拳銃を差しだしたが、ヴァラスはひと目見て、それが自分の拳銃と同じ型で、玩具でなく、護身用の本物の武器であることが分かった。弾倉を抜きだすと、弾丸がすでに一発発射されていることに気づいた。

「デュポンさんは逃げる犯人にむかって発砲したんですか?」ヴァラスはあらかじめ答えを知っていたが、尋ねてみた。デュポンが拳銃を取って戻ってきたとき、犯人はすでに姿を消していたのだ。むろんヴァラスはローラン署長に拳銃を見せるつもりだが、家政婦は拳銃をヴァラスに渡すことをためらい、それから肩をすくめて譲歩した。

「いいわ、持っていってちょうだい。でも、もう誰の役にも立たないでしょう?」

「贈り物としてもらうわけではありません。この拳銃は証拠品なんです、お分かりですね?」

「どうぞ持っていって。そんなに欲しければ」

「デュポンさんが以前、ほかのことでこの拳銃を使ったことはありませんでしたか?」

「どうして使う必要があるなんて思うの? デュポンさんはふざけて家のなかで拳銃を撃つような人じゃありませんでした。そうですとも、おかげさまでね! 色々と欠点はありましたけれど……」

ヴァラスは拳銃をコートのポケットに収めた。

家政婦は訪問者を放っておく。もはやこの男に教えてやることは何もない。亡くなったこの家の主人の気難しい性格、血のしみ抜き仕事の微妙なこつ、殺人を犯した医者、電話局の怠慢……。彼女はそれらのことを何度もくり返し語ってきた。いまは荷作りを終えて、娘の家に向かう二時の列車に乗り遅れないことが肝心だ。田舎へ行くのにとても好適な季節とはいえない。でも急がなくちゃ。ヴァラスは腕時計を見ている。ずっと七時半を指したままだ。デュポンの寝室の暖炉の上でも、蠟燭《ろうそく》のない大燭台《しょくだい》に挟まれて、青銅の振子時計がやはり止まったままだ。

特別捜査官ヴァラスの懇請に負けて、スミット夫人はついに邸の何種類かの鍵を警察に渡さねばならないことに同意した。裏のガラス戸の鍵も、しぶしぶヴァラスにひき渡す。帰るときにヴァラスは自分でそのガラス戸を閉めるだろう。家政婦は表の扉の鍵を持っているので、そこから出る。庭の鉄柵の錠前はずいぶん前からもう動かなくなっていた。

ヴァラスは書斎にひとりで残る。デュポンはこのひどく小さな部屋に暮らし、寝室で眠るときと、正午と午後七時に食事をとるとき以外、ここから出なかった。ヴァラスは机に近づく。刑事たちは何も動かさなかったように見える。デスクマットの上には白い紙が広げられ、そこにデュポンはまだ数語しか記していない。「妨げることができないのは……」――「……死」、もちろんそうだ。デュポンが夕食に降りていくとき、書こうとしていたのは、その言葉だった。

第2章

1

あれはたしかに足音だ。階段を上がり、近づいてくる足音。誰かが昇ってくる。ゆっくりと――いや、落ち着いて。あるいは、用心して？　手すりにつかまっているらしい。昇りがあまりに急なので息を切らしている人物、もしくは、遠方からやって来たため疲れている人物。男の足音だ。だが、絨毯に響きの四分の三を吸収された、密やかな足音――そのせいで、ときおり、怯《おび》えているような、悪事を働いているような印象が生じる。

だが、そんな印象は長続きしない。もっと近くに来ると、明確で、率直ともいうべき足音に聞こえるからだ。心穏やかに階段を昇る、曇りなき心をもった男の足音。

最後の三段を昇りきるとき、たぶん廊下に上がることを急いで、さらに力強い足どりになる。男はいま扉の前にいる。一瞬、立ちどまって、息を整える……。

（……ノックが一度、すばやく短いノックが三度……）

だが、男は数秒以上そこにとどまらず、次の階段を昇りはじめる。足音は建物の上階にむかって遠ざかる。

ガリナティではなかったのだ。

しかし、もう一〇時。ガリナティが来るべき時刻だ。いまから一分ほど前に到着していてしかるべきだ。もうつきあいきれない。階段の足音はガリナティのものであるべきだった。

ガリナティの足音もあんな感じだが、足をもっとしっかり踏みこむにもかかわらず、音はさらにわずかしか立てず、一歩一歩企みもなく、ほんのかすかな……。

だめだ！　もうこれ以上ガリナティにそんな幻想を抱くのは不可能だ。今夜からすぐにでも、あの男の任務には別の要員を当てなければならない。すくなくとも数日は任務から外し、監視する必要がある。その後、もしかしたら、あの男を新たな任務につけても、大きな危険を冒すことがなくなるかもしれない。

だがここ数日、ガリナティはいささか疲れているように見えた。頭痛を訴えていた。それに、一度か二度、奇妙な言葉を口走った。最後に話をしたとき、明らかに調子が狂っているようだった。不安で、ちょっとしたことで傷つきやすく、ずいぶん前に決着した事柄をたえず確認しなおし、そのうえ、何度もまったく非合理な反対意見を述べ、それがただちに棄却されると苛立《いらだ》っていた。

そのせいで仕事が雑になり、ダニエル・デュポンをその場で殺せなかった――すべての報告がそう断定している。だが、それはべつに重要なことではない。なぜなら、いずれにせよダニエル・デュポンは死んだのだし、さらには、「意識をとり戻すことはなかった」からだ。だが、当初の計画から見れば、決定された手順に違反している。デュポンは決められた時刻に完全に死ななかったからだ。その原因は疑いもなくガリナティの神経症の昂進にある。しかも、昨夜約束した会合にやって来なかった。書面で呼びだしたにもかかわらず、結局、今朝も遅刻だ。明らかに、彼は昔の彼ではない。

ジャン・ボナヴァンチュール――通称「ボナ」――はがらんとした部屋の真ん中で、簡易な椅子に腰かけている。ボナの横には、書類鞄がぺたりと床に――なんの変哲もなく、手入れ不足だけが目立つ樅《もみ》材の床に――置かれている。いっぽう、壁紙は新しくはないものの、きわめて良い状態に保たれ、色とりどりの小さな花束の絵柄がパールグレーの壁紙を一面に飾りたてている。天井はといえば、明らかに最近白く塗りなおされている。天井の中央には、電線の先に電球が一個ぶら下がっている。

四角い窓がひとつあって、カーテンもなく、部屋全体に光を投げている。ふたつある扉は両方とも大きく開かれ、ひとつの扉はここよりもっと暗い寝室に、もうひとつの扉は小さな玄関の間《ま》に通じており、玄関の間は住居の入口の扉に面している。この部屋には、お定まりのくすんだ緑色に塗られた鉄の折りたたみ椅子が二脚ある以外、いかなる家具もまったく設置されていなかった。ボナは折りたたみ椅子のひとつに座り、もうひとつは彼から二メートルほど離れた正面に置かれているが、誰も座っていなかった。

ボナは部屋着ではない。コートのボタンを襟もとまできっちり留めて、両手に手袋を嵌《は》め、帽子もかぶったままだ。

この座り心地の悪い椅子の上でじっと動かず、上体を真っ直ぐに立て、手を重ねて膝に置き、両足を床にしっかりと据えて、人を待つ苛立ちはみじんも見せない。自分の前方の、窓ガラスの埃に雨が残した小さな痕跡を見つめ、通りの向こう側にある工場の青みがかった巨大なガラス張りの屋根の上に広がる、彼方の、煙突と鉄塔が立ちならぶ灰色がかった地平線にむかって蝟集《いしゅう》する場末の不規則な建物を眺めていた。

いつもの天候なら、この風景に奥行きはほとんどなく、魅力がないといってよかったが、今朝は、雪が降りそうな黄色がかった灰色の空が、めったにない空間の広がりを感じさせた。ある部分の輪郭は鋭く尖《とが》り、ある部分の輪郭は柔らかく霞《かす》んでいる。そこここに、空間の窪《くぼ》みが生まれ、思いがけない塊が出現する。風景の全体が、それぞれ切りはなされた面の重なりとして構成され、突然明るみに出た起伏は、あまりに確かな鮮明さが絵画に見えてしまうように、かえって自然さを——たぶん現実性も——失って見える。風景を構成する手前の面と奥の面の距離がひどく不自然になり、ひき延ばされたのか、縮められたのか——それとも、その両方か——どちらの方向に変化させられたのか、よく分からなくなり、結局、距離感をほとんど把握することができなくなっていた。距離が幾何学に依存しない新たな質を獲得したのかもしれないが……。かくして、失われた都市が出現したように見えることもある。なんらかの天変地異で石塊《いしくれ》と化した都市、その石化は数世紀にわたって続く——いや、続くのは、崩壊前のほんの数秒、あるいは、生とそれ以外の名をもつもの、生とその後、生とその前、生と永遠のあいだで、ためらうような、瞬《また》きのあいだだけ。

ボナは眺めている。穏やかな目で、自分の仕事を検証している。ボナは待つ。彼はすこし前、この町を呆然とさせたところだ。ダニエル・デュポンはきのう死んだ、銃で撃たれて。今夜、同じ時刻に、同じような犯罪が起こって、この一連の事件に反響をひき起こし、ついに警察を通常の捜査から、新聞を故意の沈黙から引きずり出すことだろう。この一週間ですでに〈組織〉は国のあらゆる場所に不安を撒《ま》きちらしたが、政権当局はいまだに関連性のない犯行だの些細な事故の連続だのと信じるふりをしている。だが、このありえない偶然の一致説が広まってこそ、あとでパニックを爆発させることができるのだ。

ボナは耳を澄ます。足音がこの部屋の扉の前で止まる。

静寂。無人の気配。

小さい音で、しかしはっきりと、約束の合図が聞こえる……軽いノックが一度、すばやく、ほとんど聞きとれないノックが三度、軽いノックが一度……。

「もうこの話はやめよう。すべて片づいたんだ」

だが、ガリナティはその言葉の意味をよく理解せず、いいつのる。もう一回やるつもりです、今度こそはかならず目標を達成する。そして、ついに口を滑らせる。照明もきっと消す、その用心がどうしても必要ならば、でも、考えてみると……。

「照明を消さなかったのか?」ボナが尋ねる。

「消せなかったんです。デュポンが上がってくるのが早すぎました。それで自分のまわりの状況を確認する時間がほとんどなくて」

「だが、君はデュポンが降りてくるのを見て、それからすぐに階段を上がったんだろう?」

「家政婦が台所を出ていくのを待つ必要があったんです」

ボナは何もいわない。ガリナティは思った以上に誤りを重ねている。怖くて何をするべきか分からなくなっていたのだ、いま何をいうべきか分からなくなっているように。

「私はすぐに二階に上がりました。デュポンはたぶんあまり腹が減っていなかったんでしょう。私だって暗闇のなかでは何も見えませんよね? でも、もう一回やったら、今度こそは……」

ガリナティは言葉を止め、上司の無表情な顔に励ましの表情を探った。ボナはこの数日間親しい口調で話しかけてきたのに、なぜ突然その口調を捨ててしまったのか?

この照明のスイッチのくだらない話はただの口実で……。

「照明を消すべきだった」とボナ。

「邸に戻って、照明を消します。今夜、行きますよ」

「今夜は別の人間に任す」

「いいえ、これは私の仕事ですから。始めた任務は自分が終わらせます」

「ガリナティ、支離滅裂だ。なんの話をしている？」

「あの邸に戻ります。それとも、あの男が隠れているなら、ほかを探しに行きますよ。見つけて、殺します」

ボナは地平線を眺めるのをやめ、相手の顔をまじまじと見た。

「ダニエル・デュポンを殺しに行くというのか、いまから」

「誓います」

「誓う必要はない。手遅れだ」

「いや、けっして……」

けっして遅すぎることはない。失敗した行為はおのずから出発点に戻り、第二の到達点をめざす……。針が時計盤をひと回りすると、死刑囚はふたたび芝居がかった動きを始め、自分の胸を指して叫ぶ。「兵士諸君、心臓を狙え!」すると、ふたたび……。

「新聞は読まないのか?」とボナが聞く。

ボナは身を屈《かが》め、書類鞄から何かを探す。ガリナティは、ボナが差しだす畳まれた紙を受けとり、たまたま目に入った新聞の記事を読む。

「昨日夕刻、大胆な強盗が侵入し……」。ガリナティはゆっくり、注意深く読む。最後まで来ると、何も読み落とさないように、冒頭に戻る。「大胆な強盗が……」。ガリナティがボナのほうに目を上げると、ボナは笑みも浮かべず、ガリナティの頭ごしに、あらぬ方向を眺めている。

ガリナティはもう一度記事を読んだ。そして、小声でつぶやく。

「デュポンは死にました。たしかに。私は照明を消したんです」

やはり、この男は狂っている。

「でも、たぶん間違いでしょう」とガリナティはいいなおす。「私はデュポンを傷つけただけですから」

「それが元で死んだんだ。運が良かったな」

「新聞が間違っているのかも?」

「安心したまえ。個人的に親しい情報屋が数人いる。ダニエル・デュポンは死んだ——ほどなくして。そういうことだ」

一瞬の間をおいて、ボナはとりなすようにつけ加えた。

「いずれにしても、デュポンを殺したのは君だ」

犬に骨を投げてやるような口調。

ガリナティは説明を求めようとする。納得していないのだ。疑念をいくつか披露しようとする。だが、上司はまもなく、この弱い男の「たぶん」とか「おそらく」とかいう言葉にうんざりする。

「いや、もういい。この話はやめよう。すべて片づいたんだ」


「ヴァラスという男は見つけたか?」

「どこに泊まったかは分かりました」

「今朝は何をしている?」

「今朝は、たぶん……」

「つかまえそこなったんだな。それで足どりを掴めなかったのか?」

「ここに来なければいけなかったし……」

「遅刻した。そもそもここに来る前に何時間もあったはずだ。これから、いつ、どこでその男を見つけるつもりだ?」

ガリナティはどう答えればいいか、もう分からない。


ボナは冷たい目でガリナティを見つめる。

「昨夜すぐに報告に来るべきだった。なぜ私に会いに来なかった?」

ガリナティは、失敗したこと、照明のこと、時間が足りなかったことを説明したかった……。だが、ボナはそのひまをあたえない。厳しく問いつめる。

「なぜ来なかった?」

ガリナティが話そうとしたのはまさにその理由だったが、聞く気のない者にどうやって物事を理解させる? だが、まずは、すべての原因となったあの照明のことから説明するほかない。デュポンが明かりを点けるのが早すぎて、銃を撃つ前に、自分の姿を見られてしまい、そのため銃の狙いが……。

「で、我々のところに送られてきたヴァラスだが、やつは町に着いてから何をしたんだ？」

ガリナティは知っていることを話した。カフェ・デ・ザリエの部屋のこと、アルパントゥール通りのこと、今朝、明け方に出かけたこと……。

「つかまえそこなったんだな。それで足どりを摑めなかったのか？」

もちろん、それは不当ないいがかりだ。そんなに朝早く出かけるとは思いもよらなかったし、これだけの広さをもつ町で、一度も会ったことのない男を見つけだすのはまったく容易じゃない。

それに、ほかの連中以上の仕事が何もできそうにないあの捜査官を追いまわして、なんの意味があるのか？　今夜の仕事に全力を尽くすほうが先決じゃないか？　だが、ボナの態度は煮えきらない。聞こえないふりをしているのだ。それでもガリナティは続ける。失敗の償いをしたい、ダニエル・デュポンの邸に戻って、あいつを殺す。

ボナは驚いたように見える。地平線を眺めるのをやめ、相手の顔をまじまじと見た。

それから書類鞄のほうに身を傾け、鞄を開き、畳んだ紙を取りだした。

「新聞は読まないのか？」

ガリナティはわけが分からないまま手を差しだした。


足どりまで変わってしまった。疲れて、ほとんど無気力で、自信を失っている。その足音が階段を下って徐々に消えていく。

かなり遠方で、ふたりの男——たぶん煙突掃除屋か屋根葺《ふ》きの職人——が、遠距離のせいで方向を見定めがたいわずかな移動をおこないながら、早すぎる冬の到来に備えているが、煙突や屋根と同じ青みがかった灰色の服を着ているため、それらのあいだに溶けこんでしまったようにも見える。

階下からこの建物の扉の閉まる音が聞こえてくる。

2

錠前の舌は扉の枠の受け座にはまるとき、かちゃりと音を立てる。同時に扉が重く枠にぶつかり、分厚い木の板全体が音高く震動し、扉の枠や両側の羽目板にまで予期せぬ反響音を作りだす。だが、この唐突な騒音は生じてすぐにおさまる。すると、表の通りの静寂のなかから、かすかにしゅうしゅういう音——細く、長く続く蒸気の噴出のような音——が聞こえてきて、それは向かい側にある工場から出る音らしいが、空気にあまりによく溶けこんでいるので、厳密にはいかなる源から発しているとも決めがたく——結局のところ、単なる耳鳴りではないかと思えるのだった。

ガリナティは、たったいま閉めた扉の前で、ぼんやりとしている。いま自分がいるこの通りをどちらの方向に進もうか決めかねており、また、通りのこちら側を行くか、向こう側にするか……。なぜボナはダニエル・デュポンの死をあれほど確かだと思えるのだろう？　議論の余地などまるでないといわんばかりだった。しかし、新聞が間違っている——もしくは、嘘をついている——としても、その理由は、簡単に、いろいろなやり方で説明することができる。それに、これほどの重大事件について、この程度の情報で満足する人間は誰もいないだろうし、ボナが自分自身で調査した、あるいは信頼のおける部下を使って情報を集めたことは明らかだ。いっぽう、ガリナティは、被害者が致命傷を受けたように見えなかったこと——いずれにしても、その場で意識を失ったわけではないこと、救援の者が到着する前に意識を失うのもありえないこと——を知っている。だとしたら？ 信頼のおける部下は間違ったのか？ もしかしたら、ボナの信頼もかならずしも当てにならないのだろうか……。

ガリナティは右耳に手を当て、耳の穴を、何度も代わるがわる、塞いだり、開けたりした。それから、左耳に関しても同じことを始める……。それにしても、上司ボナの自信のほどにには困惑するほかない。ガリナティ自身もまた、デュポン教授の腕しか傷つけなかったと完全に確信しているわけではない。教授は致命傷を受けながら、生存本能に駆られて数歩後ろに下がり、すこし離れたところで力尽きたのかもしれない……。

ガリナティはふたたび耳を塞ぎ、その苛だたしい音を追いはらおうとした。今回は両手を使って、頭の両側からぎゅっと押さえて、しばらく密閉したままにした。

耳から手を離すと、しゅうしゅういう音は消えていた。あまりに急な動きのせいでその音がふたたび生じることを恐れるかのように、ガリナティは用心しながら歩きはじめた。ヴァラスはたぶん謎解きの答えを教えてくれるのだろう。どうしてもヴァラスを見つけださねばならないのか？ ガリナティはそう命令を受けていた。それこそがなすべきことなのだ。

だが、どこを探せばいい？　そして、どうやってヴァラスだと確認する？　ヴァラスの人相をまったく知らないし、この町は広い。にもかかわらず、市街の中心部に向かうことに決めたので、道をひき返さざるをえない。

数歩ひき返すと、先ほど出てきた建物の前にいた。ガリナティは苛々しながら耳を手で塞ぐ。結局、この地獄の機械は永久に止まらないのか？

3

ヴァラスはすでになかば後ろをふり返りながら、錠前の舌が受け座にはまる音を聞いた。扉の鉄製の把手《とって》を離し、向かい側にある角の建物のほうに目を上げる。ただちに三階の窓に、今朝の散策のとき何度も見た、あの同じ刺繡付きのカーテンがかかっているのが分かった。あんなふうに雌羊の乳房から赤ん坊に乳を飲ませるのはあまりきれいなことじゃない。いや、とんでもなく不衛生だ。ヴァラスはレースのゆるい編み目の後ろに動くものを見て、人影だと見ぬいた。誰かがヴァラスを観察していて、気づかれたと察し、暗い部屋のなかをこっそり移動し、ヴァラスの視線を逃れようとしたのだ。数秒後、もう窓枠の内側には、新生児の体のほうにやさしく屈みこむふたりの羊飼いの男しかいなかった。

ヴァラスは庭の鉄柵沿いに旋回橋にむかって進みながら、あれほど大きなブルジョワふうの住人が暮らす建物には、いつでも、すくなくともひとりくらいは、通りをへだてて邸を眺めている借家人がいて当然だろうと考えていた。六階建て、正面は南向きで、二階以上の各階にふたつずつ住戸があり、一階に管理人……。そこに住む人間の数を見積もろうとして、ヴァラスは背後にちらりと視線を投げる。刺繍をしたレースのカーテンが閉まっている——さっきは外を観察しやすいようにすこし開けてあったのだ。もしその人物がきのうあそこで一日じゅう見張っていたとすれば、貴重な証人になるだろう。だが、日が暮れたあとに、誰か怪しい通行人の行き来がないかどうか監視するほど好奇心の強い人間がいるだろうか？　住人の注意が呼びさまされるためには、何か確かな理由——叫び声とか、異様な物音とか……なんらかの原因——が必要になるだろう。

ファビユスは庭の扉を閉めると、周囲の状況を観察する。だが、そんなそぶりは毛ほども見せない。顧客の家から出た保険外交員が、空を左右に見わたし、風がどちらから吹いてくるか確かめようとしているといった風情《ふぜい》……。たちまち、建物の三階のガラス窓にかかったカーテンの陰で、自分の様子を窺《うかが》う怪しい人物に気づく。気づいたことを相手に悟られないため、すぐに目をそらし、何気ない足どりで環状通りのほうに向かう。だが、旋回橋を渡ると、右手の曲がりくねった道を進みはじめ、およそ一時間後には環状通りに戻る。そして時を置かず、運よくその場にかかった歩道橋を渡って運河をこえる。それから、ひそかに家並みに沿って移動し、出発点の、アルパントゥール通りの角にある建物の前に帰ってくる。

運河のほうに開かれた扉を通り、落ち着いた様子で建物に入り、管理人の部屋をノックする。自分はブラインドやパラソルを売る店から来た者だと名乗る。住居の窓が南に面している借家人のリストを拝見したいという。そうした住まいは陽光の猛威にさらされ、壁紙は黄ばみ、写真は色褪《あ》せ、カーテンは日焼けし、いや、それ以上にひどいこともあって——不吉な音とともに巨匠の手になる絵画が突然裂けてしまったり、ご先祖の肖像画の目がいきなりやぶにらみになったり、ご家庭のなかに不安の種を撒きちらし、それがもとで、とり返しのつかぬ結果の数々、不満、不機嫌、口論、病気、しまいには人が死ぬことさえ……。

「でも、もうじき冬だから」と管理人がしごく真っ当な指摘をする。

いやいや関係ない。ファビユスはそんなことは先刻ご承知だが、いまはもう春のセールスの準備中なのだ。それに、みんな冬の太陽をばかにするが、あれほど恐るべきものはない！

ヴァラスはこの空想に微笑んでしまう。環状通りのほうへ行こうとして、通りを渡る。角の建物の正面入口の前で、青い前掛けをした、明るくのんきそうな顔の太った男が扉の銅製の把手を磨いている——たぶん管理人だ。男はヴァラスのほうに顔をふり向け、ヴァラスは返事がわりに会釈をする。男は悪戯《いたずら》っぽくウインクをしながらいう。

「寒いなら、呼び鈴を磨く仕事もあるよ！」

ヴァラスは愛想よく笑ってみせる。

「あなたの明日の仕事を取っちゃ申し訳ない。きっと明日は必要になるよ。暖かい天候は終わったみたいだし」

「そう、もうじき冬だから」管理人はこだまするように答える。そして、元気よく磨き仕事に精を出す。

だが、ヴァラスは幸運にもこの男が登場したのを利用して、会話を続けようと思う。

「ねえ、あなたはこの建物のもうひとつの棟も担当しているんですよね？」

「もちろん！　呼び鈴ふたつも磨けないほど痩せこけて見えるかね？」

「とんでもない。ところで、窓ガラスの向こうに僕の母親の古い友だちの顔が見えたような気がしたんですよ。間違いじゃなかったら、行って挨拶したいと思うんですが。三階の、端っこの……」

「バクス夫人かな？」と管理人が尋ねる。

「そうそう、バクス夫人！　やっぱりあの人だったんだ。世の中って不思議ですよね。きのうの食事のとき、僕と母はバクス夫人の話をしていて、彼女、どうしたかな、なんていいあっていたんです」

「でも、バクス夫人はそんなに年寄りじゃ……」

「もちろん！　彼女はぜんぜん年寄じゃない。『古い友だち』っていったのは、年齢のことじゃないんです。ちょっと会いにいってみようかな。そんなに忙しくはないですよね？」

「バクス夫人が？　いつだって窓ガラスのところに張りついて外を眺めてるよ！　むしろ喜ばれると思うな」

管理人は間髪をいれず扉を大きく開き、ふざけて儀式ばったしぐさをしながら脇に寄った。

「王子さま、どうぞお通りを！　どちらでも結構です、階段はふたつとも部屋に通じておりますから。三階の二四号室でございます」

ヴァラスは礼をいって、なかに入る。管理人もそれに続き、扉を閉めて、自分の部屋に戻る。仕事はもう終わりだ。呼び鈴磨きはまた今度にするのだろう。

ヴァラスは、年齢不詳の——実際には見かけより若いだろう——女性に迎えられたが、恐れていた事態とは逆に、女性はこの訪問にいかなる驚きも示さなかった。

彼は警察の身分証を見せながら、単刀直入に、困難な捜査上の必要があって、どんなに些細な手がかりでも提供してくれる可能性のある近隣の住民に、ほとんど手当たりしだいに質問をしているのだ、と告げた。女性は疑問を呈することもなく、古風な家具を据えつけた、ごちゃごちゃと物が置かれた客間へヴァラスを通し、つづれ織りを張った椅子を勧めた。彼女自身はヴァラスの正面に、しかし、すこし距離を置いて座り、手を組んで、真剣な目でヴァラスを見つめながら、その言葉を待った。

ヴァラスは語る。昨夕、この建物のすぐ向かいの邸で犯罪が起こり……。

バクス夫人は礼儀正しい態度で、すこし驚いたように――そして、つらそうな顔で――興味を示した。

「新聞は読まないのですか?」

「ええ、ほとんど読みません」

そういいながら、たいてい手元に新聞がないのだというように、あるいは、いまは読む時間がないのだというように、悲しげな笑みをうっすらと浮かべてみせた。彼女の声は、顔つきにぴったりの、やさしく、かすれた声だった。ヴァラスは古い知りあいで、長らく会わなかったのちに、彼女を訪ねるため、来るべくしてやって来たのだ。ヴァラスが共通の知人の逝去を告げると、彼女は品の良い無関心さをあらわにして、その死を嘆いてみせる。午後の五時がふさわしい。まもなく彼女はヴァラスにお茶を出すだろう。

「それはお気の毒なことですわ」と彼女は応じる。

ヴァラスはお悔みの言葉を聞きに来たわけではないので、明確な表現で質問をする。窓の位置からすれば何か見たり聞いたりした可能性があるはずだ。

「いいえ、何も気づきませんでしたわ」

彼女はひどく残念がる。

すくなくとも、このあたりをうろつく男や、怪しいそぶりを見せる者を見かけたことがあれば、その人相を教えてもらえるのではないだろうか？　たとえば、通行人で、あの邸に異様な興味を示していた人間とか。

「あら！　ここはほとんど人通りがありませんのよ」

環状通りなら、たしかに、時間によっては多くの人が通る。だが、さっと来て、すぐに消えてしまう。誰もこの通りには回らない。

「しかし」とヴァラスは食いさがる。「きのうの夜は誰か来たはずなんです」

「きのう……」彼女が記憶のなかを探るのが分かる。「月曜ですわね？」

「おとといでもいいし、先週でもいいんです。というのも、この犯罪を企てた者たちは前もって準備していたらしいのです。とくに、電話が使えなくなっていました。これは準備工作だと思われます」

「でも」彼女はしばらく考えてからいった。「何も気づきませんでした」

きのうの夕方、レインコートを着た男が鉄柵の門のところで何かを壊していた。夜の闇が迫っていたので、細かいことはよく見えなかった。男はニシキギの生垣の縁で立ちどまり、ポケットから小さな物体を出したが、ペンチか鑢《やすり》のようなもので、鉄柵のいちばん端にある二本の格子のあいだに腕をぐいと差しいれ、内側の門の上部に触れていた……。ものの三〇秒ほどのことだったが、すぐに手を引きぬき、前と同じのんきそうな足どりで、同じ道を進んでいった。

女性が何も見なかったと断言したので、ヴァラスは彼女の部屋から帰ろうとした。彼女がちょうどその瞬間に窓から覗いていたとすれば、もちろんそのほうが信じられないような話だ。そもそも、よく考えてみれば、「ちょうどその瞬間」など存在するものだろうか？　殺し屋たちが真昼間にやって来て、堂々と襲撃の準備を整える——現場を下調べし、合鍵をあつらえ、電話線を切断するために庭に抜け道を作る——ことなどちょっと考えられない。

何よりも肝心なのは、ジュアール医師に話を聞くことだ。その結果なんの手がかりも得られず、警察署長からも新しい情報をまったく聞けなかった場合、それからこの建物のほかの借家人に質問しても遅くない。どんなに小さな可能性も見逃してはならないのだ。それまでは、バクス夫人に頼んで、ヴァラスが建物に入る口実に使った話を管理人に嘘だといわないようにしてもらわねばならない。

歴訪を再開する前のこの休止を少々長びかせるために、ヴァラスはさらに二、三質問を続ける。気づかないうちに耳に入ったかもしれない様々な音の記憶があるのではないか。銃声、砂利道を急ぐ足音、ばたんと閉まる扉の音、自動車のエンジンの響き……。だが、彼女は首を振り、曖昧な微笑を浮かべていう。

「あまり細かいことをおっしゃらないで。ずっと事件を目撃していたような気分になってしまいますから」

きのうの夕方、レインコートを着た男が門のところで何かをしており、今朝からは、鉄柵の門が開かれても、もう防犯ブザーの音は聞こえなくなってしまった。きのう、ひとりの男が……。もしかしたら、しまいに彼女は秘密をうち明けてしまうかもしれない。だが、なぜうち明けてはいけないのか、自分でもよく分からない。

ヴァラスは会話の最初から、ここ数日彼女がしばしば窓辺に立ったかどうかを、いかにしてそれとなく聞きだせるかと思案していたが、ついに席を立った。「ちょっとよろしいですか?」ヴァラスはガラス窓に近づく。カーテンが動くのが見えたのは、まさにこの部屋だ。彼はいまカーテンの模様を思いだそうとするが、この場で、これほど近くから見る模様はさっきと同じものとは思えない。ヴァラスは外をもっとよく見るために、カーテンをもち上げた。

この新たな視角から見ると、邸はごく小さな庭の真ん中にあって、光学機械のレンズをとおして見たように、周囲から切りはなされている。ヴァラスのまなざしは邸にむかって降下する。高い煙突、スレートの屋根――この地域では気どった印象を醸しだす――、鎖のように連なる石材の輪郭で瀟洒《しょうしゃ》に縁どられた煉瓦造りの正面。邸の正面全体を見たいと思っても、窓の上に突きだした石の庇《ひさし》、扉のアーチ、四段の石段などから想像するしかなかった。下から見たときには、建築の各部分の大きさの調和、邸宅全体の構成の厳密性――必然性というべきか――をこれほど十全に味わうことはできないし、全体の単純さは、バルコニーの複雑な鉄細工によって、ほとんど損われていない――というより、むしろ効果的に強調されたといえるだろうか？　ヴァラスがこれらの絡みあった曲線のなかから基礎となる図形を思いうかべようと努めていたとき、背後からやさしく、困惑したような声が聞こえ、本題と無関係なつまらないことを口にするかのように、語りはじめた。

「きのうの夕方、レインコートを着た男が……」

最初、ヴァラスはこんなに遅くなって甦《よみがえ》った記憶を真面目に受けとらず、いささか当惑して、相手のほうをふり向いた。彼女は相変わらず穏やかすぎる表情で、礼儀正しいが、疲れた様子を見せている。会話は同じ社交的な調子で続けられた。

彼女がくり返し何も見なかったと断言していたため、ヴァラスは控えめながら驚きの態度をあらわにしたが、彼女は、ひとりの男を警察に引きわたすことは誰でも躊《ちゅう》躇《ちょ》するだろうが、それが殺人犯ということになれば、自分としても気がとがめるなどとはいっていられない、と答えた。

いちばん納得できる解釈は、バクス夫人がその穏やかな外見の下に、いささかありあまる想像力を秘めているということだ。だが、彼女はヴァラスのこの考えを見ぬいたかのように、自分の証言に真実の重みをあたえるため、すくなくとも自分以外にもうひとりの人物が犯人を見ているとつけ加えた。犯人が環状通りに出る前に、明らかに酔っぱらったひとりの男が小さなカフェ——ここから左に二〇メートルほど——から出て、千鳥足で歩きながら、犯人と同じ方向に進みはじめた。男は歌を歌っているか、大声でひとりごとをいっていた。犯人がふり向くと、酔っぱらいは犯人に何か叫び、一生懸命前より速く歩いて犯人に追いつこうとした。しかし、犯人はもはや酔っぱらいに注意を払わず、旋回橋にむかって歩きつづけた。

残念ながらバクス夫人はそれ以上詳しく男の特徴を伝えることはできなかった。レインコートを着て、明るい色のソフト帽をかぶった男。しかし、思いつきで道連れになろうとした人物に関しては、この界隈《かいわい》で何度も見かけたことがあると思う。彼女の話では、その男はこのあたりの酒を出す店ならみんな知っているはずだという。

ヴァラスは建物の第二の出口、すなわちアルパントゥール通りに面した出口から外に出て、邸の鉄柵の門を調べるために通りを渡った。防犯ブザーの装置がねじ曲げられ、門が開いたときに接触しないようになっていることが確認できた。ヴァラスは、この細工を手の先だけでおこなうのは尋常ならざる筋力の持ち主であることの証明だと思った。

顔を上げると、またしても、カーテンのレースの編み目の向こうに、ぼんやりとバクス夫人の影が見えた。

4

「こんにちは」とヴァラスは背後で扉を閉めながらいった。

カフェの主人は答えなかった。

持ち場に立ったまま、身動きしない。がっしりとした上半身を、大きく広げて突っぱった両腕で支えている。両手は、体が前に飛びださないように——あるいは倒れないように——といった感じで、カウンターの縁を摑んでいる。もともと短い首は、もち上げた肩のあいだに完全に埋没している。頭は人を威圧するように前にせり出し、口もとはすこし歪み、まなざしは虚ろだ。

「今朝は冷えるね！」とヴァラスは――仕方ないので――言葉を続けた。

ヴァラスは鋳物《いもの》のストーブに近づいたが、彼の物腰は、用心のためバーの後ろに閉じこめてある番犬より愛想がよかった。ストーブの焼けた金属のほうへ手をかざす。求めている情報を得るためには、ほかの人間に声をかけたほうがよさそうだ。

「こんちは」そのとき、ヴァラスの背中に、声――酔っぱらってはいるが、善意にあふれる声――がかかった。

店内はあまり明るくなく、ストーブは雪の時期には薪《たきぎ》がよく燃えないため、重く青っぽい靄《もや》を空気に加えている。ヴァラスは店に入るとき、その男に気づかなかった。奥のテーブルにだらしなく座りこんだ男は、ひとりぼっちの客だったが、ようやく話しかけることのできる相手を見つけて喜んでいた。この男なら、バクス夫人が証人としてもちだしたもうひとりの酔っぱらいを知っているにちがいない。しかし、男はいまや口を開けたままヴァラスを眺め、粘りつくような恨みの感情をこめていった。

「なんで、きのうは、話をしたがらなかったんだ？」

「私が？」とヴァラスは驚いて尋ねた。

「ほう、それじゃあ、おれがあんたを知らないとでも思ってるんだな？」男は大声を上げた。しかめ面だが、陽気にはしゃいでいる。

男はカウンターのほうを向いて、くり返した。

「おれがこいつを知らないと思ってるらしいぞ！」

虚ろな目の主人は身じろぎもしない。

「あなたは私を知ってるんですか？」ヴァラスは尋ねる。

「もちろんだ！　あんたはちょいと礼儀知らずのようだがね……」指を使って熱心に数えている。「うん、きのうのことだった」

「はあ」とヴァラス。「でも、それは勘違いですよ」

「勘違いだとよ！」酔っぱらいは主人のほうに叫ぶ。「このおれが、勘違いだと！」

それから、雷のような笑い声を爆発させる。

男がすこし落ち着いたところで、ヴァラスは尋ねる——男の話に乗ってみるつもりだ。

「じゃあ、どこでの話です？　で、何時ごろに？」

「その、時間てのは、ちょっと勘弁してくれよ！　いつも何時かぜんぜん分からないんだ……まだ夜じゃなかったな。それと、あそこだよ、あそこを出たとこで……ほれ、ほれ、ほれ……」

「ほれ」というたび、声の調子が上がった。同時に、男は扉のほうにむかって右腕を大きく振り、曖昧なしぐさを見せた。それから、突然静かになって、ひどく小さな声で、自分にいい聞かせるように呟いた。

「どこならいいっていうんだ？」

ヴァラスは何か情報を引きだすことを諦めた。だが、店内の暖かい空気が快いため、外に出ていく気にはなれなかった。ヴァラスは隣のテーブルに座った。

「きのうのこの時間に、私はここから一〇〇キロ以上も離れた場所にいたんですよ……」

ゆっくりと警察署長がふたたび掌と掌をこすりあわせはじめる。

「もちろん！　有能な殺し屋はいつでもアリバイを用意するんでしょう？」

満足そうな微笑み。肉厚な両手が、指と指を開いて、テーブルの上にぺったりと置かれる……。

「何時のことだ？」酔っぱらいが尋ねる。

「あなたのいった時間ですよ」

「そうか、おあいにくさま、おれは時間はいってない！」酔っぱらいは勝利したように叫ぶ。「勘定はあんたもちだ」

奇妙なゲームだな、とヴァラスは考える。だが文句はいわない。主人はヴァラスに非難するような目を向けている。

「全部嘘っぱちだな」と、酔っぱらいは長々と考えた末に結論した。ヴァラスをじろじろ眺め、軽蔑したようにつけ加える。「車さえもっちゃいないんだから」

「私は鉄道で来たんですよ」とヴァラスはいう。

「そうかい」

酔っぱらいの陽気さは消え、この議論で疲れたように見える。しかし、カフェの主人のために、とはいえ、ひどく陰鬱な調子で、通訳の役割を果たした。

「鉄道で来たんだってさ」

主人は答えない。体勢を変えただけだ。頭をぐいともちあげ、腕をだらりと垂らしたので、何か行動を起こす準備をとったように見える。じっさい、布巾を摑み、カウンターの上を三度拭いた。

「鉄道と……」酔っぱらいは苦しそうにしゃべりはじめる。「鉄道と白ワイン……鉄道と白ワインの瓶の違いはなあんだ？」

酔っぱらいは自分のグラスにむかって話しかけている。ヴァラスは反射的にその違いを考えようとする。

「どうだい？」隣の酔っぱらいは唐突に尋ねてくる。勝てそうな見こみができて、元気をとり戻している。

「分からない」とヴァラスはいった。

「じゃあ、あんたにとって、違いはないわけだな？　ご主人、聞いたか？　違いはなんにもないんだとさ！」

「そんなことはいってないが」

「いったさ！」酔っぱらいは大声を出す。「あそこのご主人が証人だ。あんたはそういった！　勘定はあんたもちだ！」

「勘定は私がもつよ」ヴァラスは同意した。「ご主人、白ワインを二杯ください」

「白ふたつだよ！」そうくり返す酔っぱらいは完全に上機嫌をとり戻していた。

「聞こえたよ」と主人は答える。「耳は悪くない」

　酔っぱらいは一気にグラスを空けた。ヴァラスは自分のワインを飲みはじめる。この汚いカフェ兼居酒屋でこんなに居心地よく感じることに驚いている。暖かさが快いというだけだろうか？　街路の身を切るような空気のあとでは、鈍くぼんやりとした安楽さが体に沁《し》みこんでくる。酔っぱらいの浮浪者と、カフェの主人にさえ好意的な気分がふつふつと沸いてくるのを感じる。だが、主人はまったく共感を受けつけない。じっさい、ヴァラスからもはや片時も目を離さず、不審の念をいっぱいにこめて見張っているので、ヴァラスは結局、いたたまれない気分に傾いてくる。なぞなぞ愛好家のほうを向くが、酔っぱらいはたったいま飲みほしたワインのせいで、ふたたび陰気な物思いに沈んだように見える。気分を明るくしてやろうと思い、ヴァラスは尋ねる。

「それで、違いはなんなんです？」

「違い？」酔っぱらいは今度は完全に朦朧《もうろう》としている。「なんとなんの違い？」

「ほら、鉄道と酒瓶のですよ！」

「ああ、そうそう……瓶ね……」なんとか思いだせたというように、のろのろと答える。「違い……そう、すごく大きいよ、違いは……鉄道だろ！……そりゃぜんぜん違うんだ……」

たしかに一杯飲ませる前に聞いてみるべきだった。酔っぱらいは口を開け、いまやぼんやりと空《くう》を眺め、テーブルに肘を突いて、空っぽになった頭を支えている。はっきりしない言葉をもごもごと呟き、それから、頭をはっきりさせようとする努力を見せながら、何度か突っかかったり、くり返したりしながら、言葉を続けることに成功する。

「あんたの鉄道の話はお笑いぐさだ……おれがあんたを知らないと思ってるなんて……知らないなんてな……。ちょうどここから出たところで……。ずっと一緒に道を歩いたじゃないか……ずっと一緒に……。考えが甘すぎるよ！　コートなんか変えたってばればれだ……」

まもなくひとり言は意味不明になる。なぜかは分からないが、「捨て子」に似た言葉が何度もくり返される。

テーブルの上で半分眠りこけ、理解不能な言葉を口のなかで呟きながら、ときに大声とぎくしゃくした動きを挟むが、その声や動きもしだいに重く鈍り、記憶の霧のなかに溶けていく……。

彼の前を、レインコートを着た大柄な男が鉄柵沿いに歩いていく。

「おい！　ちょっと待ってくれないか？　おい！　あんた！」

聞こえないのか！

「おい、そこの！　おい！」

よし、今度は聞こえたと見える。

「ちょっと待てよ！　おい！　なぞなぞを聞いてくれよ！　おいおい！　ちぇっ！

礼儀知らずだな。みんな、なぞなぞが好きじゃないってのか。おい、待ってくれよ！

まあ聞けよ、難しくなんかないから！」

難しくない！　でも分かりっこないさ。

「おい！　あんた！」

「……」

「まったく、足が速いな！」

男はすばやい動きで抱きつかれるのをよける。

「よし、分かった！　手を貸したくないんだな……だけど、そんなに速く行くなよ！

ちょっと息をつかせてくれ、問題を思いだすから……」

だが、男は脅すようにふり向き、酔っぱらいは一歩下がる。

「動物のなかで……」

酔っぱらいは男の恐ろしく苛立った顔を見て息を呑む。まるで相手を叩きつぶさんばかりの敵意が見える。酔っぱらいはひき下がったほうがいいと思い、しどろもどろになだめるような言葉を口にする。だが、男は十分効果があったと判断するや、すぐにまた歩きはじめ、にもかかわらず、酔っぱらいはぶつぶついいながら、小走りで、ふたたび男のあとを追う。

「なあ、そんなに急ぐなよ！……おい！……そんなに速く行くなったら！……おい！……」

路上では、通行人たちが立ちどまったり、ふり向いたり、脇にどいたりして、この異様な二人組に道を空けた。あまりに体にぴったりのレインコートをちょっと窮屈そうに着こみ、明るい色のフェルト帽をかぶり、その庇を下げて顔の上半分を隠した、長身でがっちりした男が、顔をうつむけ、両手をポケットに入れて、確かな足どりで進んでいる。男は急ぎすぎることもなく前進し、あとから付いてくる人物——ともかく奇妙な人物――になんの注意も払っていないように見える。問題の人物は、あるときは男の右、あるときは左、たいていはその後ろを付いてきて、男のそばを離れないというのが唯一の目的らしく、そのために予期せぬ曲線を次々に描きつづけている。ともかく、どうにかこうにかその目的は達しているものの、かなり激しい体操をみずからに課し、必要と推定される距離の二倍から三倍を踏破し、急激なジャンプを敢行し、あまりに唐突な停止をおこなったため、そのたびに転倒しそうになった。こうした絶えざる困難さと格闘しているにもかかわらず、それでもまだ話しつづけることに成功し、もちろん途切れ途切れではあったが、そこには聞きとり可能な要素が残っていた。「おい！ 待ってくれ……なぞなぞをひとつ……」、さらに、「捨て子」に似た言葉も。明らかに飲みすぎていた。短軀《たんく》で太鼓腹、ほとんどぼろと化した、なんだかよく分からない服を着ている。

だが、ときどき、前を歩く男は突然後ろをふり返り、すると酔っぱらいは恐怖に戦《おのの》き、一歩後退して、男の手の届かないところに逃げる。それから、危険が薄れたと見るや、またしても執拗に追跡を再開し、男に追いつこうとして、ときにはすがりつき、引きとめようとする――さらには、一歩男の前に出て顔を合わせたかと思うと、次の瞬間には、ふたたび後方を小走りに歩いている――あたかも時間をとり戻そうとするかのように。

いまやすっかり夜になっていた。まばらなガス灯とわずか数軒の商店が放つ光は、いかがわしい、途切れとぎれの明かり――ところどころ暗い穴が開き、光と闇の中間の薄暗さで幅広く縁どられた明かり――しか作りだすことができず、こんな明かりでは精霊だって飛びこみたくないだろう。

しかし、千鳥足の小男はしつこく追跡を続けていた。おそらくちょっとした思いつきでそんな追跡の遊戯を始め、なぜそんなことを始めたのか、もはや自分でもはっきりとは分からなくなっていたのだろうが。

小男の前を行く、近づきがたい幅広の背中は、しだいに恐るべき大きさになっていった。レインコートの右肩にある、L字形のひどく小さなかぎ裂きがあまりに大きく広がったため、布地がコート本体からべろりと剝がれ、かき分けて進む空気の流れのなかを幟《のぼり》のようにはためき、嵐のような轟音を立てて舞いあがり、脚に絡みついていた。帽子はといえば、すでに極端に顔のほうにずり下がっていたが、いまは巨大な鐘と化し、そこから大きな水母《くらげ》の触手のように絡みあったリボンの渦巻が流れだし、しまいには衣服全体がそのリボンの渦巻に呑みこまれてしまった。

小男は最後の力をふり絞って片腕を摑むことに成功する。絶対に離さないと決意して、全力で腕にすがりつく。ヴァラスは一生懸命ゆすって振りほどこうとしたが、できなかった。酔っぱらいは、その体から出せるとはとても信じがたい力でヴァラスにしがみついている。だが、体を激しく動かしたはずみに、転げて頭を床にぶつけてしまい、思わずしがみついた腕をゆるめ、両手を放し、体がフロアを転がり、ぐったりと動かなくなった……。

この光景にカフェの主人はさして動揺した様子を見せなかった。酔っぱらいがこんな危ない目にあったのも初めてのことではないのだろう。酔っぱらいをしっかり摑んで引きずりあげ、いつもの席に運びこみ、濡れた雑巾でたちまち目を覚まさせる。酔っぱらいは魔法のように元気をとり戻した。自分の顔をつるりと撫《な》で、にやにやしながらまわりを眺め、すでにバーへ戻っている主人にこう断言した。

「あいつはおれを殺そうとしたんだ！」

にもかかわらず、殺人未遂をすこしも怨んでいないようだったので、酔っぱらいに興味を抱きはじめたヴァラスは、この機会を利用して細かい情報を聞きだそうと考えた。幸いにも酔っぱらいは昏倒する前よりもずっと意識がはっきりしていた。熱心に耳を傾け、喜んで質問に答えてくれる。そう、自分がヴァラスに会ったのは、きのうの夕方、日が暮れるころのことで、まさにこのカフェを出たときだった。ヴァラスを追いかけ、追いつき、嫌な顔をされたが、一緒に歩いた。ヴァラスはちょっと大きすぎる明るい色のフェルト帽をかぶり、窮屈そうなレインコートを着て、コートの右肩にはL字形をした小さなかぎ裂きができていた。

「きのうの夕方、レインコートを着た男が……」。つまり、バクス夫人が窓から見たのはこの酔っぱらいの浮浪者であり、犯人とはつまるところ……。この結論のばかばかしさにヴァラスは思わず微笑みを浮かべていた。要するに、犯人はヴァラスに似た男だと断言していいのだろうか？　だが、こんないい加減な証人の判断を信用するのは難しい。

ともあれ、ヴァラスが何度否定しても、酔っぱらいは同一人物だと主張して譲らなかった。あいつのすぐそばをあんなに長く歩いたのだから――といい張るのだ――翌日になってもすぐにあいつだと分かった。どこを歩いたかについては漠然とした説明しかできなかったが、まずブラバン通りを行き、つぎにジョゼフ＝ジャネック通りを端から端まで歩き、それからクリスチャン＝シャルル大通りまで行き、そこで、ヴァラスに瓜ふたつとされる男は郵便局に入ったらしい。

その後、酔っぱらいは飲みなおすためにカフェ・デ・ザリエへ戻ったという。

カフェの主人はこの話を怪しいと思う。なぜこの男はきのう姿を見られたことを素直に認めたがらないのだ？　何か隠そうとしているのではないか……。きのうの夜だって？　そうか、こいつがやったんだ！　あの小さな邸から出たとき、酔っぱらいの爺《じじい》に見つかったのだ。町はずれまで行って、酔っぱらいをまいて、それから、何食わぬ顔で戻ってきて、ここに泊まった。この男はいま、きのうの夜の町の散歩について酔っぱらいが何を憶えているか聞きだそうとしている。酔っぱらいの記憶力が良すぎることにも気づいたにちがいない、たったいま証人を消そうとしたのだから。頭を地面に叩きつけて……だが、人ひとり殺すのは簡単なことじゃない。まちがいない、こいつがやったんだ。

だが、残念なことに時間が合わない。家政婦の婆さんが医者を呼びに駆けつけてきたのは、たしか……。まあいい、ともかく気を許さず、変な客がいる、とすぐに警察に通報したほうがいい。昼の一二時を過ぎると、宿泊の届出をさぼった宿の経営者は罰金を食らうことになるし、万が一何か起こったら……。

主人は電話帳を取りだし、テーブル席のほうへカウンターごしに不審の目を向けながら、長いこと電話帳を調べていた。ようやく番号を回す。

「もしもし！　非居住者係ですか？」

そういいながらヴァラスをとがめるような目で見つめる。

「こちらは、アルパントゥール通り10番のカフェ・デ・ザリエです……。旅行者の宿泊の届出をしたいんですが」

長い沈黙。酔っぱらいは口を大きく開けたままだ。カウンターの後ろから、蛇口が洗い桶に滴らせる規則的な水の音が聞こえてくる。

「ええ、一日貸しの部屋です」

「……」

「それはそうなんですが」

「……」

「宿泊カードはちゃんと送りますが、急いで規則の時間に間に合うようにと……。とくにその客がある種の問題を……」

客の目の前でその客のことを話題にする主人の無礼さが腹立たしく、ヴァラスは思わず抗議しそうになった——そのとき、警察署長の皮肉な声がふたたび聞こえてきた。

「宿泊の届出がなければ、到着時刻の証拠もありませんよね？」

カフェの主人はヴァラスに意地悪をしようと思ったが、結局、それは失敗に終わった。ヴァラスの宿泊の届出を所定のカードでしなかったことで、逆に主人のほうがローラン署長の嫌味を聞かされつづけることになったからだ。そのうえ、変人の酔っぱらいの話などもち出そうものなら、署長の嫌味はどこまで続くか——また、どこから始まるか——見当もつかない。ヴァラスはこんな些事《さじ》に気を取られるのはつまらないことだと思いながら、宿泊の届出がなされ、自分の身元が確かめられたことで、一種の満足感も味わっていた。

「客の名前はヴァラス。W—A—L—L—A—S。とにかく、そう名乗ってます」

この言葉は意図的にヴァラスを傷つける——いや、侮辱する——ためのもので、そういいながらヴァラスをねめつける主人の目を見て、ヴァラスはついに抗議に立ちあがろうとした。財布を出して、そこから身分証を取りだし、主人の目の前に突きつけてやるつもりだったが、その動作をしかけてやめたのは、正式の身分証に貼られた写真のことを思いだしたからだ。濃い褐色の口髭のせいで軽歌劇に登場するトルコ人のような顔つきになり、明らかにヴァラス本人よりも年上に見えた。

もちろん、このあまりに目に付きやすい「身体的特徴」は、情報調査員の外見に関するファビユスの理論に反するものだった。そこでヴァラスは口髭を剃《そ》りおとさざるをえず、がらりと様変わりして、若がえり、部外者にはほとんど別人と見られるようになってしまった。だが、古い身分証を交換する時間がなかったのだ。バラ色カード——内務省通行許可証——に関しては、もちろん、使用するのは控えねばならない。

財布のなかでたまたま探りあてた紙片——列車の切符の復路用の半券——を見て何か情報を確認するふりをして、ごく自然な態度で財布も切符もポケットにしまう。こうすれば電話での会話が聞こえているとは思われないだろう。

いっぽう、カフェの主人は悪事のほのめかしがすべて自分に跳ねかえってくるのを知り、電話の向こう側から発せられる質問のせいでとっくに忍耐心を失っていた。

「もちろん違います、いったじゃありませんか、客が着いたのはきのうの夜だって！」

「……」

「そうですよ、きのうの一晩だけ！　その前の夜のことは客に聞いてくださいよ」

「……」

「ともかく、このことはお知らせしましたからね！」

酔っぱらいもひと言つけ加えたくなったらしい。椅子から半分立ちあがる。

「それから、あいつはおれを殺そうとしたんだ！……おい！　いってやってくれよ、こいつがおれを殺そうとしたって！」

しかし、主人は返事もしない。受話器を置くと、バーの後ろに戻り、紙切れでいっぱいの引出しをかきまわす。警察からもらった宿泊届出票を探しているのだが、あまりにも長いことそんなものは必要なかったので、探しだすのが大変だ。主人がようやく黄ばんでしみのついた古い書類を見つけだしたら、ヴァラスはそれに記入して、身分証を提示し、写真とは別人のように変わった理由を説明しなければならないだろう。そうしたらカフェを出ることができるはずだ――郵便局に行って、きのうの夜レインコートを着た男を見かけなかったかと尋ねるために……。

酔っぱらいはふたたび椅子で眠りこけ、主人は布巾でテーブルを拭き、バーに戻って洗い桶でグラスを洗う。そして、今度は前より丁寧に蛇口を閉め、そうすればメトロノームのリズムでいま洗い桶の水面を打っている滴の音はやむだろう。

舞台は幕を下ろすことになる。

大きく広げて突っぱった両腕でがっしりした上体を支え、手でカウンターの縁を摑み、頭を前に突きだし、唇をわずかに歪めて、主人は虚空を眺めつづけるだろう。

5

水槽の濁った水のなかを、いくつかの影が通りすぎる、こっそりと——水を波うたせ、その輪郭のない存在はひとりでに消えていき……あとは、何かが見えたことさえ信じられなくなる。だが、星雲がまた現れ、そこにやって来て、光を豊かに放ちながら、ふたつか三つの円を描き、まもなくもとの場所に戻り、水藻《みずも》のとばりの向こうの、原形質の深みのなかに溶けていく。最後の渦がすばやくほどけ、一瞬、水全体を震わせる。ふたたび、すべてが静まりかえる……。しかし、突然、新たな形が登場し、こちらに近づき、ガラス板に夢の面影を押しつける……。ポーリーヌ、やさしいポーリーヌ……おぼろに姿が見えたかと思うや、別の亡霊や幻影にとって代わられる。酔っぱらいはなぞなぞを口にする。唇の薄い男が、コートのボタンを襟もとまできっちり留めて、椅子に座り、殺風景な店の真ん中で待っている。顔はぴくりとも動かず、手袋をはめた手を重ねて膝に置き、人を待つ苛立ちはみじんも見せない。時間はじゅうぶんにある。計画の完遂を妨げるものは何もない。この人物は、ある男——不安で、おどおどして、根性のないやつではなく、それとは正反対の信頼できる男——と会うことになっている。今夜の二度目の任務遂行は、その男に任せるだろう。最初の任務遂行のときその男は舞台裏に回したが、仕事ぶりは完璧だった。ところが、ガリナティは、すべてがあれほど細心に準備されていたのに、明かりを消すことさえできなかった。そして、今朝は、大事な相手を逃してしまった。

「今朝の何時に出かけました?」

「ぜんぜん分からない」と主人は答えた。

「彼が出るのを見なかったんですか?」

「見ていたら、何時か分かったでしょうね!」

主人はカウンターに手を突いたまま、この人物がやって来たことをヴァラスに知らせるべきかどうか考えた。いや、よそう。もめごとは当事者同士で始末をつければいい。伝言を頼まれたわけじゃないんだから。

それに、ヴァラスはすでにこの小さなカフェを出ていた、舞台に戻るために……。

6

またしてもヴァラスは旋回橋にむかって歩く。雪が降りだしそうな空の下、ブラバン通り――と、そこに厳めしい正面を構える建物の並び――が前方へと延びている。勤め人はいま、帳簿と計算機を前に置いてみんな仕事に励んでいる。数字が縦の列をなして並び、波止場には縦の材木が積みあげられている。機械のような手が、クレーンの操縦盤や、巻揚げ機や、計算機のキーを、一秒の遅れもなく、好不調もなく、誤りもなく操作している。材木業はいまや最高潮を迎えている。

通りは、まるで明け方のように、人影もなく、静まりかえっている。建物の扉の、金文字で社名を書いた黒いプレートの下に停まった何台かの車だけが、いま煉瓦の壁の向こうで盛んな活動がおこなわれていることを示している。ほかに変わったところは——あるとすればの話だが——感じとることができない。五段の石段の上のすこし奥まったところにあるニス塗りの木の扉も、カーテンのない窓——左にふたつ、右にひとつ、その上に、どれもよく似た四角い窓が四階分——も、変わったところはどこにもない。それらのオフィスでは電気の照明を点けず——節約のためだ——、仕事をするには十分に明るくないため、近視の顔が分厚い帳簿にむかって眼鏡を近づけている。

ヴァラスは巨大な疲労に押しつぶされそうだと感じていた。

だが、環状通りを横断する運河を渡って、立ちどまり、路面電車の通過を待つ。電車の前面の路線番号を示すプレートは、赤い円の上に黄色い数字で6と記されている。塗りたてのペンキで輝く車輛は、今朝、同じ場所に現れた車輛にそっくりだった。今朝と同じように、電車はヴァラスの前に停まった。

ヴァラスは、ブラバン通りとジャネック通りを行くうんざりするほど長い道のりを恐れ、鉄製のステップを上がって、車内に座った。電車に乗れば黙っていても目的地に近づく。発車ベルが鳴って、電車が動きはじめると、車体が軋み音をあげた。ヴァラスは運河の縁に沿って並んだ建物の流れを眺める。

ところが、車掌がやって来たとき、ヴァラスは間違いに気づいた。6番の電車は、ヴァラスが考えていたように、環状通り沿いに進みつづけるわけではなかった。それどころか、最初の停留所を出るとすぐに環状通りからそれて、南にむかって場末の地域を横切っていく。そして、クリスチャン＝シャルル大通りはジャネック通りの反対の端――そこに酔っぱらいの言及した郵便局があるはず――に通じているのだが、そこは大通りでも通行人がひどく少ない場所なので、いかなる路線の電車も通っていない。そこでヴァラスは困ってしまった。ヴァラスを窮地から救いだしてくれたのは車掌で、町を縦横に走る路面電車の路線図を見せてくれた。ヴァラスは直接郵便局へ行くことを諦め、先にジュアール医師の病院に寄ること――それはあらゆる観点から見て好ましい――に決めた。次の停留所で乗り替える4番線がそちらの方向に導いてくれるだろう。

ヴァラスは車掌に礼をいい、切符の料金を払って、降りる。

まわりの風景は相変わらず同じだ。大通り、運河、不揃いな建物……。

「それで、あの女はこういったの、そんなことなら、あんたは出ていけばいいでしょ！って」

「で、男は出ていったの？」

「もちろん、そんなわけないわ。男はあの女がしゃべったことが全部本当かどうか知りたいだけだったのよ。だから最初は、そんなのばかげてる、信じないぞ、そのうち分かるっていってたわけ。ところが、ほかの連中が戻ってくるって分かってからは、まずいことになるのが怖くなって、買物があったことを思いだしたの。そうだ、買物を忘れてた！　あの男の買物なんてろくなもんじゃないけどね。で、あの女はなんて答えたと思う？　『あんまり慌てちゃだめよ、ひどい目に合わないように！』ですって」

「ふうん……どういう意味？」

「あのね、またあいつに会うかもしれないってこと。ひどい目っていうのは車や何かのことよ！」

「ああ、なるほどね！」

ヴァラスは進行方向にむかって窓側に座っている。右の席に乗客はいない。ふたりの人間の声——下町なまりの女の声——がヴァラスのすぐ後ろの座席から聞こえてくる。

「男が出てくとき、あの女は『うまくやんなさいよ』って大声でいったんだって」

「で、男はあいつに会ったのかしら？」

「それはまだぜんぜん知らない。でも、会ったとしたら、大騒動よ！」

「ああ、なるほどね」

「ともかく、明日になったら分かるでしょうよ」

女たちはふたりともこの話の結末にとくに関心がないように見えた。話に出てくる人物は親戚でもなければ友人でもない。また、このふたりの女の生活はその種の事件とは無縁だと感じられたが、小市民ほど、極悪人や王様の人生の輝かしい出来事を話題にするのが好きなものだ。もっとも、その話というのは、単にどこかの新聞の連載小説に出てくるものかもしれない。

路面電車は厳めしい建物の下をくねくねと走ったあと、町の中心部に到達した。ヴァラスはすでにそのあたりがほかの地域と比べてそこそこ快適であることを知っていた。走行中に、県庁に通じるベルリン通りを走っていることが分かった。ヴァラスは車掌のほうをふり向く。下車すべきときに車掌が合図してくれることになっていたからだ。

最初に目に入ったのは派手な赤の広告板で、大きな矢印の下に、こんな文句が書かれていた。

製図にも
学校にも
会社にも
ヴィクトル・ユゴー文具店
ヴィクトル・ユゴー通り2番の2
(左に100メートル)
品質保証

ここに寄り道すればジュアール医院からは遠くなるが、一分一秒を争う話でもなし、ヴァラスは示された方向に進んだ。道を――二番目の広告板の指示にしたがって――曲がると、一軒の店が見つかり、その超モダンな建築様式と広告のセンスを見れば、この店が最近開かれたことが分かった。とくに店舗の豪華さと大きさは、幹線道路の近くにありながら賑《にぎ》やかな界隈からすこし外れたこの小さな通りにあって、ひどく目を引くものだった。ショーウィンドー――プラスチックとアルミニウムを使用――はぴかぴかの新品で、左側のウィンドーは万年筆、便箋、学校用ノートといった文具のかなりありふれた展示でしかないのに、対照的に右側のウィンドーは物見高い客の目を引くように作られていた。「写生」する「画家」が展示されているのだ。画家のマネキンは絵具のしみだらけの作業着を着て、「ボヘミアン風」のふさふさした髭で顔は見えないが、画架の前に立って仕事の真っ最中だ。絵と実景を同時に視野に収めるため、すこし後ろに下がり、きわめて巧緻な鉛筆描きの風景画――実際には誰か大家《たいか》の作品の模写だろう――に最後の筆を加えている。それは糸杉に囲まれてギリシア神殿の廃墟が立つ丘の絵だった。前景では、あちこちに円柱の折れた部位が転がっている。後景では、谷間に、ひとつの都市の全体像が、その凱旋門や宮殿――遠い距離があり、建築が重なりあっているにもかかわらず、稀に見る細密さで描かれている——とともに浮かびあがっている。だが、背景もかねて画家の前に立てられているのは、ギリシアの田園の絵ではなく、二〇世紀の都市の交差点の巨大な写真製版なのだ。絵画は風景を再現するものとされているが、この写真は絵画の機能を否定するものであり、それだけに写真の高画質と構図の巧みさが、この風景にいっそう衝撃的なリアリティをあたえている。そして、ヴァラスは突然、この交差点がどこなのか分かった。高い建物に囲まれたあの邸、あの鉄柵、あのニシキギの生垣、それはアルパントゥール通りの角を占める邸宅だった。まちがいない。

ヴァラスは文具店に入る。

「これはなんと」と嘆声を上げる。「変わったショーウィンドーですね！」

「面白いでしょう？」

ヴァラスを迎えた若い女性は心からうれしそうに、喉を鳴らす軽い笑い声を立てた。

「ほんとうに」とヴァラスは同意する。「珍しいものですね」

「お分かりになりました？　テーベの廃墟です」

「とくに写真に驚かされますね。そう思いませんか？」

「そうですね。とてもいい写真です」

しかし、その顔は、写真には注目すべき点は何もないと語っているようだった。だが、ヴァラスはもっと詳しく知りたかった。

「いやいや、大したものだ」と続ける。「プロの仕事ですよね」

「ええ、もちろんです。きちんと設備の整った現像所に引き伸ばしを頼みましたから」

「ネガがおそろしく鮮明だったにちがいない」

「ええ、たぶん」

しかし、女性はすでに愛想のいい職業的な視線でヴァラスに問いかけている。「何かお探しでしょうか？」

「消しゴムがほしいんです」とヴァラスは答える。

「はい、どんな種類の消しゴムですか？」

それがまさに面倒な話なのだ。ヴァラスは何度か自分の求めているものの描写を試みたことがあった。柔らかく、軽く、もろい消しゴムで、こすっても変形せず、しかし、消しかすは埃のように細かく、さらに、簡単に割ることができて、その割れ目が真珠の貝殻のようになめらかに輝くもの。友人の家で数か月前に一度見たことがあったが、友人はそれをどこで手に入れたか憶えていなかった。ヴァラスは似たものを容易に手に入れることができると思っていたが、それ以来、いくら探しても見つからない。一辺が二、三センチの黄色っぽい立方体で、角は——たぶん使用したせいで——わずかに丸くなっている。ひとつの面に製造会社の商標が印されていたが、消えかかって、よく読めなかった。ただ、真ん中のふたつの文字、「di」だけは判読できた。その文字の前後に、それぞれすくなくとも、ふたつずつの文字があったにちがいない。

若い女性は会社名を復元しようといろいろ考えたが、うまくいかなかった。仕方なく、店にあるすべての消しゴムをヴァラスに見せて——じっさい、在庫の種類の豊富さは大したものだったが——、それぞれの長所を熱心に褒めそやした。だが、それらはすべて、柔らかすぎるか、固すぎるかだった。彫塑《ちょうそ》用の粘土のように変形自在の「パンの身」消しゴムとか、紙を削りとる——せいぜいインクのしみを消すときにしか役立たない——乾いた灰色のものなどだ。ほかは、通常の鉛筆用で、程度の差こそあれ、すべて白くて横長の長方形の消しゴムだった。

ヴァラスは先ほどから気になっている問題に話を戻そうかどうかためらっている。

だが、そんなことをしたら、あの邸の写真について何か情報を得ることだけが目的で店に入り、ちっぽけな消しゴムひとつの出費を惜しんでいるように見えるだろう――ありもしない製品を求めて店じゅうをひっくり返させ、その製品をある会社のものだといいつつ、その架空の会社名を完成させることができないようにしているが――、その理由はいわずと知れている！　手口は見えすいていて、会社の名前の真ん中の音節だけを教えることで、だます相手に、会社そのものの存在を疑わせないように仕向けたのだ。

　したがって、ヴァラスはまたしても、使い道のない消しゴムを買いこむ羽目になるだろう。その消しゴムは明らかに自分の探しているものではなく、それ以外の消しゴムは――たとえどこか似ているところがあったにしても――まったく必要ではなく、あれしか欲しくないというのに。

「これを頂きますよ」とヴァラスはいう。「たぶん役に立つでしょう」

「そう思います、とてもいい製品ですから。うちのお客さまはみんなこれがいいっておっしゃいます」

　これ以上説明してなんになる？　いまは会話を戻さなければならない、例の問題に……。だが、茶番劇は見事な素早さで展開して、ヴァラスは熟慮しているひまがない。「おいくらですか?」財布から札を出し、釣銭が大理石のカウンターの上で音を立てる……。テーベの廃墟か……ヴァラスは尋ねる。

「おたくでは版画の複製は売っていますか?」

「いいえ、いまのところ絵葉書しか扱っておりません。(女性は絵葉書の飾られた二台の回転陳列台を示す)ご覧になりたければ、美術館の名画もありますが、ほかの葉書はみんなこの町とその周辺の風景です。でも、よろしければ、わたし自身が撮った写真も何枚かありますわ。ほら、先ほど話題になった写真も、わたしがネガから引き伸ばしてもらったものなんです」

光沢紙の写真を一枚取りだし、それをヴァラスに差しだす。まさにショーウィンドーに使われていたものだ。その上、前景には、石材で覆われた運河の堤や、小さな旋回橋の入口にある手すりの端も見えている。ヴァラスは感嘆した様子を見せた。

「とてもきれいな邸宅ですよね?」

「あら、そうかしら」と彼女は笑いながら答える。

そして、ヴァラスは店を出る、絵葉書——店に入るときあれだけお世辞をいったのだから買わざるをえない——と、小さな消しゴムをもって。消しゴムのほうは、その日の朝買った消しゴムと一緒にすでにポケットの奥にあった——ともに無用の代物だが。

ヴァラスは急いでいる。もう正午に近いだろう。だが、昼食の前にジュアール医師と話をする時間はまだある。コリントス通りへ行くには斜め左に進まねばならないが、左側で最初に出合った道は真っ直ぐ横に走る通りに通じているので、迷ってしまう危険がある。むしろ、次の交差点まで行くべきだろう。病院に行ったあと、ジャネック通りの端にある例の郵便局を探してみよう。病院から遠くないことは確かだから、歩いて行けるだろう。ともかく、まずは正確な時刻を知ることだ。

ちょうど警官が車道の中央に立って見張っている。おそらく小学校の下校時に交通整理をするためだ（そうでなければ、この小さな十字路に警官が立つほどの交通量はない）。ヴァラスはすこし後戻りして、近づく。警官は軍隊式の敬礼をする。

「いま何時でしょうか?」とヴァラスは尋ねる。

「一二時一五分です」警官は間髪をいれず答える。

たぶん腕時計を見たばかりなのだ。

「ジョゼフ＝ジャネック通りはここから遠いですか？」

「何番地に行くかによりますね」

「いちばん端です、環状通り寄りの」

「それなら、すごく簡単です。次の交差点を右に曲がって、そのすぐ先を左に行くんです。あとは真っ直ぐです。そんなに時間はかからないでしょう」

「郵便局がありますよね？」

「ええ……クリスチャン＝シャルル大通りの、ヨナ通りとの角に。しかし、そこまで郵便局を探しに行かなくても……」

「ええ、ええ、知ってます、でも……その郵便局じゃないとだめなんです……局留郵便なので」

「それなら、次の角を右、次の角を左、あとは真っ直ぐ。間違えっこなしです」

ヴァラスは礼をいって、いま来た道を歩きはじめたが、交差点で斜め左に――ジュアール医院のほうへ――曲がろうとして、警官に医院のことを話すのを忘れたと気づいた。警官は分かりやすい道案内をくり返し教えてやったのに、ヴァラスが道を間違えたと思うだろう。警官に見られているかどうか確かめるため、後ろをふり返った。警官は腕を大きく振りまわして、最初に曲がらねばならないのは右のほうだと教えている。ここでヴァラスが逆の側に曲がったら、頭がおかしいか、愚か者か、悪ふざけをしたと思われるにちがいない。もしかしたら追いかけてきて、正しい道にひき戻すかもしれない。だが、警官を安心させるためにわざわざもとの場所に戻って説明するのは、まったくばかげている。ヴァラスはすでに右にむかって歩きはじめていた。

問題の郵便局からそんなに近くにいるのなら、ぐずぐずせずにそちらに向かうべきではないか？　それに、正午を過ぎたから、ジュアール医師は食事中だろう。いっぽう、郵便局の窓口に昼休みはないから、誰の迷惑にもならない。

姿を消す寸前にヴァラスが警官のほうを見ると、是認の身ぶりをしている――ヴァラスを安心させるために。そう、その方向でいい。

整理するほど交通量のないあんな場所に交通警官を立たせるのはばかなことだ。それに、この時間では学童たちは家に帰ってしまっている。そもそも学校なんかあるのだろうか？

警官が教えてくれたように、まもなくヴァラスは新たな十字路に出た。このベルナドット通りを右に行けば、たしかに後戻りすることになって、道をすこし曲がったところで、コリントス通りに出られるはずだ。だが、いまヴァラスは医院より郵便局のほうが近い場所にいて、おまけに、この界隈のことをよく知らない。ふたたび警官と鉢合わせする危険さえある。局留郵便という作り話は危なかった。もしヴァラスがあの局へ郵便物を発送させたことがあるのなら、郵便局がどのへんにあるか知らなくても、郵便局の住所だけは知っていなければならなかったからだ。

それにしても今日、行く先行く先でつまらぬ言い訳をひねりださねばならないのは、どんな悪運につきまとわれているのだろう？　たえず道を尋ね、誰かに教えてもらうたびに迂回させられるのは、この町の特殊な道路計画のせいなのか？　ヴァラスは昔一度、この予期せぬ分岐点と行きどまりのなかをさまよったことがあるが、たまたま真っ直ぐ前へ進むことができた場合でも、そういうときにかぎって、よけいに道に迷ってしまうのだった。だが、そのことを不安に思ったのはヴァラスの母親だけだった。そうして、ついにヴァラスと母親はあの行きどまりの運河に出たのだ。日に照らされた低い家々の正面が、緑色の水面に映っていた。夏のことで、ヴァラスの学校は休みだったのだろう。親族の女性を訪ねるために、旅の途中で（毎年、もっと南の地方の海岸に行くことにしていたので）この町で下車したのだ。親戚の女性は、遺産相続か何かの問題で怒っていたという記憶がある。だが、正確な記憶だといえるのか？　自分たちが結局その女性に会うことができたのか、それとも会えずに空しく次の列車に乗ったのかも、もう憶えてはいない（二本の列車のあいだには数時間の余裕しかなかった）。そもそも、それは本当の自分の記憶なのか？　ヴァラスはあの日のことをしばしば語り聞かされてきたからだ。「憶えているわね、あの日、わたしたちはあそこに着いて……」

ジャネック通りだ。学校の校庭の壁、葉の落ちたマロニエの木。「市民諸君」。そして、車の運転者に減速を命じる標識。

跳ね橋の入口で、濃紺の作業服をきて制帽をかぶった係員が、ヴァラスに顔見知りとして軽い挨拶を送ってくる。

第3章

1

いつものように、大きな邸は静まりかえっている。

一階では、年老いた耳の遠い家政婦が夕食の準備を終えようとしている。フェルトのスリッパを履いているので、彼女が廊下沿いに――台所と、大きなテーブルに不変の秩序をもって一人前の食器だけが置かれる食堂とのあいだを――行き来する足音は聞こえない。

月曜日だ。月曜日の食事はさほど手がかからない。野菜スープ、それにたいていはハム、中途半端な味つけのカスタードプリン――もしくはカラメルソースをかけた米のプリン……。

だが、ダニエル・デュポンは美食にあまり興味がない。

書き物机の前に座って、拳銃を点検している最中だ。故障したりすると困るので――もう何年も誰も使っていないのだ。デュポンは用心しながら操作する。弾倉を抜き、弾を取りだし、機械部を丹念に拭き、正しく作動するか確認する。最後に、弾倉をもとに戻し、ぼろ切れを引出しにしまう。

細心な男で、あらゆる仕事が正確に実行されることを好むのだ。心臓に一発、それがいちばん失敗が少ない。しかるべきやり方で弾が発射されれば——長いことジュアール医師とも話しあったことだが——死は即座に訪れ、出血も大量にはならない。そうすれば家政婦のアンナも血のしみを抜く手間が最小限で済む。これは彼女にとって重要なことだ。デュポンは自分がアンナに好かれていないことをよく承知していた。

そもそも、人から好かれたことはほとんどないのだ。エヴリーヌも含めて……。だが、自殺するのはそのせいではない。人から好かれなくても、そんなことは気にしない。デュポンが自殺するのは、なんとなく——嫌になったのだ。

デュポンは数歩進むが、池の水のような緑色の絨毯が足音を消してしまう。小さな書斎のなかには歩きまわる場所がほとんどない。四方から本がデュポンをとり巻いている。法学、社会法制度、政治経済……。大きな本棚の左下の端に、デュポン自身が執筆して叢書《そうしょ》に加えた書物が何冊か並んでいる。つまらない仕事だ。それでも二、三の着想は認められる。だが誰が理解できただろう？　可哀そうな着想たち。

書き物机の前で立ちどまり、書いたばかりの手紙に一瞥《いちべつ》を投げる。内務大臣ロワ＝

ドーゼに一通、ジュアールに一通……あとは誰に？　やはり妻に一通？　いや、必要ない。それに大臣宛ての手紙はたしか前日に投函した……。

書き物机の前で立ちどまり、ジュアール医師へ書いたばかりの手紙に最後の一瞥を投げる。この手紙は分かりやすく、説得力をもっている。自殺を殺人に偽装するのに必要なことをすべて説明している。

最初、デュポンは事故を装うことを考えた。「古い拳銃を手入れしていた教授は、誤って心臓を撃って死亡した」。だが、みんなは真相を見ぬくだろう。

犯罪ならば怪しまれる恐れは減る。それに、秘密の保持に関して、ジュアールとロワ＝ドーゼは信頼できる。材木商の一団だって、デュポンの名が人々の口の端にのぼるとあっては、知らん顔をしないだろう。ジュアールに関しては、先週このことを話しあったばかりだから、驚きはしない。きっと察していたにちがいない。いずれにしても、亡くなった友人の頼みとあらば、協力を断ることはできまい。頼んだことはべつに複雑ではない。死体を医院に運び、すぐにロワ＝ドーゼに電話で知らせること。ついで、市の警察に報告し、地方各紙に事情説明すること。内務大臣の友情もときにはたいへん有益だ。つまり、検屍官も来なければ、いかなる捜査も着手されない。そして、あとあと（十分ありうることだが）この大臣との共犯関係はジュアール医師にとっても役に立つはずだ。

すべては片づいた。デュポンは夕食に降りていくだけでいい。老女アンナがなんの疑いも抱《いだ》かぬよう、デュポンは平生と変わらぬ態度でいなければならない。彼女に翌日おこなうことの指示をあたえ、いつもどおりの正確さで、今後は意味を失ういくつかの事項を決定する。

七時半に二階に昇り、一刻も無駄にせず、心臓に弾丸を撃ちこむ。


ここでローランは推理をやめた。相変わらずよく分からないところがある。デュポンは即死したのか、しなかったのか？

デュポンが負傷しただけだと仮定しよう。彼には二発目を発射する力がまだ残っていた。階段を降り、救急車まで歩くことができたとジュアールは断言しているからだ。また、拳銃が故障した場合、デュポンが使える手段はほかにもあった。たとえば、動脈を切断すること。彼は拳銃での失敗に備えて、ナイフを用意するような男だ。自殺するには大きな勇気が必要だといわれるが、この男は失敗を甘受するくらいなら、喜んで大きな勇気を発揮するだろう。

逆に、デュポンが見事に自殺に成功していた場合、なぜジュアール医師と家政婦の老女は、負傷したデュポンが二階から助けを求め、そのとき生命の危険はなさそうに見えたのに、その後、病院に着いてから突然の死に見舞われたなどという話をでっちあげる必要があったのか。ジュアールが死体を自分の医院に運びこんだと非難されるのを恐れて、この話を作りだした可能性は考えられる。デュポンはまだ生きていたからこそ、ジュアールはデュポンを自分の医院に運ぶことを認められた。また、デュポンは立って歩くことができたから、担架を運ぶ看護人を呼ぶ必要はなかった。そして、この短い生存時間があったから、被害者は普段に近い確かな声で犯行の状況を説明することができた。デュポン自身が手紙を残して、こうした用心を重ねるように要請したとも考えられる。だが、奇妙なのは、今朝、ジュアール自身がデュポンの生きていたことを強調するあまり、最初、被害者の傷は軽いように見えたと口を滑らせたことだ——ともかく、そのせいで、デュポンの死はいささかの不自然さを否めなくなった。家政婦に関していえば、彼女はデュポンが死ぬとは思ってもいなかった様子だ。デュポンあるいはジュアールが、極秘の計画に家政婦を巻きこむという不用意な解決策をとったとすれば、それはそれで驚くべきことであり、さらに、事件から数時間も経たないうちに、あの老女が刑事たちの前であれほど巧みに演技を披露できたとすれば、それはさらに驚くべきことだった。

もうひとつ別の仮説もある。それは、いったん医院に着いたあとで、デュポンが二発目の弾丸を撃ちこんだ――したがって、家政婦は何も知らず、医師は彼女がおこなうはずの証言を考慮に入れて、自分の証言を構成した――というものだ。だが残念ながら、医師が友人の自殺の偽装工作をひき受けることはあったにしても、友人の息の根を止める手伝いをするとは信じられないのだ。

要約してみよう。デュポンが医師の手も家政婦の手も借りずに自殺したことは確かだとしなければならない。つまり、デュポンはひとりでいるときに自殺した。すなわち、七時半に書斎にいたときか、家政婦が近くのカフェから病院に電話しているあいだ、寝室にいたときのことだ。家政婦が邸に帰ってきてからは、デュポンはたえず誰かと一緒に――まず家政婦と、ついで医師と一緒に――いたので、デュポンが再度自殺を試みようとすれば、どちらか、あるいは両方が止めたはずだ。デュポンは最初の一発を書斎で撃ち、二発目を寝室で撃った可能性もあるが、この複雑なやり方はなんの解決にもならなかった。なぜなら、いずれにしても医師が到着したとき、デュポンは重傷を負ったようには見えなかったからだ。じっさい、家政婦の老女が嘘をついていると考えることは道理が通らない（真実の隠蔽に関わった共犯者は医師だけだ）。邸を出るときデュポンは死んではおらず、なんとか歩行することさえできた――この事実を医師が認めざるをえなかったのは、家政婦の証言と矛盾することを恐れたからだ。ともかく、こうしたことすべてはあらかじめ計算に入っていたかもしれない。家政婦に秘密を知られるわけにはいかないので、彼女が拳銃をもった死体と対面する事態は――デュポンのそんな姿を見れば自殺だと推理するのは容易になるし、さらに、誰か医者か、警察の緊急出動班をも呼びに行くかもしれないので――避けなければならない。

したがって、解答は以下のようになる。デュポンは致命傷とするつもりで弾丸を胸部に撃ちこんだが、殺人だと叫ぶに十分な余裕はあった。そして、家政婦が耳の遠いのを利用して、犯人が慌てて邸を通りぬけて逃げたと信じこませた。それから、落ち着いて友人の医師が到着するのを待って、自分が死んだあと医師がおこなうべき手順を説明した。ジュアールはデュポンを医院に運び、それから、デュポンの意に反して命を救おうと努めたが……。

相変わらず釈然としないところがある。傷がそんなに軽そうに見えたのなら、デュポンはそれが致命傷だと確信できなかったはずだからだ。

となると、死を前にして、デュポンは最後の瞬間に動揺して、結局、自殺に失敗したという仮説に戻ってしまう。デュポンは手もとを狂わせた。軽微に見える銃傷を負ったが、恐ろしくなって自殺の計画を諦めた。それで救助を呼んだが、本当のことを話したくなかったので、誰かに襲撃されたというばかげた話を考えだした。医師がやって来ると、担架の到着を待てないほど急いで病院に行き、手術を受けた。しかしながら、負傷は思ったよりも重く、一時間後にデュポンは死んだ。というわけで、家政婦の証言は真剣さをもって（開いていたはずのない扉が開いているのを見てしまうほどの真剣さをもって）なされたばかりか、医師の証言も真剣なものだった可能性がある。なぜなら、医師は弾丸が至近距離から発射されたと証言したが、自殺未遂を隠したいのならわざわざそんなことをいう必要はなかったからだ。内務大臣はおりよく受けとったデュポンからの手紙で事件の真相を知り、捜査を中止させて、死体をこの町から移送させたのだ。

ローラン署長はこれからまたしても仮説の積み重ねをやり直すことになるだろうと自分でも承知している。なぜなら署長がいちばん気に入らないのは、デュポンが自殺を諦め、しかし死んだということの解答そのものだからだ。署長は今朝から謎解きを試みようとするたびに同じ結論に至ったが、それを受けいれることは拒んでいた。このあまりに唐突な自殺の放棄説に比べれば、どんなに本当らしくない説明でもまだましなくらいで、こうした突然の翻意は一般に生存本能のなせるわざとされるのだろうが、これは、デュポン元教授の個性、多くの状況下で見せた勇気、戦争中の前線での行動、市民生活における非妥協性、けっして撓《たわ》むことのない精神力とは相容れないものだった。デュポンは自殺する決意を貫くことができただろうし、自殺を他殺に偽装したがる理由があったはずだ。自殺を企てて、突然諦めるような人物ではなかった。

しかし、以上の仮説を除外すれば、解釈はひとつしかない。他殺だ。そして、それらしい犯人は見つからないので、ヴァラスの理論を採用すべきだということになる。すなわち、謎の目的をもち、正体不明の共犯者を抱えた、幻の「ギャング」……。

ローラン署長はこの考えにひとりで笑ってしまった。それほど、内務大臣のこの最新の着想は滑稽だった。そんなばかげたアイデアをひねり出さなくても、この事件はすでに十分こんがらがっているのだ。

幸いにも担当を外された謎の事件について、いつまでも気を揉むのはまったくもって愚かなことだ。それに、もう昼食に行かなくては。

しかし、赤ら顔の小男は仕事場を出る決心がつかない。午前中にヴァラスから報告があると思っていたが、まだ、二度目の訪問も受けていないし、電話もかかってこない。今度は特別捜査官がギャングに殺害されたか？　暗黒に呑みこまれ、永久に消えてしまったのか？

結局のところ、ヴァラスについても、彼の任務の正確な目的についても、何も分かっていない。たとえば、捜査を始める前にローランのところへやって来たのは、なんの必要があったからだろうか？　ローランがもっているのは、ジュアール医師と家政婦の老女の証言だけだ。首都の機関から派遣された特別捜査官は、直接、医師と家政婦に尋問することができたはずだ。それに、死んだデュポンの邸――いまや、半分いかれた老婆が留守番するだけで、自由に訪れることができる現場――に入るのに、いかなる公的許可も必要ではない。

すくなくともこの点に関して、内務大臣の措置は軽率だったといわざるをえない。殺人事件において、こんなやり方は……。だが、こうした投げやりさこそ、この事件が自殺であり、首都の関係者がそのことをよく承知しているという最良の証拠ではないか？　とはいえ、こんな杜撰《ずさん》さのせいで、あとから遺産相続者とのあいだで悶着が起きる危険性がないわけではない。

だとしたら、ヴァラスはこの事件でどんな役割を受けもっているのか？　大臣ロワ＝ドーゼの命令が誤って伝えられ、高名なファビユスがこの裏づけ捜査に着手したのだろうか？　あるいは、特別捜査官もまたデュポンが自殺したことを知っているのか？　ヴァラスの使命は単にアルパントゥール通りの邸に残された重要書類を回収することであり、市の警察署に来たのは表敬訪問にすぎないとも考えられる。くだらない話をして高級官吏をばかにすることが敬意を表することだとは……。

いや、ちがう！　ヴァラスが真剣なことはよく分かる。自分の語った「テロリスト」云々の説を固く信じている。だとすれば、ヴァラスの予期せぬ訪問は、首都がローランを信用していないというさらなる証拠ではないだろうか？

警察署長がそこまで考えを進めたとき、彼の思考は奇妙な人物によって中断された。受付係が誰の来訪も告げず、ノックさえないのに、扉が音もなく開き、開いた狭い隙間から顔が現れ、不安げなまなざしで部屋を見まわすのが、ローランの目に入った。

「なんの用だね?」不作法者を追いかえすつもりで、署長は尋ねた。

しかし、その男は長い顔をローランのほうに向け、静かにというように人差指を唇の前で垂直に立て、命令するようでもあり懇願するようでもある、道化師めいた身ぶりで答えた。そうしながら部屋にするりと入りこんでしまい、ひどく用心深く扉を閉めた。

「ちょっと、きみ、なんのつもりなんだ?」署長は尋ねる。

怒るべきか、笑うべきか、心配するべきか、ローランはなんだか分からなくなっていた。だが、署長の大きすぎる声は訪問者をひどく怯えさせたようだった。じっさい、署長とは反対に、訪問者はできるだけ音を立てないように、両腕を広げて、静寂への悲愴なまでの希求を示し、爪先立ちで机に近づいてきた。すでに立ちあがっていたローランは本能的に壁のほうにあとずさった。

「怖がらないでください」と未知の男はささやく。「それと人は絶対に呼ばないで！私の身が危うくなります」

背が高く、痩せた中年の男で、黒い服を着ていた。落ち着いた口調と衣服に見られるブルジョワ的威厳が署長をすこし安心させた。

「どなたですかな？」

「マルシャ、アドルフ・マルシャ、貿易商です。突然押しかけてきたことをお許しください、署長さん。しかし、非常に重要なお話があって、この訪問を誰にも知られないようにと思い、ことの重大さにかんがみて……」

ローランは、「この場合、それはしごく当然！」といった身ぶりで男の話をさえぎりながら、内心には不満を抱えていた。各階の受付の交替が勤務時間のあいだに円滑に遂行されていないことは、前から気になっていた。これは改善しなければならない。

「どうぞお座りください」とローランはいう。

いつもの体勢をとり戻して、机のうえの書類のあいだに広げた両手を置いた。

訪問者は勧められた肘掛椅子に座ったが、署長から遠すぎると思ったのか、椅子の端に腰かけ、できるかぎり体を前に伸ばし、声を大きくしなくても話が通じるようにした。

「私がお邪魔したのは、あの哀れなデュポンの死のことでなのです」

ローランはまったく驚かなかった。はっきり意識したわけではないが、その言葉を待っていたのだ。すでに一度聞いたことがある言葉のように思われた。だから興味があるのはその続きだ。

「私は不幸な知人の最後の状況に立ちあいまして……」

「ほう、ダニエル・デュポンのご友人ですか？」

「署長さん、それは大げさです。私と彼は昔からの知りあいですが、ただそれだけなのです。つまり、我々の関係は……」

そこでマルシャは黙りこんだ。それから、突然決意したように、重々しい声――しかし相変わらず小さな声――で断言した。

「署長さん、私は今夜殺されるにちがいないのです！」

今回は、ローランは両腕を高く差しあげた。ついにそう来たか！

「それはまたなんの冗談です？」

「大声を出さないで、署長さん。私が冗談をいっているように見えますか？」

じっさい、そんな様子はなかった。ローランは机に手を置きなおした。
「今夜」とマルシャは続ける。「私はある場所に行く必要があるのですが、そこで殺し屋たち――きのう、デュポンに発砲した者たち――が私を待っていて、今度は私が……」

彼は階段を上がる――ゆっくりと。
この邸はいつも不吉に感じられる。高すぎる天井、陰気な板張りの壁、電気の明かりではけっして追いはらうことができない闇の凝《こご》った部屋の隅、それらすべてが、邸に入った瞬間から迫ってくる不安を増幅させるのだ。
今夜、マルシャは、それまで気にかけたためしのない現象にどきりとさせられた。軋む扉、暗い眺め、怪しい影。そして、階段の手すりの下で顔を歪めている道化師。一段ごとに昇りは遅くなる。雷の落ちた小さな塔の絵の前で、死刑囚は足をとめる。この絵の意味することを知りたいといまこそ思う。
一分後では遅いからだ――あと五段で二階の昇降口だが、そこで自分は死ぬだろう。

話し相手の陰鬱な口調はべつに署長の心に響かなかった。正確な細部がほしいのだ。誰がマルシャを殺さねばならないのか？　どこで？　なぜ？　そして、どのようにしてマルシャはそれを知ったのか？　ところで、ジュアール医師は病院にマルシャがいたことに言及しなかった。いかなる理由で？　ローランはほとんど自分の考えを隠さなかった。自分が相手にしているのは異常者であり、この男はたぶんデュポンと会ったことさえないし、被害妄想のせいでこんなに無意味な想像に至ったのだとほとんど確信していた。この狂った男の暴力行為が怖くなければ、すぐさま追いだしているところだ。

しかし、マルシャは熱心に語る。これは本当に真剣な話なのだ。残念ながら明らかにできない事柄がいくつかあるが、署長の助力を仰ぎたい。罪のない人間をこんなふうに殺させてはならない！　ローランは忍耐づよく接する。

「あなたが何も話せないというのなら、私がどうやってあなたを助けることができると思うんですか？」

マルシャはようやく、たまたまコリントス通りのジュアール医院の前を通りかかったとき、医師が負傷者を運んでいた、と話を始める。マルシャは好奇心から近づき、その負傷者が共通の友人たちの家で何度か出会ったダニエル・デュポンであることに気づいた。マルシャはデュポンを運ぶ手伝いをしようと申しでる。医師ひとりだったからだ。医師はマルシャの介入について警察に話さなかったが、それはマルシャがとくに頼んだことだった。じっさい、この事件に関連して自分の名前が出ることはなんとしても避けたかった。ところが、事件のなりゆきのせいで、こうして警察の保護を求めるほかなくなったのだ。

ローランは驚いていた。それでは、いつでも使える専門の看護人がいるのに、ジュアール医師は通行人の協力を受けいれたというのか？

「違います、署長さん、その時間に看護人はいなかったんです」

「ほう、では何時だったんです？」

マルシャはすこしためらってから答えた。

「八時くらいだったか、いや八時半です。正確には憶えていませんが」

ジュアールが警察に電話してデュポンの死亡を届けたのは九時だ。ローランは尋ねる。

「そうではなく、九時すぎじゃありませんでしたか？」

「とんでもない。九時にはデュポンはもう死んでいました」

そんなわけでマルシャは手術室まで上がった。医師は、手術にはいかなる助手も必要ではないと明言した。いずれにせよ、極端に重篤な症状はまだ表れていない。しかし、デュポンは最悪の事態を恐れ、麻酔で眠りに落ちる前の短い時間を利用して、襲撃の状況を説明した。マルシャはその説明を他言しないと約束させられたが、なぜ警察にまで秘密を守らねばならないのか理解できなかった。ともあれ、デュポン教授が自分に託した使命を警察署長に明かしたところで、それがデュポンとの約束に抵触するとは思われない——このような冒険は自分にはまったく不似合いなのだから、とマルシャはくり返した。その使命とは、今日、アルパントゥール通りのあの小さな邸に忍びこんで、書類を盗みだし、それからある有名な政治家に届けることだ。その政治家にとって書類はこの上なく重要なものだからだ。

ローランには分からないことがふたつあった。第一に、なぜこの手術を秘密にしておかねばならないのか？（遺産相続人への対策か？）第二に、手術はそんなに危険なものだったのか？「襲撃の状況」については、マルシャに教えてもらうには及ばない。それを再現するのは容易ですからね！

この言葉に加えて、署長は――相変わらず自殺説を信じていたが――相手に心得顔で目くばせしてみせた。だが、このマルシャのことをどう考えればいいのかよく分からなくなっていた。友人の最後の様子に関してマルシャが語ったことの正確さを考えれば、この男が昨夜、本当に病院にいたことは認めざるをえない。だが、それ以外の話はあまりに常軌を逸しており、曖昧なので、やはり狂人である可能性を否定することは難しい。

同意のしぐさを受けて勇気づけられた貿易商は、今度は――遠まわしに――テロリストの組織が政治的党派に仕掛けている闘争のことを話しだす。そのグループは……じつは……ローランはようやくマルシャが話をどこへもって行こうとしているのか察しがつき、助け舟を出してやる。

「ある政治的党派に属するメンバーが、計画的に、ひとりずつ射殺されている、毎晩七時半に！」

するとマルシャは、この言葉に添えられた皮肉な笑みに気づかず、大いに安堵した顔を見せた。

「やっぱり、きっとご存じだろうと思っていましたよ。これでずいぶん話がしやすくなりました。警察に真実を知らせずにおくことはデュポンの望みでしたが、悪い結果しかひき起こしませんからね。私は口を酸っぱくして、これはむしろ警察の仕事だ――私のなんかじゃない！――と私の考えをいい聞かせたのですが、デュポンのばかげた秘密主義を放棄させることはできませんでした。それで私は、まずは芝居を打ったわけです。それに、先ほどはあなたまで何も知らないといった口調で私に返事をなさったので、私たちはそこから先に進めなくなっていたのです。さあ、これから本当に話ができますよ」

ローランは相手になってやろうと決心した。ここからどんな話が飛びだすか知りたくてたまらない。

「先ほどあなたは、自分の命に関わる秘密の使命を託されたといいましたね、ダニエル・デュポンから、死ぬ前に」

マルシャは目を大きく見開いた。「死ぬ前に」だって？　警察署長にどこまでうち明けていいのか、どこまで隠すべきなのか、マルシャにはもうまったく分からなくなってしまった。

「いいですか」と警察署長は食いさがる。「なぜあなたはあの邸で待ち伏せされると思うんですか？」

「医者のせいですよ、署長さん、ジュアール医師です！　ジュアールが全部聞いていたんです！」

デュポンが、問題の書類の重要性と、書類をどうすべきかを説明したとき、そこにジュアールも同席していた。そして、書類をマルシャが取りに行くことが分かったと同時に、適当な口実を作ってその場を抜けだし、悪党たちのボスに電話で知らせに行ったのだ。マルシャは用心して自分は政治的党派に属していないと何度もはっきりいったのだが、ジュアール医師はその言葉をまったく信じていないことが分かった。そんなわけで悪党たちは即座にマルシャを今夜の犠牲者にすることを決めた。だが、警察はそんなことを絶対に阻止しなければならない。だって、それは誤解、悲劇的な誤解なのだから。自分はけっしてそんな党派となんの関係ももったことはない。彼らの思想を支持したことさえないし、一度たりとも……。

「分かります」とローランはいった。「どうか落ち着いて。ジュアール医師が電話でいっていたことは聞いたんですか？」

「いいえ……いや、つまり、正確には、でも……あの男の顔つきを見ただけで、何をするつもりか分かりました」

この男は、明らかにロワ＝ドーゼと同類なのだ。だが、この集団的狂気はどこからやって来たのか？　デュポンの立場として、事件を謎の無政府主義者の仕業にするのが好都合だと考えたことは理解できる。だが、自殺する前に自分で問題の書類を相手に送っておけば済んだはずだ。ほかにもまだよく分からない点がある。しかし、このお人好しを問いつめてその点を明らかにするのは、残念ながら無理だろう。

この男を厄介ばらいするため、署長は殺し屋たちから逃れる良い方法を伝授する。連中は七時半きっかりにしか殺人を実行しないのだから、ほかの時間に書類を取りに行けばいいのだ。

貿易商はすでにその手を考えたが、あれほど強力な組織からそう簡単に逃れることはできないという。殺人者たちはマルシャを捕えてから、所定の時刻に殺害を実行するだろう。あいつらはいまもあそこにいて、自分を待っている。なぜなら、ジュアールはマルシャがデュポン教授の自宅に行く時間を――知らなかったので――仲間に正確に伝えることができず……。

「あなたはジュアール医師が電話でいっていたことは聞いたんですか？」

「聞きませんでした、厳密にいえば。でも、ときどきひと言くらいは……。しかし、私が理解したことに基づいて、会話をすべて推測したわけです」

ローランはそろそろ嫌気が差し、それを訪問者に徐々に悟らせていく。いっぽう、マルシャのほうはしだいに苛立ちを深める。そのため、ときどき囁《ささや》き声や用心深さを忘れてしまう。

「落ち着け、落ち着けって！　あなたには簡単でしょうよ、署長さん！　でもあなたが私の立場になって、今朝からずっと、あと何時間生きられるかって数えて過ごすようになったら……」

「おやおや」とローラン。「なぜ今朝からなんです？」

貿易商は「昨夜から」という意味でいったのだ。急いで訂正する。きのうの夜は一睡もできなかった。

それならば、と署長は断言する。マルシャは間違っている。枕を高くして眠ってよろしい。陰謀も殺し屋も存在しないのだから。ダニエル・デュポンは自殺したのだ！

マルシャは一瞬、呆然とする。だが、すぐに気をとり直す。

「ありえません、ほんとうに！　自殺なんか問題外だと断言できます」

「ほう？　どうやって知ったんです？」

「デュポン自身がそういったので……」

「事実を述べたとはかぎらない」

「ほんとに自殺する気があったら、もう一度やっていますよ」

「その必要はなかった。だって、結局死んだんだから」

「そう……たしかに……いやいや、そんなことはありえない、絶対に！　私はジュアール医師が電話しに行くのを見て……」

「ジュアール医師が電話でいっていたことは聞いたんですか？」

「もちろん、全部聞きました。ひと言だって聞きもらさなかったことはお分かりでしょう！　赤い書類、書斎の戸棚、指名された犠牲者がみずから罠にはまりにやって来て……」

「それなら、いま行きなさい。『犯行時刻』じゃないんだから！」

「いったでしょう、あいつらはすでに私を待っている！」

「ジュアール医師が電話でいっていたことは……」

……………

2

貿易商は警察署を出る。いまや彼の考えは固まった。デュポンは正しかったのだ。警察署長は殺人者たちに買収されている。そうでなければ署長の態度は説明がつかない。署長はマルシャの疑念を抑えこもうと、陰謀なんか存在しないし、デュポンは自殺したのだと説得しようとした。自殺だと！　マルシャはすべてをうち明けようとして、幸い、その瀬戸際で思いとどまった……。

だが、かまうものか！　心配することは何もない。警察署長はデュポンが死んでないことをもちろん承知している。ジュアール医師があいつらに伝えたのだ。あいつらはデュポンが死んだと信じるふりをして、数日後にもっと簡単に殺害をやり遂げるつもりだ。いまあいつらが望んでいるのは、さしあたり教授の代わりに、マルシャを邸におびき寄せて処刑することだ。

いいだろう、じつに簡単なことだ。書類なんか取りに行くものか——七時半だろうと、何時だろうと（署長の張った罠にかかるほどばかじゃない。まちがいなく殺し屋たちは午後じゅう見張っているのだ)。デュポンだって、正確な状況を知ったら、無理強いはしないだろう。ロワ＝ドーゼは別の使い走りを送ればいいだけの話なのだ。

だが、マルシャはこうした消極的な対応で満足してはならない。殺人者たちは殺害に失敗してもやり直す機会を容易に見つけてくるだろう。新たな殺害計画から完全に身を守る必要がある。その最良の方法は、できるかぎり早急に町を出て、どこか辺鄙《へんぴ》な田舎の片隅に身を隠すことだ。ただちに船に乗って、海外に去るほうがさらに賢明かもしれない。

だが、貿易商マルシャは踏んぎりをつけることができない。朝からずっと、一方から他方へと揺れうごいており、決心するたびに、その前の決心のほうが正しかったと思いなおすのだった。

警察に秘密をうち明けるか――否か。すぐに町から逃げだすか――様子を見るか。デュポンにその決心を伝えるか――否か。さっさとアルパントゥール通りに書類を取りに行くか――行くのをよすか……。

じっさい、マルシャは友人のために務めを果たすことを完全に諦めたわけではない。

そして、何度も、思いきってやってみようと、ニシキギに囲まれた邸の前までやって来る……。デュポンから鍵をもらったオーク材の重い扉を押す。彼は階段を上がる──ゆっくりと……。

だが、一段ごとに昇りは遅くなる。この昇りを彼が終わらせることはけっしてない。今回、書斎まで行けば、自分を待っているものが何か、マルシャにはよく分かっている。だから行かない。デュポン教授にそう伝え、鍵を返すつもりだ。

だが、途中で、その企ての困難さに思いいたる。デュポンは──その人柄をよく知っているが──マルシャの理屈を認めようとしないだろう。そして、ジュアール医師がかならずや扉の陰で耳を澄まし、デュポンとの会話を聞くことに成功し、かくしてマルシャが書類の運搬を拒否しようとしていることを知れば、マルシャは殺し屋たちの手を逃れる最後の可能性まで失うことになる。なぜなら、殺し屋たちは、マルシャが入りこむはずの罠で七時半まで待たず、いますぐ尾行して捕えようとするから、マルシャはもはや隠れたり、逃げたりする自由さえ失ってしまうのだ。

あいつらが罠で見張りを開始しないうちに、いますぐ邸へ行くほうがいい。

彼は階段を昇る。いつもと変わらず、立派な家は静まりかえっている……。

3

跳ね橋の橋床は、完全に静止する前に、まだ微細に震動している。ほとんど感知できないこの動きを自転車の男は気にすることなく、すでに小さな柵を通りぬけて、走りだそうとしている。

「ごきげんよう」

男は自転車に飛びのるとき、係員に「さよなら」ではなく、「ごきげんよう」と大声でいった。ふたりは、橋の通行が可能になるまで、ふた言み言、気温に関する会話を交わしていた。

橋は一枚の橋床がもち上がる方式だ。橋床をもち上げる装置の回転軸は運河の対岸に据えられている。ふたりは橋床の下で、顔を上げて、複雑に組みあわさった金属製の梁《はり》とケーブルがしだいに視界から消えていくのを見守っていた。

つづいて、彼らの目の前を、堤防の切断面のような可動式の橋の先端が通過していく。それから、一挙になめらかなアスファルトの床面全体が現れ、対岸の手すりを備えた左右の歩道のあいだに延びているのが見えた。

ふたりの視線は、橋全体の動きに従ってゆっくりと下降を続け、車の通過で磨きあげられたふたつの鋼材がたがいにぴったりと嵌まりこむところまで見届けた。すぐにモーターと歯車の音はやみ、静けさのなかを、歩行者に橋の通行再開を告げる電動ブザーの音が響きわたった。

「私は驚かないけど！」と自転車の男はくり返した。

「そうかもしれないね。行ってらっしゃい！」

「ごきげんよう」

しかし、交通遮断機の向こう側では、まだすべてが終わってはいないことが見てとれる。橋の構造的弾性のせいで、機械装置の停止とともに橋床の下降が終了するわけではないのだ。数秒のあいだに一センチほど下降が続き、橋と堤の連続に若干のずれが生じる。すると今度はわずかな上昇がひき起こされ、橋の金属の先端と堤が平らになる地点より数ミリ高くもち上がってしまう。この上下の揺れはしだいに弱まり、見えにくくはなるが――その終わりを確定することは難しく――、かくして、橋の下降という現象はしばらく前に完了しているにもかかわらず、静止状態は見せかけにすぎず、橋と堤の両側での連続的な隆起と陥没が、下降した橋床の先端に残っているのだった。

今回は、跳ね橋は通行可能だった。艀《はしけ》が一艘も通過していないからだ。濃紺の作業服を着た係員は何もすることがないので、ぼんやりした様子で空を眺めていた。こちらへ進んでくる通行人のほうに目をやり、それがヴァラスだと認めると、毎日かならず見かける人にそうするように、頭を軽く下げた。

橋床の先端と堤が接する間隙の両側で、それぞれの鋼材は不動のまま、同じ高さにあるように見えた。

ヴァラスはジョゼフ＝ジャネック通りの端で、環状通りを右に曲がった。二〇メートルほど先をヨナ通りが横切り、その通りの一角に、交通警官のいったとおり小さな郵便局が位置していた。

地元の郵便局だ。窓口は六つだけで、電話ボックスが三つ並んでいる。入口の扉と電話ボックスのあいだに、大きなすりガラスの仕切りがあり、その下に、すこし手前に傾いた長いテーブルがあって、利用者が申込み書類に必要事項を記入するようになっていた。

この時間に客は誰もおらず、郵便局員も、年とったふたりの女性が見えるだけで、彼女たちはしみひとつないナプキンを広げ、その上でサンドイッチを食べていた。ヴァラスは、聞きこみを始めるには局員全員が揃うのを待つほうがいいと判断した。一時半に戻ってこよう。いずれにせよ、遅かれ早かれ昼食に行かなければならないのだ。

ヴァラスは最近貼られたように見える「告示」に近づき、郵便局に入ってきたことを正当化するために、興味深げに読むふりをした。

それは郵政省の組織について大臣が発令した細かい改革を告知する一連の条項だった――要するに、得体の知れぬ専門職員を除いて、一般国民には役に立たないものだ。門外漢にとって、この変更の正確な意味は明らかでなく、したがってヴァラスは新たな事態とそれ以前の状態のあいだに本当に違いがあるのかどうかも分からなかった。

郵便局を出るとき、ヴァラスはふたりの女性局員が自分を不思議そうに眺めている気がした。

歩行を続けるヴァラスは、ジャネック通りの向かい側に、最新の設備をそなえた、さして大きくないセルフサービスのレストランがあるのに目をとめた。壁に沿ってステンレスの自動販売機が並んでいる。店の奥には、客が専用の引換コインを買うレジがある。客席は細長く、小さなプラスチック製の丸いテーブルが床に固定されて、ところ狭しと二列に並んでいる。これらのテーブルの前に立って、一五人ほどの客が——たえずいれ替わりながら——すばやく正確な動きで食事をしている。実験室のような白衣を着た若い女店員たちが、次々に客が帰るや、食器を下げ、テーブルを拭く。ラッカー塗りの白壁にはお決まりの張り紙がみえる。

「迅速なご利用に感謝致します」

ヴァラスは料理の自動販売機をひとまわり眺めてみる。それぞれの販売機のなかに——等間隔で設置されたガラスのトレーに載って——陶器の皿がずらりと並び、皿の上には、サラダ菜の葉が一枚ほど多かったり少なかったりはするものの、寸分たがわぬ体裁の料理が盛られている。並んだ皿に空白ができると、顔の見えない手が後ろから出てきて空白を埋める。

最後の販売機の前まで来ても、ヴァラスはまだ決められなかった。だが、何を選ぼうと大差ない。というのも、そこに置かれた多様な料理は、皿の上の素材の配置が違うだけだからだ。基本となる要素は、イワシのマリネだ。

最後の販売機のガラスケースのなかに、ヴァラスは、重なるように並べられた六つの同じ料理を見たが、その構成要素は次のごとくである。マーガリンを塗った柔らかいパンの身に、青光りする皮付きのニシンの幅広の切り身が載せられ、右側にトマトの四つ切りが五つ、左側には固ゆで卵の薄切りが三枚、その上の適当な位置に黒オリーブの実が三個。さらに、それぞれの皿にはフォークとナイフが添えられている。円盤形のパンはきっと専用に注文して製造されたものだ。

ヴァラスは投入口に引換コインを入れ、ボタンを押した。電動のモーターが快い唸りを発し、皿の一列が降りはじめる。販売機の下方にある取出し口にヴァラスが買った料理の皿が現れ、停止する。ヴァラスは皿とそこに添えられた食器を受けとって、それらを全部、空いたテーブルに置く。同じ円盤形のパンひと切れにチーズを添えた皿を選んで、同じ操作をくり返し、最後にグラス一杯のビールを取ると、料理を小さな立方体に切りわけはじめた。

機械で完璧な左右対称に切断された、まことに非の打ちどころのない四つ切りのトマト。

周囲の果肉は、緻密かつ均質、化学製品のような美しい赤色で、艶やかな一枚の果皮と胎座のあいだで等しい厚みを保ち、胎座のなかには、黄色い種子がきちんと同じ大きさで並び、ハート形の膨らみに沿って、緑がかったゼリーの薄い層に包まれている。ハート形の膨らみは、わずかにざらついた穏やかなバラ色で、下の窪みのほうでは白い筋が束ねられたようになっていて、その白い筋の一本が種子のほうにむかって延びている——いささか不安定に思える線を描いて。

トマトのかなり上部のほうでは、ほとんど目に見えない事故が起こっている。果皮の一部が、一ミリか二ミリにわたって果肉から剝《は》がれ、ほんのわずかだけもち上がっているのだ。

隣のテーブルには三人の男が立っている。鉄道職員三名だ。彼らの前のテーブルは六枚の皿と三杯のビールでいっぱいになっている。

三人とも、チーズの載った円盤形のパンを小さな立方体に切りわけている。ほかの三つの皿にはそれぞれ、ニシン、トマト、ゆで卵、黒オリーブの組合せ料理が載っていて、ヴァラスもまったく同じものを前にしている。三人の男は寸分たがわぬ制服を着ているだけでなく、同じような太り具合で、さらに顔つきもあまり変わらない。

三人はすばやく正確な動きで黙々と食べている。

チーズを食べおえると、それぞれグラスのビールを半分飲む。短い会話が始まる。

「何時っていったっけ?」

「八時くらいか、八時半だな」

「そんな時間なのに誰もいなかったのか? ありえないよ、まったく! そいつ自身の話では……」

「そうしようとしたけど、だめだったって話さ」

三人はテーブルの上の皿の位置を変えると、ふた皿目にかかる。だが、しばらくすると、最初に発言した男が口を挟んで結論とする。

「この件もほかと同じで、とうていありえない話だ」

それから、三人は黙って切りわけ作業の困難な課題に没頭する。

ヴァラスは胃のあたりに不快な感覚をおぼえる。急いで食べすぎたのだ。これからはもっと落ち着いて食べるようにしなければ。なにか温かい飲み物を飲もう。さもないと午後じゅう胃が痛くなる恐れがある。ここを出たら、座れる場所に行ってコーヒーを飲むことにしよう。

鉄道職員らはふた皿目を終えると、時間を教えた男が議論を再開した。

「ともかくきのうの夜のことだったんだ」

「ほう？　どうして分かる？」

「新聞を読まないのか？」

「ふん！　新聞なんか！」

この言葉に、当てにならないというしぐさが伴う。三人とも真面目くさった顔だが、熱意は見られない。自分自身の言葉にも大して興味がないかのように、抑揚も表情も欠いた声でしゃべる。たぶんつまらないことが話題になっているからだろう——あるいは、何度となく蒸しかえされた話か。

「じゃあ、手紙はどうしたんだ？」

「私にいわせれば、あの手紙はなんの証明にもならない」

「それじゃあ、いつまでたっても何ひとつ証明できないじゃないか」

三人は同じ動作でグラスのビールを飲みほす。それから、前後に一列に並んで出口に向かう。さらにこんな言葉がヴァラスの耳に届く。

「ともかく、明日になったら分かるだろうよ」


アルパントゥール通りのカフェだと勘違いするほどよく似たカフェ――さほど清潔ではないが、十分暖かいカフェ――で、ヴァラスは焼けるように熱いコーヒーを飲んでいる。

もやもやした不快感から逃れようとするが空しく、自分の担当する事件のことを真剣に考えることができない。風邪にかかったのかもしれない。普段はこの種の些細な不安をすぐに脱するたちなのだが、今日はまさに「本調子」ではないのだろう。それでも、目覚めたときは、いつものように調子がよかった。午前の時間を過ごすうち、場所を特定できない身体的不調が徐々にヴァラスの全身を侵していったのだ。最初は空腹のせいだと思い、次に寒さが原因だと考えた。だが、食事をしても、温まっても、この不明瞭な重苦しさを抑えることができない。

しかし、精神が明晰に保たれなければ、きちんとした結果を得ることはできない。そのせいで、ここまである程度の機会に恵まれながら、大して前進できなかった。だが、自分の将来にとって、いまこの瞬間に洞察力を発揮し、機転をきかせることが最高に重要なことなのだ。

ヴァラスが数か月前〈特別捜査局〉に入ったとき、上司は、これが試験採用にすぎず、今後ヴァラスに提供される地位はもっぱら成果の有無にかかっているということを隠さなかった。この事件は、ヴァラスに初めてあたえられた重要な任務なのだ。もちろん、ヴァラスだけが捜査に当たっているわけではない。ほかの人間たち、ヴァラスがその存在さえ知らないほかの部局が、同じ事件に取りくんでいる。だが、せっかくの機会に恵まれたのだから、全力を尽くさねばならない。

ファビユスとの最初の会見ではあまり良い見通しが得られなかった。ヴァラスは内務省のほかの部局で非常に良い成績を収め、そこから回されてきた。重病に罹《かか》った職員の補充として、この異動の話が出されたのだ。

「それでは君は〈特別捜査局〉に入りたいんだね？」

ファビユスが口を切る。新たな採用者を煮えきらない態度で眺めまわし、この任務の重大さに釣りあわない男だとの懸念をあからさまに示していた。

「困難な仕事だ」ファビユスは重々しい調子でいった。

「承知しています」とヴァラスは答える。「でも、かならず……」

「困難だが、期待外れの仕事だ」

ファビユスはためらいがちに、ゆっくりと言葉を選び、相手の返事に気をそらされない。もっとも、返事を聞いているようにも見えないが。

「こちらへ来たまえ。ちょっと見てみよう」

ファビユスは机の引出しから奇妙な道具を取りだしたが、それはコンパスのようにも分度器のようにも見える代物だった。ヴァラスは近づき、頭を前に突きだして、ファビユスが恒例の額の測定をおこなえるようにした。この検査は規則で決まっている。ヴァラスはそれを知っていたので、すでに二〇センチの物差しを使ってなんとか自分で測定をおこなっていた。ヴァラスは必要な五〇平方センチをかろうじてこえていた。

「一一四……四三……」

ファビユスは紙切れに書いて計算を始める。

「さてと、一一四かける四三。三かける四は一二。三かける一が三。三たす一で四。三かける一が三。四かける四は一六。四かける一が四。たす一で五。四かける一が四。二。六たす四は一〇でゼロ。五たす三は八で、一たして九。四。四九〇二……。よくないな、君」

ファビユスは首を振りながら悲しげにヴァラスを見た。

「お言葉ですが」とヴァラスは礼儀正しく抗議した。「私は自分で計算してみたところ……」

「四九〇二。額の面積が四九平方センチか。すくなくとも五〇はないといけないのだ」

「でも、私は……」

「まあ、推薦されたのだから、ともかく試験的に採用してみるか……。熱心に仕事をすれば数ミリは伸びるかもしれない。最初の重大事件の結果いかんで、君の運命を決めることにしよう」

にわかに急ぐ様子で、ファビユスは机の上から日付のスタンプのようなものを取り、まずスタンプ台に押しつけ、つづいて、署名の代わりに、新たな局員の異動辞令に神経質にスタンプを押した。そして、同じ機械的な手つきで、ヴァラスの額の真ん中に勢いよく二番目の印を押して、叫んだ。

「よし、大まけだ！」

ヴァラスはびくりとして目を覚ました。額をテーブルの縁にぶつけたのだ。立ちあがり、冷えたコーヒーの残りを嫌々飲みほした。

ウエイターが茶碗の受け皿に載せた請求用のレシートを確認して、ヴァラスは立ちあがり、通りすがりにレジのカウンターにニッケル貨を一枚置く。釣銭をもらわず店を出る。「大まけだ」、誰かがいったように……。


「あら、見つかりましたか、あの郵便局？」

ヴァラスはふり向く。まだ短い居眠りから覚めきっていないヴァラスは、窓ガラスを磨いているエプロン姿の女性に気づかなかった。

「ええ、ええ、どうもありがとうございました」

今朝、デッキブラシで歩道を洗っていた婦人だ——まさにこの場所で。

「で、開いてましたか？」

「いいえ、八時にならないと」

「それなら、わたしのいうとおりにすればよかったのに！　ヨナ通りにだって同じくらいちゃんとした郵便局があったのに」

「ええ、ほんとに！　でもかまいません、いい散歩にもなったし」そう答えながら、ヴァラスは遠ざかる。


ヨナ通りに向かいながら、ヴァラスは、かぎ裂きのあるレインコートを着た男について情報を引きだす最良の方法を思案する。自分でも気が進まないし、ファビユスの勧告にも反することになるが、警察官の身分を明かさざるをえないだろう。月並な口実を用いて会話を始め、偶然のようなふりをして、次々に六人の郵便局員から話を聞くのは不可能だ。したがって、いちばん良いのは郵便局長に事情を述べて、ちょっとした話しあいをするために局員を集めてもらうことだ。ヴァラスは、問題の男の人相を説明する。その男はきのうの夕方、五時半から六時のあいだにこの郵便局に来たにちがいない——残念ながらひどく混みあう時間だが（バクス夫人と酔っぱらいの証言によれば――この点に関して証言は一致していて――邸の鉄柵の前でのひと悶着は、日暮れどき、すなわち、五時前後に起こった)。

　男の帽子、レインコート、およその身長、おおまかな印象……。ヴァラスは正確なことをほとんど知らない。この男が自分に似ていることをつけ加えるべきだろうか？　だが、それは証人をいたずらに混乱させる恐れがある。ふたりの類似はまったく不確かなものだからだ――いずれにしても主観的なものにすぎない。

　電気時計はまだ一時半を差したか差さないかだが、郵便局員はいまや全員、仕事の配置に着いている。ヴァラスは急いでいる様子で窓口の前を通りすぎ、その上に掲げられた標示板を読む。

「郵便料金払込。郵便切手まとめ売り。料金不足払込。郵便小包。航空郵便」

「郵便小包。郵便切手販売。保険付書状。速達郵便。書留郵便・小包」

「郵便切手販売。為替発行。葉書為替。小切手為替。外国為替」

「郵便貯金。国債証書。年金・恩給。郵便切手販売。全種為替払込」

「電報。電信為替発行・払込。電話契約・電話料金」

「電報。気送速達*郵便。局留郵便。郵便切手販売」

窓口の後ろで若い女性が顔を上げ、ヴァラスを見ている。女性はヴァラスに微笑みかけ、壁の整理棚のほうを見ていった。

「あなたへの手紙が一通届いています」

小さな棚の仕切りから取りだした封筒の束を確認しながら、つけ加える。

「そのコートを着ていらしたので、すぐにはあなただと分かりませんでした」

「今日はちょっと寒いので」とヴァラスは応じた。

「そう、もうじき冬ですから」と女性は答える。

彼女は手紙を渡そうとした瞬間、ふざけたつもりか、急に規則を重んじるふりをして尋ねた。

「局留登録証はおもちですか？」

ヴァラスは手をコートの内ポケットに差しこんだ。もちろん、登録証などない。服を変えたせいで忘れたと説明すればいい。だが、そんな芝居を演じている時間はない。

「きのうの夜、登録証をこちらに返却なさいましたよね」と彼女は続ける。「ですから、本来、もう郵便物をお渡しすることはできないんです。登録が抹消されましたから。でも、この登録番号にはまだ新しい契約者がいないので、お渡ししてもかまわないでしょう」

皺《しわ》だらけの封筒を差しだす。「ヨナ通り2番。第5郵便局留。アンドレ・VS。登録番号326D」。封筒の左隅に、「気送速達」という但書がある。

「この手紙はずいぶん前に届いていたんですか?」

「あなたがここに寄られたちょっとあとですね、今朝のことです。一一時四五分か正午だったと思います。あんなことをおっしゃったけれど、戻ってらしてよかったですわ。転送しようにも、封筒の裏に住所が書かれていないんですから。どうしていいか困るところでした」

「一〇時四〇分に投函したんだな」ヴァラスは消印を読んでいった。

「一〇時四〇分?……それなら今朝ここにいらしたときに受けとれたはずなのに。たぶん配達がすこし遅れたんでしょう。もう一度ここにいらしてよかったですわ」

「ええ」とヴァラス。「でも、大して重要な手紙じゃなさそうです」

＊訳注　圧縮空気の力を利用して都市の内部や近郊に郵便物を送る速達システム。現在はもう使用されていない

4

「私にいわせれば、この手紙はなんの証明にもならない」

ローランは大きく開いた手で机の上に便箋を広げた。

「それじゃあ、いつまでたっても何ひとつ証明できないじゃないですか」

「しかし」と警察署長は指摘する。「それこそまさに私が先ほどいったことですよ」

そして、ヴァラスを慰めるようにつけ加えた。

「物事の見方を変えるために、こう考えてみましょう。この手紙をもっていれば、どんなことでも望みのままに証明できる、と――じっさい、どんなことでもいつでも望むように証明できるのです――たとえば、あなたが殺人犯であるとも。郵便局の職員はあなたを憶えていましたし、あなたの姓であるヴァラスは『VS』というイニシャルを連想させますが、この用心深い略語は殺人犯を示唆しているのです。もしかしたら、あなたの名前はアンドレではありませんか?」

ヴァラスはふたたび警察署長の頭脳の遊戯に巻きこまれてしまった。しかし、儀礼上、返答せざるをえない。

「誰でも、どんな偽名を使っても、手紙を局留にすることは可能です。登録して局留番号をもらえばいい。局員は誰も利用客の正体を気にかけたりしないのです。ですから、『ダニエル・デュポン』でも『ローラン警察署長』でも名義は望みのままです。唯一残念なのは、もっと前にあの男が郵便を受けとっている場所を発見できなかったことです。それができていたら、今朝にでも男を拘束できていたかもしれない。だから、くり返しますが、大至急、刑事をヨナ通りに送って、男が戻ってくるかもしれないのを待つことです。しかし、あの男自身がここにはもう来ないといったのですから、この張りこみはたぶん徒労に終わるでしょう。私たちに残された手段はあの郵便局の女性局員を呼んで、話を聞くことだけです。彼女はなんらかの情報を提供してくれるでしょう」

「むきになるのはやめましょう」と署長は話を始める。「興奮は禁物ですよ。げんに私には、どうしてこのVS氏が殺人犯になるのか皆目分からないのです。正直いって、あなたはいったい何をご存じでしょう？　千里眼のような女と酔っぱらった男の証言に導かれて、あなたは局留郵便物のなかから、自分のものではない手紙を持ちだしてきた（ついでに申しあげますが、これは完全に法律違反ですよ。わが国では、警察は郵便局から私信を提出させる権利はないのです。そうするためには、裁判所の令状が必要です）。まあ、よろしい。はたしてその手紙は誰に宛てられたものか？　あなたに似た男にです。ところで、あなたはやはり、昨夕五時ごろ、問題の邸の前を通り、『鉄柵の格子のあいだに腕を差しいれ』た人物とも似ているらしい（この証言はいささか当てになりませんが）。さらに、あなたはこの男がつづいて件《くだん》の郵便局に入ったと考え、この仮説を信じている。まあ、よろしい。じっさい、偶然の一致があるかもしれません――そのことは手紙が明らかにしてくれるでしょう。しかし、この手紙は正確には何を物語っているのか？　差出人（J・Bと署名している）が、この「アンドレ・VS」を、以前約束したよりも早い時間に（「午前一一時四五分から」）待っている、というものです――残念なことに会合の場所は明記されていない。さらに、Gという文字で示される第三の人物が離脱したため、このVSが午後いっぱいかけて仕事を完了させる必要ができた、という。この仕事がいかなるものであるか推察させる手がかりはいっさいないものの、仕事の一部はすでにきのう実行された（しかし、デュポンの殺人に関しては、完了させるべき残りの仕事があるとはとても思えないですよね)。それ以外には、あなたも私も意味を読みとることができない短い文章があるだけですが、これは副次的な要素として無視してもよさそうです——この点には同意してくださるでしょう。最後に、完全を期するため、あなたが意味深いと判断した文章のひとつに判読できない単語があることに留意しましょう——綴りのなかに七本か八本の縦線をもつ単語で、『ellipse(省略)』か『eclipse(日食)』に似ていて、『aligne(並べる)』、『échope(屋台)』、『idem(上に同じ)』とも読めそうだし、その他多くの単語にも見えるものです」

つづいてローランは、局留郵便の登録をしていることは、偽名の使用と同じく、かならずしも犯罪の意図を示すものではないと述べる。この市の六つの郵便局を合わせれば、この種の郵便の登録者は数千人にも及ぶ。その一部——まちがいなく四分の一以下だが——は、熱烈な感情の、あるいは疑似的な感情の交信をおこなっている。それとほぼ同数の、結婚相談所、職業紹介所、インドの行者、占星術師、霊的指導者……等々、多かれ少なかれ幻想に基づいて、商業的であり博愛的でもある企てをおこなう利用者がいる。全体の半数以上を占める残りの利用者は事業者であり、そのなかのごく一部分がプロの詐欺師であるにすぎない。

問題の気送速達は、港の奥と北東の倉庫地帯を担当する第三郵便局から発送されている。つまり、これは通例のごとく、木材の販売か、それに関連した取引、すなわち、入札、輸送、荷積みなどの通知なのだ。相場は毎日きわめて激しく変動するので、仲介業者にとっては、その変動をただちに利用できるか否かが死活問題となる。商品の売買で二四時間の遅れをとることは、ときにひとりの実業家を破産させることもある。

J・Bというのは仲介業者なのだ（おそらく無免許の――絶対にそうだとはいわないが）。Gとアンドレ・VSはJ・Bの代理人である。ふたりはきのう、ある事業に関する取引を一緒におこなったが、この事業は今夜、完了することになっている。しかし、Gの協力が不可能になり、時間がかかるといけないので、アンドレ・VSは予定よりも早く現場に赴く必要ができたのだ。

5

ヴァラスはふたたびひとりになり、通りを横切りつつ歩いていく。

今度はジュアールの病院へ向かう。ついさっきローラン署長がくり返しいったように、それは最初になすべきことだった。結局、小さな郵便局の張りこみと若い女性局員の事情聴取については市警の協力を得ることができた。しかし、署長の意見はその後もまったく変わらないことが分かった。テロリストの組織など存在せず、ダニエル・デュポンは自殺したのだ。それが署長にとっては唯一、合理的な説明だ。いまのところ、いくつかの「とるに足らない細部」がこの命題と矛盾するが、新たな事実が発見されるたび、ただちに自殺説を補強することになるだろう。

ヴァラスがデュポン邸で家政婦から受けとった拳銃がその一例だ。この銃の口径は、ジュアール医師が提出した弾丸と一致している。そして、まさにこの弾丸が弾倉から失われたのだ。何より、署長の目から見て肝心なことは、拳銃が故障していることだ。警察の鑑識課で確認されたこの事実は決定的である。すなわち、これは、一発目で怪我しか負わなかったデュポンが、なぜ二発目を発射しなかったかを説明しているからだ。薬莢が正常に排出されず、拳銃の内部に残ってしまった。一発目の薬莢が書斎の床で見つからなかったのは、そのためなのだ。銃把から検出されたあまり明瞭でない指紋の位置については、署長が想定した銃の射手の体勢と矛盾するものではない。普通に前を撃つように引金に人差指をかけるが、肘を曲げて前へ回し、銃身がすこし斜め前からちょうど肋骨のあいだに当たるように手首をひねるのだ。楽な姿勢ではなく、銃をしっかり保持できないと、銃口がずれてしまいやすい……。

轟音を立てて胸に衝撃が走り、すぐさま鋭い激痛が左腕を貫く。そのあとは何も感じない——吐き気だけで、まさかこれは死ではない。デュポンは呆然として拳銃を見つめる。

右腕はなんの異常もなく動き、頭は明晰で、体のほかの部分も動かそうと思えば動くだろう。だが、たしかに弾丸の発射音を聞いたし、胸のあたりの肉がひき裂かれるのを感じた。死んでいるはずだった。しかし、何事もなかったかのように、机の前に座っている。弾丸がそれたにちがいない。一刻も早くけりをつけなければならない。

ふたたび銃身を自分に向ける。チョッキの布の上から、最初の穴が開くべきだった場所に銃口を押しあてる。気絶するのを恐れ、全力をこめて引金を引く……。だが、今回は何も起こらない、まったく何も。引金の上でいくら指を曲げても、銃は動かない。

銃を机の上に置き、手をさまざまに動かして、銃が正常に作動するかどうか確かめる。故障している。

老女アンナは耳が遠いが、食堂のテーブルを片づけていて、きっと銃声を聞いたはずだ。どうするだろう？　外に出て助けを呼ぶか？　それとも階段を上がってくるか？　フェルトのスリッパを履いているので足音はいっさい立てない。彼女が来る前になんとかしなければならない。このばかげた状態から脱しなければ。

デュポン教授は立ちあがろうとする。簡単にできた。歩くことさえできる。暖炉のところまで行き、鏡で自分を見ようとする。前に積まれた本をどける。こうすれば穴が見える。すこし高すぎた。チョッキの布地が破れ、わずかに血がついているが、ほんの少量だ。上着のボタンをかければ、見えなくなる。顔を一瞥する。いや、顔色は悪くない。書斎に戻り、夕食の前に友人のジュアールに書いた手紙を破り、屑籠《くずかご》に放りこむ……。

ダニエル・デュポンは書斎に座っている。拳銃を手入れしているところだ。注意して扱う。

機構が正しく作動することを確かめてから、弾倉をもとに戻す。それから、ぼろ切れを引出しにしまう。細心な男で、あらゆる仕事が正確に実行されることを好むのだ。

デュポンは立ちあがり、数歩進むが、池の水のような緑色の絨毯が足音を消してしまう。小さな書斎のなかには歩きまわる場所がほとんどない。四方から本がデュポンをとり巻いている。法学、社会法制度、政治経済……。大きな本棚の左下の端に、デュポン自身が執筆して叢書に加えた書物が何冊か並んでいる。つまらない仕事だ。それでも二、三の着想は認められる。だが誰が理解できただろう？　可哀そうな着想たち。しかし、それは絶望して自殺する理由にはならない。デュポンは先ほど銃を手にしているあいだに、突然頭に浮かんだ突飛な考えを思いだして、ちょっと軽蔑するような薄笑いを浮かべる……。みんな事故だと信じるだろう。

デュポンは書き物机の前で立ちどまり、自分の理論に興味を示すベルギー人の同僚へ書いたばかりの手紙に最後の一瞥を投げる。この手紙は分かりやすく、そっけなく、必要なことをすべて説明している。おそらく、夕食を食べれば、もっと温かい言葉のひとつも書きたすことができるだろう。

食堂に降りる前に、ナイトテーブルの引出しに拳銃を戻しに行かねばならない。先刻、間違って書き物机の引出しにしまったぼろ切れを出して、銃を丁寧に包む。それから、机の上のシェード付きの大きなライトを消す。時刻は七時……。

手紙を書きおえるため二階に戻ると、殺し屋が待っていた。あのままポケットに拳銃をしまっておけばよかった……。だが、その日に拳銃を手入れしたという証拠はどこにある？　デュポンは前から銃に詰まっていた古い薬莢を取りのぞいただけかもしれない。鑑識係が指摘したのは、銃は「よく手入れされていて」、なくなった弾丸は「最近」、すなわち、最後の手入れ——数週間前、いや数か月前にさかのぼることもできる——のあとで発射された、ということだけだ。ローラン署長はこれを自分流に解釈して、デュポンはその日の夜に使うつもりで、きのう銃を手入れしたと考えたのだ。

いまになってヴァラスは署長を説きふせることができたはずだと考える。署長の推理はしばしば無意味に見えたから、その事実を突きつけることはできたはずなのだ。だがヴァラスはそうせずに、大して重要でない細部——あるいは犯罪となんの関係もない事実——の空しい議論に巻きこまれてしまい、事件の本筋を説明したいと思いながら、あまりに下手な表現でそうしたために、ヴァラスの口から語られると、あの秘密結社や同じ時刻の暗殺といった話が、非現実的で、無根拠で、「下手なでっちあげ」のように見えてしまった。

言葉を重ねれば重ねるほど、自分の話がますます信じられないものに感じられた。それに、使った言葉の問題だけでもなさそうだ。もっと注意深く言葉を選んだとしても、同じ結果になっただろう。言葉を口に出してしゃべるだけで、それを真面目に受けとる気になれなくなるものだ。かくして、自然に心に浮かぶ月並な考えに逆らう気が失《う》せてしまう。結局のところ、月並な考えがいちばんぴったり来るのだ。

さらにまずいのは、目の前に署長の面白がる顔があったことで、あからさまに信じていないことを見せつけるその表情のせいで、ヴァラスの解釈の真実らしさは台なしになってしまった。

ローランはヴァラスに的確な質問を浴びせはじめた。一連の犠牲者はどういう人間たちだったのか？　彼らが国家に果たしていた役割は正確には何か？　彼らが突然、まとまって消滅したことはすでに相当の損失をもたらしたのではないか？　そのことを、社交界や新聞や街角で誰も話題にしないのはどういうことか？

しかし、現実には、それはきわめて明確に説明できる。殺されたのは、ある党派に属する人々で、その党派の人々は国じゅうに散らばり、かなり多数に上る。彼らの大部分はいかなる公的な地位も占めてはおらず、政府のために働いているとも思われない。にもかかわらず、彼らの影響力は強大で、直接的だ。経済学者、金融資本家、産業連合の首脳、雇用者組合の責任者、法律家、技術者、あらゆる分野の技師など。彼らは意図的に陰に隠れ、たいていまったく人目につかない生活を送っている。彼らの名前は大衆にほとんど浸透していないし、彼らの顔はまったく知られていない。しかしながら、暗殺者の集団は誤たない。彼らを狙うことで、この国の政治・経済制度の基盤を揺るがすことができるのだ。これまで社会の上層部は、事件の重大さを隠蔽するために、最大限の努力を払ってきた。すでに記録された九件の殺人はまったく公的に論評されなかったし、数件は事故として発表することができた。新聞も沈黙を守り、大衆の生活は見たところ正常に続いている。警察のように広大で細分化された行政組織では情報漏洩が懸念されるので、内務大臣ロワ゠ドーゼは、警察がテロリストとの闘争に直接踏みこむことを回避させた。大臣は自分が指揮する様々な情報機関のほうに信頼を置いているからだ。すくなくともそうした機関の幹部たちはロワ゠ドーゼに個人的に忠誠を誓っている。

ヴァラスはローラン署長の質問にどうやらこうやら答えることができたが、極秘事項は洩らさなかった。しかし、自分が置かれた立場の弱さは自覚していた。闇に隠れて国家をひそかに支配する集団、誰もが口を閉ざす犯罪、正規の警察から外れた様々な捜査機関、そして、何よりも謎に鎖《とざ》されたテロリストの組織といった話題のなかには、初めてその手の話を聞くまともな官吏を不快にさせるものがある……。そして、もしもそれが何から何まで作り話だとしても、それを信じる――信じない――可能性は同じように各人にゆだねられることになり、こうした相次ぐ話の脱線は、それがどんな方向への脱線であろうとも、まったく同様に話の性質を変えてしまうのである。

太って赤ら顔のローラン署長は、固定給を受けとる情報提供者と犯罪記録のカードとに囲まれて、公用の肘掛椅子にどっかりと腰を下ろし、特別捜査官に断固たる拒否の姿勢を示した。そのためヴァラスは突然、自分の存在さえもが危ういものに思われたのだった。ヴァラス自身もじつは実体のない組織の一員であり、この事件そのものと同じく、あまりに豊かな想像力をもった大臣の単なる創作物にすぎないのではないか。いずれにしても、この警察の官吏はヴァラスをその程度の存在に格下げしているらしい。というのも、いまや署長は手心も加えず、用心深さも放棄して、自分の意見を述べはじめたからだ。またしてもロワ＝ドーゼの空想癖が始まった。ファビユスのような連中がそれを信じているからといって、とても話に筋が通っているとはいいがたい。それ以上に常軌を逸しているお仲間もいる、たとえば、あのマルシャ――あの男など完全にこの話を信じこんでいるので、下手をすれば今夜七時半に本当に死んでしまう恐れがあるくらいだ……。

たしかに貿易商マルシャの介入は事態になんの変化ももたらさなかった。

ヴァラスは死者の拳銃を手に警察を去る。ローランは拳銃を保管しようとしなかった。これ以上使い道がないのだ。だが、ヴァラスは捜査を続行するので、「証拠品」をもち歩くほかなかった。署長の命令で、鑑識係は、拳銃を発見されたときの状態に戻して返却した。つまり、そこには銃の作動を阻害する空っぽの薬莢が詰まっていたのだ。

ヴァラスは前進する。この町の道路の配置は相変わらず彼を唖然とさせる。警察署の正面にある県庁から今朝と同じ道筋をたどってきたのだが、警察からジュアール医院まで来るのに、最初に必要とした時間よりもはるかに長いこと歩いたような気がする。しかし、この地域の通りはどれもよく似ているので、自分がまちがいなくずっと同じ道をたどって来たと断言することはできそうにない。左に行きすぎて、探している通りの隣の道に出てしまったのではないかと心配になる。

ヴァラスはコリントス通りを教えてもらうために、店に入ることにする。それは便箋や鉛筆や子供用の絵具も一緒に売る小さな本屋だった。女店員が立ちあがって、ヴァラスを迎える。

「何かご用ですか?」

「製図用のとても柔らかい消しゴムがほしいんですが」

「かしこまりました」

テーベの廃墟。町を見おろす丘で、円柱の一部が散らばるなか、ひとりの日曜画家が、糸杉の木陰に画架を立てた。画家はたえず実景に視線を投げながら、一生懸命に描いている。ひどく細い絵筆で、肉眼ではほとんど見えない無数の細部を正確に描いていくが、それらの細部は絵で再現されると、感嘆すべき力強さを獲得する。画家はきわめて鋭い目をもっているにちがいない。河岸の縁を形づくる石材や、切妻壁の煉瓦、屋根のスレートの数まで数えられそうだ。鉄柵の隅でニシキギの葉が太陽に輝き、陽光でその輪郭の一部が際だっている。後ろでは、小さな灌木《かんぼく》が生垣の高さをこえ、葉を落とした一本一本の細い枝が、陽光のあたる側は輝く線で、陰になった側は黒い線で強調されている。写真は冬の例外的によく晴れた日に撮影されたのだ。あの若い女性はなぜこの邸を写真に撮ったのだろう?

「とてもきれいな邸宅ですよね?」

「あら、そうかしら」

あの女性がデュポンより前に邸に住んでいたはずはない。デュポンはそこに二五年も住んでいたのだし、邸は伯父の遺産として相続したものだ。彼女は家政婦だったのか? ヴァラスは、あの女性のちょっと官能的で、明るい顔だちを思いだした。三〇歳か、せいぜい三五歳。愛想のいい女ざかりで、体の線は丸みを帯びている。温かそうな肌、輝く目、黒い髪、この国ではあまり見ない——南欧かバルカン諸国の女を思わせるタイプだ。

「あら、そうかしら」

色っぽい冗談をいわれたかのように、喉を鳴らす軽い笑い声を立てる。デュポンの妻だろうか？　そうだったら面白い。ローランは、デュポンの妻が店を経営しているといわなかったか？　夫より一五歳ほども若く……黒い目に褐色の髪……まさしくデュポンの妻だ！

ヴァラスは本屋を出る。数メートルで十字路に行きあたる。ヴァラスの前に赤い広告板が立っている。「製図にも、学校にも、会社にも……」

昼食をとる前にヴァラスが路面電車から降りたのは、ここだった。ヴァラスはふたたびヴィクトル・ユゴー文具店の方向を指す矢の指示に従う。

第4章

1

目の真下、ずっと下の水面すれすれに、一本の引綱が延びている。

手すりから身を乗りだすと、引綱が真っ直ぐにぴんと引っぱられて、橋脚の下から出てくるのが見える。親指よりわずかに太いくらいだろうが、比較するものがないため、距離のせいで間違っているかもしれない。撚《よ》りあわされた細い綱が規則的に繰りだされ、非常にはやい速度のように思われる。細綱を撚りあわせた螺旋《らせん》の輪が一秒間に一〇〇個も通過するだろうか？……だが、実際には大した速度ではなく、大股で歩く男の速さ——運河に沿って一連の平底船を引く曳船《ひきふね》の速度なのだ。

金属製の引綱の下には、緑がかった不透明な水が流れ、すでに遠くにいる曳船の航跡のなかでわずかなさざ波を立てている。

最初の平底船はまだ橋の下に現れない。相変わらず引綱は水面すれすれに延び、まもなく途切れるという気配も見せない。しかし、いまや曳船は次の橋に近づき、橋をくぐるために、煙突を下げはじめる。

2

「ダニエルは淋しい人でした……。淋しくて、ひとりぼっちで……。でも、自殺するような人じゃない――絶対に違います。アルパントゥール通りのあの邸で（と女性は東の方角に腕を伸ばした――単に壁の向こう側のショーウィンドーに置かれた大きな写真を指したのかもしれない）二年ちかく一緒に暮らしましたが、その二年のあいだ、ただの一度も、ほんのわずかな失望も、悩みを抱く様子も見せませんでした。うわべだけの話ではないのです。あの落ち着きに彼の本質が表れていました」

「先ほどは、淋しいとおっしゃいましたが」

「そうですね、あまりぴったりした言葉ではなかったかもしれません。淋しい人ではなかった……。でも、もちろん陽気ではありません。いったんあの邸の庭の鉄柵をこえると、陽気さなんて無意味になってしまうんです。でも、淋しさとは違いますわね？　なんと申しあげたらいいか……退屈？　それも違います。彼がわたしに何かを説明してくれるとき、その話を聞くのはとても楽しかった……。そうではなくて、ダニエルとの生活に耐えられなくなったのは、彼がひとりだと感じたからです、これ以上ないくらいに。彼はひとりで、そのことを苦にしませんでした。結婚とか、ほかのどんな結びつきにも向いていないのです。友だちもいません。大学では彼の講義は学生を夢中にさせました――でも、彼自身は学生の顔も見分けがつかなかった……。なぜわたしと結婚したんでしょうね?……私は若かったし、この年配の男性に讃嘆の気持ちを抱いていたんです。わたしのまわりの人もみんな彼を誉めたたえていました。わたしは伯父に育てられたのですが、伯父の家にダニエルはときどき夕食に来ました……。あら、なぜこんなことをお話ししているのかしら、あなたにはぜんぜん興味がないでしょうに」

「とんでもない」とヴァラスは反対する。「むしろ逆で、自殺できるような人かどうかを知る必要があるのです。自殺する理由があったか――あるいは、理由なく自殺するような人だったか」

「そんなこと!　ありえません!　いつでもちゃんと理由がありました――あの人のするどんな些細なことにも。そのときには分からなくても、あとになればかならず理由があったことが分かるんです。長いことじっくり考えた末に、疑問の余地などまったくなった明確な理由があるんです。ダニエルは前もって決心しなければ何も実行に移しませんでしたし、その決心には理由がありました。揺らぐことのない決心です、いうまでもなく……。気まぐれではないともいえますが、それが度をこしていて……。結局、彼の長所がわたしには耐えられなかったんです。よく考えずには絶対に行動せず、絶対に意見を変えず、絶対に間違えない」

「しかし、結婚に関しては間違えた、と？」

「ええ、もちろん、人間関係では彼も過ちを犯すことがありました。というより、過ちしか犯さなかったといえるかもしれません。でも、結局のところ、彼のほうが正しかったんです。あの人の過ちは、自分以外の人間もみんな自分と同じくらい理性的だと考えたことでしょうね」

「その、ほかの人間にたいする誤解のために苦い思いを抱いていたとも考えられますね？」

「あなたは彼がどんな種類の人間だかご存じないのよ。絶対に動じないんです。自分が正しいことを確信して、それだけで十分なんです。ほかの人が空想を好むのなら、それはそれで仕方がないと思っているの」

「年をとって変わったということもありえますよね。ずいぶん前からお会いになっていないし……」

「とんでもない、わたしたちはその後も何度も会いました。彼はまったく変わらなかった。仕事のこと、今の生活のこと、まだ会っているほんの少数の人のことを話してくれました。彼なりに幸せだったんです。ともかく、自殺を考えるなんてありえない。修道士のような生活に満足していました、耳の遠い年寄りの家政婦と本に囲まれて……本……仕事……それだけのために生きていたんです！　あの邸をご存じでしょう、陰気で、静まりかえって、絨毯を隙間なく敷きつめて、触っちゃいけない時代遅れの飾りでいっぱいなの。入った瞬間から気づまりで、息が苦しくなるような雰囲気で、冗談をいったり、笑ったり、歌を歌ったりするような気分は失せてしまう……。私は二〇歳でした……。ダニエルには居心地がいいようでしたが、ほかの人がそう感じられないということを理解できなかったんです。もっとも、あの人はほとんど書斎に入ったきりだし、ほかの人間に邪魔をさせませんでした。結婚した当初でさえ、週に三回、講義をしに行くとき以外は書斎を離れませんでした。帰ってくると、すぐに二階へ上がって、書斎に閉じこもるの。夜もそこで過ごすことがよくありました。私が彼の顔を見るのは食事のときだけで、かならず時間どおりに、お昼の一二時と夜の七時に食堂に降りてきました」

「先ほどあなたが、デュポンが死んだとおっしゃったとき、何か奇妙な感じがしました。なんと申しあげたらいいか……生きているダニエルと死んだダニエルにどんな違いがあったでしょう？　あの人は以前からほとんど生きていなかった……人柄や個性が感じられないという意味ではなくて……でも、あの人はけっして生きてはいませんでした」


「いや、まだその人物には会っていません。ここの帰りに行こうと思っています」

「なんという名前ですの？」

「ジュアール医師です」

「あら……手術をなさったのはそのかた？」

「ええ」

「そう……変な話ね」

「下手な外科医なのですか?」

「まあ!　そんなこと……ないと思いますが」

「ご存じなんですか?」

「名前だけ……。でも産婦人科の先生だと思ってました」

「で、それが起こったのはかなり前のことなんですか?」

「そのことが町で噂になりはじめたんです、そしてまもなく……」


急にヴァラスは時間を無駄にしているという不愉快な感情に襲われる。ヴィクトル・ユゴー通りの文具店の女主人がデュポンの元妻かもしれないという考えが閃《ひらめ》いたとき、この偶然の一致は天の恵みのように思われた。ヴァラスは大急ぎで文具店に行き、彼女と最初の言葉を交わしただけで、自分の直感が正しいことを確認した。予期せぬ幸運から捜査が著しく進展したかのように、大きな喜びを感じた。だが、捜査の途上でたまたまこの女性に会ったという事実は、彼女から当然期待できるはずの情報の重要性を増すことにはならなかった。もしヴァラスが本当にデュポンの元妻から貴重な情報を得られると思ったなら、今朝、ローラン署長からその存在を教えてもらったとき、彼女の住所をすぐに探していたことだろう。だが、そのときヴァラスは、ほかの関係者——たとえばジュアール医師だが、まだ会うことができないでいる——を尋問するほうが先決だと判断したのだ。

いまヴァラスは、ついさっき感じた希望が無根拠だったことに気づいている。そのせいで——この希望が空しいことを知ったからだけではなく、そのことにもっと早く気づかなかったため——途方に暮れている感じだ。店の奥で、この感じの良い若い女性の前に座って、自分がここへ——おそらく自分でも知らないうちに——いったい何を探しに来たのか、当惑しているのだ。

同時に、もう二度と病院でジュアール医師に会えないのではないかという不安を感じる。そして、もうこれ以上おしゃべりしてはいられないと失礼を詫びながら立ちあがったとき、ふたたび喉を鳴らす軽い笑い声を聞いて、その笑いが何やら共犯であることをほのめかすように思えてどきりとする。いま発した月並な言葉には裏の意味などなかったはずだが……。ヴァラスは疑問を抱き、自分の言葉を正確に思いだそうとするが、うまくできない。「私は行かなければ……行かなければ……」

入口の扉のチャイムの音が、時間を思いださせる時計の鐘の音のように、ヴァラスの煩悶《はんもん》に終止符を打つ。ところが、この出来事は、ヴァラスを解放してくれるどころか、さらに出発を遅らせることになる。というのも、文具店の女主人はすぐにヴァラスひとりを残し、店のほうに姿を消してしまったからだ、愛想のいい言葉とともに。

「ちょっと失礼します。お客さまがいらしたので」

「あの、奥さん、残念ですが……。ちょっと、すみません、私は行かなければ……行かなければ……行かなければ……行かな……」

彼女があんなふうに笑い声を立てる理由はなかったはずだ。

ヴァラスはふたたび腰を下ろし、女性が帰ってくるまでどうすればいいのか分からない。なかば開かれたままの扉から、客を迎える女性の簡潔な職業的応対の言葉が聞こえてくる——しかし、よく聞きとれない、というのは、ヴァラスがいる部屋は複雑につながった廊下と控えの間《ま》で店から隔てられているからだ。そのあとは、言葉がここまでまったく届かなくなった。たぶん客の声はくぐもっていて、彼女自身は黙っている——あるいは声を落とした——のだ。だが、なぜ声を落とすのか？

ヴァラスは思わず耳をそばだて、その場の情景を思いえがこうとする。試みに想像された情景が、すばやく、次々に目の前を流れていくが、その大半は無声で、声があっても囁き声なので、言葉は完全には聞きとれない――それゆえ、身ぶり手ぶりによる、誇張された、グロテスクな印象が強められる。さらに、こうした情景のほとんどすべてが、あまりに露骨な非現実性を帯びているので、それを想像した当人さえもが、合理的な推察というより、妄想のたぐいに近いと認めざるをえない。ヴァラスは一瞬、不安に襲われる。自分の仕事はこんなものではなく……。「困難な仕事だ……困難だが、期待外れの仕事だ……まあ、推薦されたのだから、ともかく試験的に採用してみるか……」

もちろん、こんな出来事はどうでもいいことだ。真面目な事柄――事件に関係のある事柄――ならば、ヴァラスだってこんな空想に浮かされてはいない。店先での会話に興味をもつ理由など何もないのだ。

にもかかわらず、なぜか聞いてしまう――いや、聞こうとしてしまう。というのも、どこから出てきたのか、何の音なのか定めがたい、ひどく曖昧な雑音のほかに、もはやまったく何も聞こえなくなったからだ……。いずれにせよ、温かそうで、官能的な……喉を鳴らす軽い笑い声のような音は、いっさい聞こえない……。

夕方のことだ。ダニエル・デュポンは大学の講義から帰る。階段を昇るとき目は伏せたままだが、決然とした足どりはわずかな疲労も感じさせない。二階に着くと、ほとんど機械的に足は書斎に向かう……すぐ後ろから、喉を鳴らす軽い笑い声が聞こえ、自分の帰宅を迎えるのにぎくりとする。明かりも点けなかったので、二階の昇降口の暗がりの、寝室の開いた扉の前で待つ愛想のいい若い女性に気づかなかった……全身からこみ上げてくるような、喉を鳴らす軽い笑い声……官能的で、共犯に誘うような……彼の妻。

ヴァラスは、今度はこの想像を払いのける。寝室の扉はあまりに肉感的な妻の前で閉じる。ダニエル・デュポンの幽霊は目を伏せたまま書斎への歩みを続け、すでに手は扉の把手のほうに延び、摑んで回そうとするが……。

店先の状況は相変わらずよく分からない。ヴァラスは時間がかかりすぎると思い、思わず袖口をたくし上げ、腕時計を見る。そのとき時計が止まっていることを思いだし、実際に止まっていることを確かめる。前と同じく七時半を差している。時計が動かないなら、時間を合わせても仕方がない。

ヴァラスの前の整理簞笥《だんす》の上には、肖像写真を収めたふたつの素焼の額縁が並び、どちらにも昔ながらの優雅な装飾模様が刻まれて、対《つい》をなしている。左の額縁には中年男性の厳めしい顔の写真が入っていて、男性は斜め横を向いて、ほとんど横顔を見せ、目の隅で小さな立像を眺めているらしい――あるいは隣の肖像写真を見ているのかもしれず、そちらの写真は黄ばんだ印画紙と写っている人物の時代遅れの衣服が示すように、男性の肖像写真より古いものだ。聖体拝領用の衣装を着た男の子が、ひらひら飾りたてたドレスに一九世紀に流行した派手な帽子をかぶった背の高い婦人を見上げている。婦人はたぶんその子の母親で、非常に若いが、母親を見つめる子供の目には、ちょっと気おくれしたような感嘆の念がこもっている――写真が色褪せたため、生気がかなり失われた男の子の表情から判断するならば。そして、婦人はまた、この家の女主人の母親であるのだろう。厳めしい顔の男性はたぶんデュポンだ。ヴァラスは死んだデュポンの顔も知らないが。

男性の写真を近くから見ると、ほのかに輝くような微笑みを浮かべている。微笑みの印象が口もとから来ているのか、まなざしから来ているのかはよく分からない……。見方を変えると、男の顔つきはほとんど淫らだともいえそうで、野卑で、自己満足的な、ちょっと嫌悪を催させるようなところがある。ダニエル・デュポンは大学の講義から帰る。階段を昇る足どりは重く、にもかかわらず急いでいることが分かる。二階に着くと、寝室のある左側へ曲がり、寝室の扉をノックすることなく開く……。だが、デュポンのすぐ後ろの書斎から、若い男の姿が出現する。二発の銃声が響きわたる。デュポンは叫び声も上げず、廊下のカーペットに倒れこむ。

戸口に若い女性が現れる。

「あんまり長くお待たせしてしまったかしら?」とやさしい声で尋ねる。

「いや、そんなことはありません」とヴァラスは答える。「でも、もう行かなくては」

彼女は身ぶりで引きとめる。

「あとほんのすこしだけ! あのかたが何を買ったかご存じ? 当ててごらんなさい!」

「あのかたって?」

もちろん、客のことだ。きっと消しゴムでも買ったのだろう。だが、そんなに驚くことか?

「ほら、いま帰ったお客さまですよ!」

「分かりません」とヴァラスは答える。

「絵葉書なんです！」と女性は叫ぶ。「あの邸が写った絵葉書を買ったんです、あなたご自身が今朝買ってくれた絵葉書ですよ！」

喉を鳴らす軽い笑い声は、今度はいつ果てるともなく続いた。

彼女が店に出ると、汚い帽子をかぶり、緑がかった色の長いコートを着た、貧しそうな身なりの小男がいて、病気を患っているように見えた。すぐに何がほしいかをいわず、口のなかで曖昧に「こんにちは」と呟くばかりだった。男は目だけで店内をぐるりと見わたし、わずかに不自然と思える程度に長い時間ののち、絵葉書の回転陳列台を選び、そこに行ってじっくりと眺めた。こんなことをいったようだ。

「……絵葉書を一枚選んで……」

「どうぞ」と女主人は答えた。

しかし、男の態度があまりに異様だったため、ついに彼女は自分ひとりではないことを示すために、何か口実を見つけてヴァラスを呼ぼうとしたのだが、ちょうどそのとき、男は絵葉書の一枚に目をとめた。そして、陳列台から抜きだし、じっくりと検証した。それから、ひと言もつけ加えることなく、硬貨を一枚カウンターに置き（絵葉書の値段は掲示されていた)、掘出物をもって店を出ていった。その葉書がアルパントゥール通りの小さな邸、「犯罪の家」だった！　変なお客ではないか?

ヴァラスがようやく店から出られたとき、もちろん奇妙な写真愛好家を見つけることはできなかった。ヴィクトル・ユゴー通りは、道の両側とも人の姿が見えなかった。正体不明の男がどちらの方向に行ったかを知るのは不可能だった。

それゆえヴァラスはジュアール医院への道――すくなくとも、その方向だと思われる道、というのも、文具店の女性に道順を聞くのを忘れたからだ――を進んだ。もう一度彼女の店へは戻りたくなかった――これといった理由もなかったが。

次の通りへ入るやいなや、前方のすぐ近くの十字路で、緑色のコートを着た小男が立ちどまり、歩道の真ん中で絵葉書を眺めている姿が目に入った。ヴァラスは男のほうに向かったが、正確にどうしようと決めていたわけではない。おそらくヴァラスに気づいたからだろう、男はふたたび歩きはじめ、すぐに右のほうに消えてしまった。数秒後、足を速めたヴァラスは十字路に到着した。右側には長く真っ直ぐな通りが続いているが、身を隠せるような、いかなる種類の商店も、張りだした玄関もない。通りは完全にひと気がなかった。いや、唯一の例外は、はるか遠くで、レインコートを着た長身の通行人が足早に遠ざかっていくことだった。

ヴァラスは次の交差点まで急ぎ、四方を見まわした。どこにも誰もいない。小男は消えてしまったのだ。

3

ヴァラスは執拗に追いかけた。近隣のすべての通りを順序だてて探索した。今後、正体不明の男の足どりを再発見する可能性はきわめて低かったが、それでもまだ諦められなかったので、これまで通ってきた道をひき返し、もとの場所に戻り、また戻り、同じ場所を二度も三度も通過した。だが結局、最後に男を見かけた十字路に戻ることしかできなかった。

この探索行の顚末にはひどく不満だったが、時計屋の看板で時間を見て、初めてその場を去る決心がついた。警察署に行くぎりぎりの時間しか残っていなかったのだ。ローラン署長がヴァラス自身の要請を受けて、警官を派遣して緊急に郵便局の職員を招集し、ヴァラスの立ちあいのもとに尋問を実施することになっていた。

だが、警察に行く途中で、ヴァラスがまたもや思いだしたのは、絵葉書を買う男の出現、そして消失の状況――歩道の真ん中につっ立った小男が、何か秘密を見出すことを期待するかのように、両手で持って顔のすぐそばに近づけた写真にじっと目を凝らしている姿――と、さらに、どこを探しても空っぽの通りだった。

ヴァラスは男の影を追いかける自分自身の妄執にもはや嫌気が差し、この出来事――要するに、とるに足らない事実――を頭から遠ざけようと空しい努力を重ねた。あれはきっと犯罪資料の収集に血道を上げるマニアなのだ。あまりに平穏なこの町では収穫がほとんどないが、新聞の朝刊が報じた殺人事件は男にとって天与の恵みだった。昼食のあと、男は「犯罪の家」を見に行き、家へ帰る途中、文具店のショーウィンドーであの邸の写真を見て仰天する。慌てて店に入ったものの、女店主に何を注文すればいいか分からず、そこで平静を装うために、絵葉書の回転陳列台をもてあそんでいると、そこにまさに喉から手が出るほど欲しいものが見つかった。その絵葉書をすぐに買いもとめ、我慢できずに途中の路上でそれを眺めていたというわけだ。男が突然消えたことについては、もっと自然に説明することができる。十字路を曲がって、すぐに男は最初の建物の一軒に入った――自宅に戻ったのだ。

これはきわめて蓋然性《がいぜんせい》の高い――いや、もっとも蓋然性の高い――解釈だが、ヴァラスはどうしても、歩道の真ん中で立ちどまった緑色のコートの小男の姿を思いだしてしまうのだ、あたかもこの存在がいかなる説明によっても――どれほど蓋然性の高い説明によっても――消しさることのできない、決定的なものであるかのように。


警察署で、ローランとヴァラスは、まず郵便局の女性職員におこなうべき質問について意見の一致を図る。通称アンドレ・VSについて何を知っているか？　この近辺で見かけたことがあるか？　どこに住んでいるか知っているか？　いつからヨナ通りの郵便局の局留郵便の登録番号をもっているのか？　よく郵便を受けとりに来るか？大量に受けとるか？　書簡類はどこから発送されているか？　最後に、なぜ男はもう来ないことになったのか？　その理由を述べたか？　最後に来たのはいつか？……等々。さらに、かぎ裂きのあるレインコートを着た男の、可能なかぎり正確な人相書を作ることが必要だ。

隣の部屋で待っていた郵便局員たちが通される。女性が三人。六番窓口の若い女性はジュリエット・デクステルという名で、真面目で思慮深い様子は信用できそうだ。つづいて入ってきたのは、エミリー・ルベルマン、五一歳、独身で、ジュリエットの隣の窓口を担当し、自分のまわりの出来事がとかく気になるたちらしい。もうひとり召喚された女性は、郵便局の常勤職員ではないジャン夫人だった。

ジャン夫人はかつて取得した学業免状のおかげで、夏のあいだ、ヨナ通りの郵便局で見習い職員として働いていた。そして、九月にデクステルが休みのあいだ、彼女に代わって窓口業務を受けもった。だが、彼女の仕事ぶりはあまり満足がいくものではなかったと思われる。というのも、役所は試用期間をうち切り、夫人の勤務をやめさせることにしたからだ。ジャン夫人は現在、環状通りの商店で単純な下働きをしているが、郵便局での不運な処遇についてはまったく残念に思っていない。彼女はむしろ手仕事のほうが好きなのだ。給料の良さに引かれて一度は手仕事をやめたが、三か月後にふたたび手仕事に戻って、いわばほっとしている。郵便局での勤務のあいだに様々な仕事を経験したが、すべて自分とは性が合わないようで、たとえばトランプのゲームのように複雑だが空しいものに感じられた。また、郵便局内部での事務処理は、窓口でおこなわれる仕事よりさらに複雑で空しく、なんだか秘密の規則に従って遂行され、たいていは理解不可能な多種多様の儀式を必要としていた。ジャン夫人はそれまでいつもぐっすり安眠できたが、この新しい仕事を始めて数週間も経つと、しつこい悪夢に悩まされるようになった。夢のなかで彼女は難解な文字で書かれた帳簿を丸ごと何冊も筆写しなければならず、時間がないのでそのすべてをいい加減に書きうつし、文字を歪め、順序を間違え、そのために仕事を永遠にやり直さねばならなかった。

いまでは夫人は心の平静を回復し、彼女にとって郵便局は切手や郵便書簡を売るごく普通の商店におおむね戻っていたのだが、そんなとき、突然、刑事が現れて、先月の行動について尋問してきたのだ。すぐに疑惑や不信や恐怖が再燃した。だから、やっぱりヨナ通りの郵便局ではいかがわしい出来事が起こったにちがいない。彼女の以前の同僚エミリー・ルベルマンは何か事件が起こると期待してひどく興奮していたが、エミリーとは逆に、ジャン夫人は嫌々ながら警察署に赴き、振りかかる火の粉を払うためにしか口を開くまいと固く決心していた。もっとも、事態はじつに単純で、彼女は何も見なかったし、何も知らないのだった。

にもかかわらず、彼女は署長の執務室で、身なりのきちんとした（だが、怪しく言葉をはぐらかす）男と再会しても、さして驚かなかった。この男は今朝、電報を打つために、という口実で、彼女に「中央郵便局」へ行く道を尋ねてきた。でも、やっぱり事件に関係していたのだ！　それはともかく、この男が今朝、そこらをうろうろしていたことを警察に話すつもりはないから、心配するには及ばない。

今日、ジャン夫人がこの男に会うのは三度目だが、男は彼女に気づいていない。まだ、帽子をかぶらないエプロン姿の彼女しか見ていないのだから無理もないが。

ジャン夫人は、警察署長がジュリエット・デクステルから尋問を始めたこと——もちろん丁寧な口調で——を満足げに眺める。

「あなたは」と署長がジュリエットに尋ねる。「アルベール・VSの名義で書簡類を受けとっていた局留郵便の登録者をご存じですね……」

若い女性局員は目を大きく見開き、電報を打たせた男のほうを向く。口を開けてしゃべろうとしたが……何もいわず、上体を真っ直ぐに伸ばして椅子に座ったまま、ふたりの男の顔を交互に見つめている。

というわけでヴァラスはまず自分がアンドレ・VSでないことを説明するが、娘はかえっていっそうの驚きに呑みこまれる。

「でも……さっきの……手紙は?……」

そう、たしかに手紙を受け取ったのは自分だが、ヨナ通りに行ったのは初めてのことだ。自分が問題の局留郵便の登録者と似ていることを利用したのだ。

「ええと……ええと……」と中年で独身のルベルマンはすこし息がつまったようにくり返した。

いっぽう、ジャン夫人のほうは慎重な態度を崩さず、自分の真ん前の床をじっと見つめつづけていた。

若いデクステルの証言ははっきりしている。アンドレ・VSという名の男はヴァラスに瓜ふたつだった。ヴァラスが窓口にやって来たのを見て——服装は変化していたが——ためらわずいつもの男だと思った。

アンドレ・VSの服は非常に地味で、かなり窮屈そうだった。ほとんどいつも、広い肩幅には小さすぎるベージュ色のレインコートを着て現れた。よく考えてみると、ヴァラスより肉づきが良かったかもしれない。

「それに、眼鏡をかけていましたよ」

この特徴をつけ加えたのは中年の独身女性ルベルマンだ。するとデクステルが反論した。アンドレ・VSは眼鏡をかけていたことは一度もない。しかし、同僚のルベルマンは自説に固執する。自分はよく憶えているし、あるときなど、眼鏡をかけているのでお医者さんみたいに見えると思ったこともあるくらいだ。

「どんな感じの眼鏡でしたか?」とローランが尋ねる。

べっこうの太縁の眼鏡で、レンズにうっすらと色がついていた。

「どんな色です?」

「くすんだ灰色っぽい感じですね」

「レンズは両方ともまったく同じ色でしたか、それとも、片方がもう片方より濃かったですか?」

その点に注意を払って見たことはないが、たしかに片方が濃かった可能性は十分にある。お客は——窓口に来ると逆光になるので——見えにくいのだが、いま思いかえしてみると……。

ローランはジュリエット・デクステルに、本物の局留登録者が最後に窓口に来た時刻を尋ねた。

「あれは」とジュリエットが答える。「だいたい五時半か、六時でした。あの人が来るのはいつもだいたいその時間です——日が暮れるのがまだ遅い月の初めには、もうちょっとゆっくりだったかもしれませんが。ともかく、ひどく混雑する時間帯でした」

ヴァラスが割って入る。自分が手紙を渡してもらったとき聞いた話では、そのすこし前、つまり、午前中の終わりころにアンドレ・VSが窓口に来たのではなかったか。「ええ、そのとおりです」と娘は一瞬、考えてからいった。「あれは、たしかにあなたではありませんでした。一一時すこしすぎに来ました。夕方に来るほかに、ときどきその時間帯に来ることがあったんです」

男は毎日、規則的に夕方に来たのか？ それはいつからのことか？ いいえ、規則的に来るというわけではなかった。一週間以上顔を見せないこともあれば、それから四、五日のあいだ毎夕やって来ることもあった——それに、ときどき午前中も。窓口に来るときは、一通の通信、あるいは一連の通信が来るのを予期していたのだ。通信だけが届いて男が来なかったことは一度もない。とくに気送速達か電報で送られることが多く、通常の手紙は稀だった。気送速達はむろん市内からしか配達されないが、電報は首都やほかの場所から届いていた。

そして娘は黙りこんだが、もう誰も何も尋ねないので、しばらくしてからいい添えた。

「今朝、あの人が窓口に来たとき、最後の気送速達を受けとれたはずなんです。受けとれなかったのは、中央郵便局の業務上の落ち度です」

だが、彼女の非難はほとんどヴァラスに向けられている感じだった。それゆえ、彼女の言葉に残念だという気持ちが滲みでているのは、速達が受取人に届かなかったという事実にたいしてなのか、郵便業務一般がうまく機能していないことにたいしてなのか、分からなかった。

ジュリエット・デクステルが窮屈なレインコートの男を初めて見たのは、一〇月の初めに休暇から戻ったときのことだ。あの局留の登録番号はずいぶん前から取得されていた。いつから？　正確には憶えていないが、郵便局の古い記録を調べれば、当然、日付は簡単に分かるだろう。あの男がすでに九月に局に来ていたかどうかを知るには、自分に代わって窓口担当になった女性に聞けばいい。

だが残念ながらジャン夫人は記憶していない。当時彼女はこのアンドレ・VSという名前を気にとめなかったし、眼鏡をかけていたにせよ、いなかったにせよ、この顔――すなわち、ヴァラスの顔――を一度も見た憶えがない。

ルベルマンのほうは、この男はすでに九月には局に来ていたし、もっと前から来ていたと考える。なぜなら、男の風采について医者のようだと考えた時期は、ちょうど八月にさかのぼるからだ。というのも、その八月にジェラン医師が助手を雇い、自分は最初その助手が……。

「その男の」と署長が尋ねる。「眼鏡のレンズは、右のほうが濃かったですか、それとも左ですか？」

中年の独身女性は答えるのに、すこし時間がかかった。

「私の考えでは」とようやく口を開く。「左側ですね」

「奇妙ですね」とローランが考えこむ様子で応じる。「よく思いだしてください。右の目ではなかったですか？」

「ちょっと待って、署長さん、待ってください！　わたしが『左側』と申しあげたのは、わ、わたしにとって左側ということです。つまり、あの人にとっては右目です」

「ああ、それなら分かります」と署長はいった。

つぎに署長は、昨夕、男のベージュのレインコートの右肩にかぎ裂きがあったかどうかを知ろうとした。デクステルは、男が後ろを向いたときには注意を払わなかったが、正面から見たときにかぎ裂きはなかったと答えた。逆にルベルマンは、去っていく男の姿を目で追ったとき、たしかに右肩にL字形のかぎ裂きがあったという。

最後に、電報の内容についても、ふたりの意見は一致しなかった。デクステルの記憶によれば、非常に短いごく普通の文面——内容の確認、命令の取消し、会合の約束など——で、問題となっている仕事の性質を推測させるような細かい言及はいっさいなかった。いっぽう、ルベルマンは、それらは長い通信文で、しめし合わせた意味をもつにちがいない曖昧な文章で書かれていたと語った。

「電報は料金が高いので、いつも短い文章です」とジュリエット・デクステルは、たったいまの同僚の証言が耳に入らなかったとでもいうように明言した。「通信の相手がすでに分かっていることを無意味にくり返したりはしないものです」

ジャン夫人はふたりの証言についても、電報の書きかたについても、とくに意見はなかった。

ふたりきりになると、ヴァラスとローランはいま聞いた証言をまとめてみた。まとめはすぐにできた。新しいことは何も出てこなかったからだ。アンドレ・VSは、自分の足どりを摑ませたり、行動の内容を推測させたりするようなことを、何ひとつ郵便局員に話さなかった。おしゃべりではなかったのだ。また、地元の人間のようには見えなかった。すくなくとも、ここで男を知っている者は誰もいなかった。

ルベルマンは尋問の最後に個人的な意見を述べた。あれはいかがわしい手術をおこなうたぐいの医者だろう。「このへんには変なお医者さんがいますからね」と訳知り顔でつけ加えた。

頭からこの仮説を退ける理由はないが、ローランは自分の説――ごく単純に木材の取引に関する通信だという説――のほうがやはり正しい可能性は高いと指摘した。それに、通信文がまとまって届いたという事実も、取引の連絡だと考えればより納得しやすい。

さらに、バクス夫人が窓から日暮れどきにあの小さな邸の鉄柵の前で見た男が、アンドレ・VSにほかならないという仮説も、前より確実になったわけではない。酔っぱらいが見たレインコートの背中のかぎ裂きはふたりが同一人物であることを証明するのに役立つだろうが、若いほうの郵便局員はかぎ裂きを見なかったと断言しているからだ。ところで、この点について、独身の中年局員のかぎ裂きを見たという証言を信用することは不可能だ。そして、レインコートだけでは――かぎ裂きなしでは――十分な証拠にはなりがたい。邸の前の男と郵便局の男がともにヴァラスに似ていたという事実も確かな証拠とはならない。その類似が重要だというなら、同様にヴァラスもまた容疑者として考えなければならないだろう。

警察署を出る前に、ヴァラスはさらに捜査報告書に目を通す。それを作成したのは、きのうの夜、故デュポン邸で最初に現場検証をおこなった刑事二名のうちのひとりだった。

「ご覧になってください」とローランはタイプされた紙片の薄い束を渡しながらいった。「非常に興味深い報告書です。お分かりになると思いますが、この刑事はまだ若くて、犯罪現場の検証は初めてのはずです。断っておきますが、彼はこのレポートを自発的に記したのです。というのも、我々の捜査は公的には中止されたからです。私が思うに、一件落着の処分にせよと命令を受けたあと、彼は個人的な興味から補足的な捜査を続行したのでしょう。初心者の熱意というものですよ」

ヴァラスが報告書を読んでいるあいだ、署長は、若い刑事の結論と、この刑事を「嘲弄していることが明々白々な」関係者の示唆をまともに受けとってしまった彼の単純さについて、さらにいくつかの――皮肉に思える――指摘をおこなった。

報告書はこう始まっている。「一〇月二六日月曜、二一時八分……」

最初の数ページは、脱線も注釈もなく、ジュアール医師が電話で通報し、デュポン教授の死と襲撃事件そのものについて伝えた情報を詳細に述べている。つづいて、現場の邸とその周辺についてのきわめて正確な描写がおこなわれている。アルパントゥール通りの曲がり角、ニシキギの生垣で囲まれた小さな庭と庭の鉄柵、ふたつの入口の扉――ひとつは家の正面にあり、もうひとつは裏手にある――、一階の部屋の配置、階段、絨毯、二階の書斎。書斎のなかの家具の置きかたも詳細に説明されている。さらに、捜査報告書本来の観察記録が続く。血痕、指紋、正常な位置にある、あるいは、正常な位置にないように思われる物体……、「最後に、番号3の指紋――右手――もまた、同じ明瞭さで、手書き原稿の紙片の左――約一〇センチの場所――に置かれた重さ七、八〇〇グラムの立方体の文鎮の上に残されている」。

こうした極端に細密な記述を除けば、ここまでのところ、ヴァラスが今朝ローランから見せてもらった刑事たちの手になる最初の報告書の内容とほとんど変わらない。だが、ふたつの新たな手がかりが登場している。鉄柵の門の防犯ブザーが最近になって作動しなくなったこと（これはヴァラスには目新しい事実ではない）と、邸の西の切妻壁に沿って続く狭い芝生から新しい足跡が採取されたことである。足の大きさと平均した歩幅が記されている。

この報告書では、家政婦の証言にも前よりいささか注意が払われている。ヴァラスは引用された言葉を読みながら、そこにあの老女のお気に入りの口癖をいくつも見出した。とくに、電話線の不具合と、それを復旧させるべくおこなったスミット夫人の空しい奮闘努力に関しては、無削除完全版の記録を読むことができる。

家政婦の証言に続いて、熱意にあふれる新米刑事は、通りの向かい側にある建物の管理人と、「現場から二〇メートル離れた10番地に所在する小カフェ」――すなわち、カフェ・デ・ザリエの主人の証言を記録している。管理人は邸をよく訪れる人々について語っている。この管理人はしばしば午後――とくに良い季節になると――デュポン邸の庭の入口の真向かいに位置する建物の戸口に出て椅子に座るので、被害者の邸にほとんど人が来訪しないことが分かった。せいぜい郵便配達か、電気のメーターの記録をとる係員、ときにはブラインドや掃除機のセールスマン、ほかに、ひと目見ただけではセールスマンと区別するのが難しい四、五人の男たち——同じような服を着て、同じような書類鞄を持つ——がやって来るのだが、最後の男たちは町のブルジョワ、大学教授、貿易商、医師などだった。報告書の作成者は客観的であろうとして、この手の無駄話をすべて書きうつしているように思われる。そして、次の事実も同じ冷静さで報告しようと努めているが、それまでとは逆に、明らかにこの事実に興味を引かれている。それは、学生ふうに見えるが、身なりは質素で、小柄な、ひ弱といってもいい若者についての記述である。この若者は夏のあいだは何度も訪ねてきたが、それから、ひと月以上も姿を消し、一〇月の第二週——すごく暑かった週——に三度続けてやって来た。そのときデュポンのいる部屋の窓は開いていたので、この三度の訪問のとき会話の調子がしばしば激烈になるのを管理人は耳にすることができた。三日目に、対話は激しい口論となって終わった。管理人の記憶では、大声を出していたのはもっぱら学生だった。ひどく神経質な感じで、すこし酒を飲みすぎていたのだろう——教授の邸から出ると、カフェ・デ・ザリエへ入ることも何度かあった。最後の訪問は殺人事件の前々日で、若者はひとりの友人——彼よりずっと背が高く、頑丈そうで、きっと年齢も上だ——と一緒に運河沿いを歩いていた。ふたりは邸の前で立ちどまり、学生が二階の部屋のひとつを指さしていた。学生は明らかにひどく興奮し、脅かすような身ぶりを交えつつ、友人に何かを説明していた。

スミット夫人は非常に耳が遠く（さらに「いささか頭が変」で）、「自分の雇い主の交友関係について完全に無知」らしいにもかかわらず、この若者の名前を知っている可能性、また、若者がこの邸に何をしに来ていたか証言できる可能性もある。

あらためて家政婦に尋問する必要があるが、残念ながらスミット夫人はこの町を出てしまった。彼女が不在なので、刑事はカフェ・デ・ザリエの主人に質問しようと試みた。たまたまこのカフェの主人を見て、「一般的に、こうした職業の人間は顧客の私生活について、きわめて詳細な情報を有している」ことを思いだしたのだ。主人はしゃべりたがらなかったが、警察官たる者の忍耐心と外交術とを駆使して、事件を解く鍵となる次のような話を聞きだした。

二〇年ほど前、デュポンはある「下層階級の」女と「愛人関係を結び」、しばらくのちに男の子が生まれた。教授は「嘆かわしい事態が惹起せぬよう手を尽くした」

（どういう意味か？）が、最後は身を固めることを強要されながら、結婚はかたくなに拒絶した。だが、「彼に向けられる要求」をやめさせるすべはなく、その後まもなく自分の周囲にいた娘と結婚した。だが、婚外子のほうも成長し、いまや多額の援助金を引きだす意図で訪問するようになり、「それが原因で激烈な議論が巻きおこり、その声が近隣の住民のもとにも聞こえた」。

報告書の結論部分で、刑事はまず、ダニエル・デュポンがいくつもの点で「みずから真実を歪めた」ことを証明しようとする。

「物的証拠を検討するだけで」と刑事は記す。「証人たちの言葉を引くまでもなく、次の事実が明白になる。

第一に、襲撃者はひとりだけでなく、ふたりいる。小さい手（指紋番号3）、小さい足（芝生の足跡）、ひどく小さい歩幅の男は、庭の鉄柵にある電動ブザーの接続用の心棒をねじ曲げた男、したがって、当然のことながら長身で力の強い男ではありえない。また、小さい足の男が砂利の音を立てずに芝生の上を歩かざるをえなかったのは、彼の横で小道の煉瓦張りの縁を歩く別の男が、すでにいたからだ。幅が広くて歩きやすい縁の上を行くことができたのは、この男だけだった。

第二に、ふたりの男のうち、すくなくともひとりはこの邸に親しく出入りしていた。この人物は明らかに周囲の状況とこの家の習慣を知悉《ちしつ》しているからである。

第三に、この人物はおそらくデュポン教授に顔を見られている。教授は書斎の扉を開ききらないうちに襲われたと主張しているが、これは犯人の顔を見なかったと説明するためだ。実際には、教授は書斎に入って、ふたりの男と話をしている。三人の男のあいだでは格闘さえおこなわれたはずだ。書斎の混乱（崩れた本の山、動かされた椅子、等々）と、文鎮から採取された指紋（番号3）がその証拠である。

第四に、犯罪の動機は盗みではない。この邸の内情に通じている者なら、書斎には盗むに値するものがないことを知っていたはずである。

デュポンは犯人を告発したくなかったのだ。犯人は近しい者だったからだ。さらに、友人のジュアール医師に助けてもらい、スキャンダルを避けようと考えて、できるだけ長いあいだ重傷であることを隠していた。そのため、家政婦はデュポンが腕に軽傷を負っただけだと信じてしまった」

そして、ことの次第がすべて再現されている。若者は、法律に、肉親愛に、そして憐憫の情に訴え、最後には恐喝までおこなったが空しく、万策尽きて、暴力の行使を決意した。若者は虚弱で、父親を恐れていたので、この計画を実行するために、自分より力が強く、年齢も上の友人に助力を求めた。父親には自分の代訴人として紹介するつもりだったが、じつは刺客だった。ふたりは任務遂行のときを一〇月二六日月曜、午後七時三〇分と定め……。

ダニエル・デュポンは目を伏せたまま書斎の扉の前に行き、すでに手は把手のほうに延び、摑んで回そうとしたとき、突然、こんな考えに打たれた。「ジャンがなかで待っている！」デュポンは立ちどまり、息をひそめる。ジャンはたぶんひとりでは来ていない。先日、「専門家」を連れてくると脅したではないか？　いまどきの子供は何をしでかすか分かったものじゃない。

慎重に後ろを向き、爪先だちで寝室まで行き、戦争のときからナイトテーブルの引出しにしまっておいた拳銃を探しだす。だが、安全装置を外そうとした瞬間、気おくれしてしまう。ともかく息子に発砲することはできない。これは脅かすためだけだ。

ふたたび廊下に出たとき、手にした拳銃の重みは、先ほど心をかすめた恐怖とは比べものにならないほど大きかった。この重みに比べれば、あの束の間の恐怖は完全に消えてしまう。なぜ息子は今夜来たのだろう？　そもそも、息子など怖くない。拳銃をポケットにしまう。明日からは、日が暮れたら邸の扉を閉めさせておこう。

　把手を回して、書斎の扉を押す。ジャンがなかで待っている。

　ジャンは椅子と机のあいだに立っていた。書類を読んでいる最中だ。すこし離れたところで、ポケットに手を突っこんだ別の男が書棚の前に立っている――ごろつきのたぐいだ。

「こんばんは」とジャンがいう。

　目が傲慢さと怯えを同時に湛《たた》えて光っている。また飲んだのだろう。ジャンは口もとにつくり笑いを浮かべる。

「ここで何をしている？」デュポンは冷たく尋ねる。

「話をしに来たんだ」とジャン。「この人は（と顎で示す）モーリス……僕の代訴人だ（新たなつくり笑い）」

「こんばんは」とモーリスがいう。

「誰に入れてもらった？」

「その必要はないよ」ジャンが答える。「この家のことはよく知っている」

「家族じゃないか！」という意味だ。

「ともかく、出ていってくれ」教授は静かにいった。「簡単な話だ。道は分かっているだろう」

「すぐに帰るわけにはいかない」とジャンがいう。「話をしに来たんだ――ビジネスの話をね」

「その話ならさんざんしただろう。もう帰りなさい」

デュポンは決然とした態度で息子のほうに近づく。息子の目に恐怖が満ちるのが見える……。恐怖と憎悪……。デュポンはくり返す。

「帰りなさい」

ジャンは手に触れたものを掴む。角の尖った重い文鎮だ。ジャンはそれを振りかざす――殴ろうとする。デュポンは後ろに下がりながら、拳銃に手をかける。

だが、モーリスはその動きを見るやデュポンの前に立ちはだかる。デュポンがモーリスに銃を向けるより速かった。

「そいつを捨てて、手をポケットから出せ」

それから三人は沈黙する。デュポンは自分の威厳にかけて、息子の目の前で、この人を見下した命令——この横柄な口調——に従うことはできないと感じる。

「すぐに警察が来る」とデュポンはいった。「お前たちがここで待っていることは分かっていた。書斎に入る前に寝室から電話したんだ」

「サツだって」とモーリスがいう。「嘘いうな」

「じきに来る。心配するな」

「すぐに片をつけてやる！」

「もう来るころだ」

「電話は二日前から切ってあるよ」とジャン。

今度こそ怒りは頂点に達する。一瞬のうちにすべてが終わる。教授はすばやく拳銃を出すが、胸の真ん中に銃弾を受ける。息子の金切声。

「撃つな、モーリス！」

4

だが、長官は納得したように見えない。とはいえ、補佐官の提出した仮説を詮議することなしに却下することもできない。何も明らかになっていないからだ。万が一、補佐官の仮説が正しかったら、どんな顔をすればいい？　それに、ともかくこの事件の謎と矛盾をなんらかの方法で説明しなければならないし……。しかし、補佐官の説が長官を困惑させるのは、あまりに地位の高い人々を巻きこんでいる——彼らに嫌疑をかけているといってもいい——ことであり、彼らを攻撃するのは——無実であれ有罪であれ——危険きわまりない。そこで長官はいった。

「前例がないんだ、ここでは……大統領直属の情報機関においては、こんなに漠然とした容疑をもとに活動をおこなうことは、前例がない……」

ついでに、「特別捜査局」とその「ファビユスの大将」について意地悪な冗談のひとつもいえればよかったが、我慢することを選んだ。いまはまだそのときではあるまい。

補佐官が入りこもうとしている危ない道から、一時的でもいいからひき返させようと考えて、長官は補佐官を現場に派遣するという提案をした。そうすれば、補佐官は現地の警察官と、さらには、デュポンの話を聞いたあと最期を看とった医者と話をすることができる。被害者の邸から新たな手がかりがまったく見つからないかどうかということも、自分の目で確かめることができるだろう。それに加えて……。だが、補佐官は拒否のしるしに首を振る。北海の霧に埋もれたあの陰鬱な田舎町に行って時間を無駄にする必要などまったくない。あそこでは何も見つからないだろう、絶対に何も。それはここ、この首都においてなのだ、劇が演じられたのは……いや、演じられているのは。

「補佐官は私が怖がっていると思っている」と長官は心のなかで認めたが、そんなことはかまわない。長官は、どうでもいいことを口にするようにいった。

「みんなが夢中になることもあるんだ、何がなんでも殺人犯を見つけだそうとして……」

「……はるか遠い場所を探ってしまうわけですね」と補佐官が応じる。「じつは、手を伸ばせばすぐ届くところにいるのに」

「いずれにしても、犯罪が起こったのはあの町でのことだ、それを忘れないように……」

「どの町で起こってもおかしくない犯罪が、たまたまあの町で起こったわけですが、実際には、あるときはここ、あるときはあそこと、毎日、どこかで起こってきたんです。一〇月二六日の夜、デュポン教授の邸で何が起こったのでしょうか？　ある事件の写し、コピー、複製が演じられたにすぎず、その原本と鍵は別の場所にあるのです。そして今夜も、また、いつもの夜と同じく……」

「だからといって、あの町で見つかるかもしれない手がかりを無視するわけにはいかない」

「では、私があの町に行ったとして、何が見つかるでしょうか？　事件の反映、影、亡霊にすぎませんよ。そして今夜も、また……」

今夜もまた新たなコピーがひそかに扉の下から滑りこまされるだろう。それは正規のコピー、正式に署名され、承認されたコピーなのだが、意図的に綴りの間違いが忍びこまされたり、読点の位置がずらされたりしていて、目の見えない者、卑怯者、「聞こえないふりをする者」たちが、なおも待ちつづけ、安心しつづけるために、こういいあうことができるようになっている。「やはり完全に同じ事件だというわけではないいね？」

長官の気持ちを奮いたたせるため、補佐官はさらにこう語る。

「私たちだけがこの事件を扱っているわけではありませんよ。私たちが迅速に行動しなければ、ほかの部局に獲物を横どりされる危険だってあるし……もしかしたらファビユスの大将あたりがまたしても救国の英雄として名を上げるかもしれませんし……私たちが真実を摑んでいながら、それを巧妙に隠していたと知ったら、あの男は私たち全員を逮捕させるでしょう……。あなただってまちがいなく共犯として訴追されますよ」

だが、長官は納得したようには見えなかった。不信と疑惑の表情を浮かべながら、もぐもぐと呟く。

「……真実ね……真実……真実か……」

5

ジャン夫人は郵便局のほうへ用心するような目を向けた。大通りは静まりかえっている。

以前も同じように静まりかえって見えたが、あそこ、五〇メートル先のヨナ通りの角では、何かが起こっていたのだ。それはすでに九月に始まっていた——そうでなければ、今日の午後、警察署長に呼びだされることもなかっただろう。おそらく、知らないうちに、彼らのよからぬ陰謀に巻きこまれていたのだ。いずれにせよ、自分はそれによってなんら利益を得たわけではない。

たしかに夫人はあの男に何度か手紙を渡したことがあったが、なんの懸念も抱かなかった。局留郵便の番号を確認するのが大変で、登録者の顔をよく見ようとはしなかったのだ。あの男は何度も来たにちがいない。デクステル嬢はあの男をよく知っているようだった。あの男は当然のことながら、あれは自分ではない、といったが、ジャン夫人は男の言葉に異議を唱えるつもりなどなかった！　警察だって大人なのだから、自分たちだけで解決すればいいのだ。だが、夫人は、本当にあれがあの男だったという確証をもっている。今朝、あの男がどうしても別の郵便局を教えてもらいたがったのは、ヨナ通りの郵便局へ戻るわけにはいかなかったからだ。そんなことをすれば、すぐに例の局留郵便の男だとばれてしまったにちがいない。

昼食ののち、ふたたびあの男を見たとき、男は疲れきってテーブルに着いたまま眠りこけていた。午前中いっぱいかかって何をしてきたのだろう？　まちがいなく、電報を一本送るだけのことではない。それに、なぜまたしてもあのあたりをうろつく必要があったのだろうか?

あの男は医者だ、とエミリー・ルベルマンはいった——そうかもしれない。身なりはちゃんとしていたし、真面目そうな様子だった。ジャン夫人は、あの中年の独身女がいっていたような大きな眼鏡をかけたヴァラスの顔を思いえがこうとした。じっさい、そうしてみると、なかなか立派な医者の顔に見えた。だからといって、犯人でないとはいえないはずだ。

「このへんには変なお医者さんがいますからね」。たしかにそのとおりだ。だが、みんな事情をよく分かっていない。悪い病気が流行《はや》ったときにも、あの男の姿は見かけたことがある。ともかく、あいつは悪人に決まっている。警察署長まで丸めこむのに成功しているのだ。もうすこしで尋問の主導権まで握るところだった! あの男が自信満々で答えたので、世間知らずのデクステルは可哀そうにもう何もいえなくなってしまった。こうなっては、犯人がつかまる可能性はほとんどないだろう。

ジャン夫人が考えていたのは、犯人自身が捜査を指揮するという奇妙な状況だった。そんな気が遠くなるような考えを最後まで突きつめることはできなかったので、ジャン夫人はきっぱりと目をそらした——そして、ほかのことを考えはじめた。

6

大音声《だいおんじょう》が構内を満たす。見えないスピーカーから降りてきて、ビラや広告のポスターがべたべた貼られた四方の壁にぶつかり、さらに増幅され、跳ねかえり、大きくなって、すこしずつずれたこだまと響きの連鎖で膨れあがり、最初の言葉は失われる——壮大だが、理解不能で、恐るべき、巨大な神託に変わってしまうのだ。

その騒音は、始まったときと同じ唐突さでぴたりとやみ、ふたたび群衆の無秩序なざわめきにとって代わられる。

人々はあらゆる方向にむかって急いでいる。アナウンスの意味が分かった——あるいは分かったと思った——らしい。混乱した動きが前よりひどくなったからだ。小さな動きのひとつひとつは、構内のほんのわずかな場所——時刻表と窓口のあいだとか、発着表示板から売店までとか——に影響をあたえるだけだが、その動きの集合のなかから、あるいは、曲線を描き、ためらい、途切れる、行きあたりばったりな人通りによってあちらこちらで活気づけられる、さらに限定しがたい空間のなかから、またあるいは、アナウンスがなされる前は、もっと決然とした歩行によってときたまかき分けられるだけだった、このうごめく群衆のなかから、いまや明らかな人の流れが生まれていた。ある一角からは、構内全体をはっきりと斜めに横断する人の行列ができていたし、もっと遠くでは、ばらばらだった人々の意思が集まって、ひとまとまりの呼び声と速い足どりとなり、その波が広がりながら伝わり、出口の自動扉にまでぶつかっていた。ひとりの女性が男の子のほっぺたをぶち、ある男性は買ったばかりの切符を出そうとして、たくさんあるポケットを夢中で探っていた。いたるところで、人々が大声を上げ、旅行鞄を引きずり、駆けだしていた。

ジュアール医師は旅行鞄も切符ももっていなかった。列車の時刻表にも無関心だ。スピーカーが告げたことも理解できなかった。彼の歩きかたは、全体的な行動と同じく、先ほどからほとんど変わらなかった。軽食用スタンドと電話ボックスのあいだを壁に沿って五歩あるき、ふり返って反対の方向に二歩進み、腕時計を見て、構内の大時計のほうに目を上げ、最初の電話ボックスまで歩いてゆき、ふり返り、立ちどまり、数秒休み……しばらくして、小股歩きでスタンドのほうに戻っていく。誰か人を待っているが、来ないのだ。

またしても放送に先だつ雑音が聞こえ、いきなり駅の構内全体に神聖な声が轟《とどろ》きわたる。明快で力強い声だが、注意して聞けば、それが何をいっているか分からないことに気づくだろう。

この最新のアナウンスは前のよりも短かった。放送が終わっても、群衆のあいだには、それと分かる変化がまったく起こらなかった。ジュアール医師はじっと立ちどまっていたが、ふたたび電話ボックスの並びにむかって歩きはじめた。

しかし、アナウンスの目的を達したようには見えないその放送が、ジュアールに漠然とした不安感を残した。この放送が旅客に向けられたものでないとするなら、自分に関係のあるものだったかもしれない。「ジュアール先生にお電話がかかっています」とか。しかし、自分の名前があんなにばかでかい声で呼ばれるとは思えないし、よく考えてみれば、駅の公共放送が列車の出発の合間に個人的な用件を伝えるということはまずありえない。

小柄なジュアール医師はふたたび電話ボックスの並びまでやって来て、個々のボックスにはたがいを区別できる番号が付いていないこと、したがって構内放送の声はどの電話ボックスで自分が電話を受けるべきか指定できないことを確認した。こうなっては、ひとつずつ受話器を外して聞いてみなければならないだろう……。それはまったく不可能なことではないし、もし駅員が、なぜそんなことをしているのかと尋ねてきたら、どの電話を取ればいいのか放送が教えてくれなかったから、と説明すればいいわけだ。ともかく、これほど自然なことはない。ただ、他人にかかった通話を妨害する危険もあり、その結果、いま関わっているごたごただけではまだ十分でないといわんばかりに、新たな困難に巻きこまれる可能性もある。ジュアールは、同じような間違いのせいで、裏の世界と出会うことになった不運な日のことを思いだした。彼は間違い電話をかけただけだったのだが、すぐに出来事が次から次へと連続し、そこから逃れられなくなってしまった。そして、いつのまにかあることを承諾する羽目に陥っていた……。ともかく、裏の世界はほとんど選択の余地をあたえてくれなかった。

デュポンはなぜ自分のところに身を隠しにやって来たのか、この町に外科医が自分ひとりしかいないわけでもあるまいに。よりによって「ギャングの医者」である自分のところへ来るとは！　そんな呼び名は実際にはまったく不適切なものだが、あの予想外の出会い以来、ジュアール自身が抱きつづけた気分は「ギャングの医者」になったようなものだった。彼は巻きこまれたと感じている。それに、自分の知りえたことを利用して彼らに対抗するなどというのは絶対に無理だから、自分の立場の弱みだけが身に染みて感じられる。自分は彼らの手中にあり、意のままに操られているのだ。ほんのわずかな過ちを犯しても、彼らは不要になったこの新参者を始末するだろう。たとえば、彼らが、自分たちの最新の犠牲者がきのうの夜からジュアールの医院に隠れていることを知ったら……。

なぜあのヴァラスという男はやって来ないのか？　ジュアールはじりじりしていた。会見を申しこんだのはこちらではないのだ。自分はただ特別捜査官の調査の手が医院に及ばないように場所を指定しただけなのだ。あの偽りの死人のまわりをうろつくやつが多すぎる。

小柄な医師はときどき、まだ破局が訪れていないことに驚きを覚える。デュポンが死んだことにされてから、もう二〇時間も経っているのに。ジュアール自身が隠れ場所を提供したのだが……。もちろんジュアールだってデュポン教授の信頼を裏切り、敵側にひき渡すことはできなかった。それに、どこに行けばその敵に会えたというのか？　ジュアールはいざとなったらそう言い訳するだろう。また、弾を撃ったのが誰か分からなかったとも主張するだろう。いや、どんなことだって……。だが、そんなことをして何の役に立つ？　裏の世界には、下っ端の運命をじっくりと時間をかけて決めるような習慣はないのだ。ジュアールは最初から、はっきりと認めたわけではなかったが、デュポン教授に救援の手を差しだせば、自分自身の身が危うくなると分かっていた——おまけに、その援助の実態たるや滑稽きわまるもので、裏の世界はそう易々《やすやす》とだまされたままでいるわけがない。

しかしながら、今日はまだ何も破局の兆しは表れていなかった。時間は滞りなく流れている。デュポンは落ち着きはらって、内務大臣ロワ゠ドーゼが回すと約束した車を待っている。デュポンの出発予定の時刻が近づくにつれて、小柄な医師はいつのまにか安心感を回復していく。

しかし、いまはまだ、あのヴァラスが誰から頼まれたわけでもないのに土壇場になって現れ、すべてをぶち壊しにするのではないかという気がかりが残る。特別捜査官は、いまから三〇分前にはあれほど熱心にジュアールに会いたがっていたのに、この遅刻はあのときの態度からは予期せぬもので、それがジュアールの不安をかき立てる。この遅刻を理由に、ジュアールはヴァラスに会わずに帰ってしまうこともできる。

職業上の義務があって夕刻までここにいることはできないのだから、なおさらその選択は当然のことになる。だが、彼はたち去りかねている。ヴァラスはまもなくやって来るかもしれず、約束の場所に誰もいなかったら、またコリントス通りの医院に戻るだろう――それだけは何としても避けねばならない。

小柄な医師は、軽食用スタンドと電話ボックスのあいだで、一方向に五歩、反対方向に五歩、往復運動を続ける。どうしたらいいか分からない……。ひと休みする。腕時計を見つめる――二〇秒足らず前に構内の大時計で時刻を見たばかりなのに。ジュアールは何度も期限を定め、それを過ぎたら、もう待たないと決めたが、期限はひとつ、またひとつと過ぎていく――そして、彼はその場を動かない。

大時計の左側に注意書きが掲げられ、五〇センチもの大きさの赤い大文字でこう記されている。「出口を塞がないでください」。

それと対称をなすように、黄色い地に青い文字でこんな広告文が書かれている。

「『ル・タン』紙なしで、旅に出ないでください」。

ジュアールは突然、自分が愚弄されているのではないかと思いあたる。その明白な答えがあまりに激しく彼に襲いかかってきたので、足を踏みはずして急に体がぐらりとよろけるような、ほとんど身体的な衝撃を感じた。

ヴァラスと名のる男は初めからこのばかげた約束の時間など守る気がなかったのだ。あの男の目的は病院だ！ いまこの瞬間にも病院にいて、そこらじゅうを探すことに夢中になっている。家宅捜索の令状を見せたので、誰も文句はいえない。ジュアールはこの変てこな場所——駅の構内——を指定したことで、かえって特別捜査官の不審感をかき立て、好奇心を最大限に膨らませてしまったのだ。

いまならまだデュポンが発見されるのを防ぐのに間に合うだろう。一刻もぐずぐずしてはいられない。駅の構内を横断しながら、事態を収拾する方法を考えていると、新たな不安に捕えられた。あのヴァラスは偽警官で、あいつがデュポン教授を探しているのは、始末するためだ……。

小柄な医師は立ちどまって考える。

新聞売り場の前だったので、店頭を眺めるふりをする。『ル・タン』紙なしで、旅に出ないでください。夕刊を買おうとするかのように、店内に入る。

カウンターに身を屈めていた客が顔を上げ、ひどく狭い店のなかで場所を空けるためにすこし体を引いた。それから、驚きの声を上げた。

「おや、先生、あなたを探していたんですよ」


というわけで、ジュアール医師は、デュポン教授が書斎で強盗を発見し、拳銃で撃たれ、「軽傷」を負い、ジュアール医院の手術台の上で亡くなったことを、三たび話すことになった。あれ以来、ジュアールはこの証言を暗記している。それをくり返して語りながら、今朝、警察署長室で話したときより自然にそうしていることを意識していた。そして、補足的な質問をされたとき、その場で話を創作しなければならない場合でも、とまどうことなく必要な細部を物語れた。この作り話はしだいに彼の心のなかで十分な真実味を獲得していったので、自動的に巧みな返答が口をついて出てくるのだった。虚構の物語がひとりでに固有の正確さと曖昧さとを滲みださせていく——こうした状況のもとで現実がそうであるように。ときにはジュアール自身がその虚構を信じてしまいそうになった。

そのうえ、質問者は自分の仕事を簡潔に済まそうとした。答えを引きだすきっかけの言葉も的確だった。すでにこの事件の陳述のパターンに慣れていて、それに異議を唱えようとはしなかった。

「大体でいいのですが、どのくらい離れたところから拳銃が発射されたか分かりますか？」

「およそ、五、六メートルでしょう。正確な数字を出すのは難しいのですが」

「弾は正面から当たったのですね？」

「ええ、真正面から、第四肋骨と第五肋骨のあいだに当たっています。逃げる犯人が発射したにしては、弾はうまく命中しています」

「ほかに傷はなかったんですね？」

「ええ、その傷だけです」

対話はすらすらと流れた——あまりにすらすらと流れたので、ひどく巧みに偽装された罠ではないかと、ほとんど不安になるほどだった。ジュアールは、本当にヴァラスが自分でいう以上のことを知らないのだろうかと疑った。

むしろ、特別捜査官がすべての真実を摑んでいるのは自明なことではないか？　単なる強盗事件だったら、彼がわざわざ首都から派遣されることもなかっただろう。だとしたら、ヴァラスはジュアール医師から何を期待しているのか？　医師は用心深く、遠まわしな質問の形をとって、この芝居を続ける必要があるかどうか探りを入れた。だが、ヴァラスは最初の暗黙の合意から外れようとはしなかった。その合意を信じきっているのか、ヴァラスの意図に関してジュアールが発した了解の合図を理解できなかったのか、それとも、ほかの理由によるのかは分からなかった。

小柄な医師はとりわけ警察から期待できる保護措置について知りたかった。この会話につきまとう誤解にもかかわらず、ジュアールはヴァラスに共感を抱いていた。しかし、あれほど強力な組織を相手にするとき、ヴァラスの助力がまちがいなく有効であるようには感じられない。この男は制服さえ着ていないではないか。普通の警察署の警官ならば、一見したところ、もっと威厳があるように感じられるが、ジュアールは彼らとごく親しく接しているので、彼らの仕事に関してどの程度で満足すべきか、どれほどの助力が期待できるか、よく分かっていた。

とはいえ、ヴァラスが比較的信用できるように見えるからといって、警戒を解くことはできない。この自称「特別捜査官」だって、もしかしたら裏の世界に買収されているかもしれないからだ。

逆に、ヴァラスの誠実さが本物で、彼が本当に何が起こったか知らないということもありえないわけではない。

ジュアールは病院に戻る。ヴァラスからは情報も約束も引きだせなかった。万一の場合、なんらかの公権力から保護があたえられるかもしれないという希望は、ますますしぼんでいった。彼らはジュアールをためらいなく共犯者として処罰するだろう。どちらの側を向いていても、自分は有罪なのだ。ジュアールにぼんやりと見えるのは、致命的な出口ばかりだ。

こうした様々な脅威に比べれば、特別捜査官のほうは、最初は思いがけぬ恐怖を感じさせたものの、よく考えてみれば、救いの神とはいわぬまでも、ほとんど危険はないように思われる。ジュアールはヴァラスを信用しなかった自分を非難したいような気持ちにさえなっていた。真実を話すべきではなかったか——その真実について、ヴァラスは結局のところ、肝心なことは何も知らないように見えた。

だが、そのとき、小柄な医師は自分がヴァラスと別れるとき洩らした最後の言葉を思いだした。「みんなが夢中になることもあるんです、何がなんでも殺人犯を見つけだそうとして……」。この言葉を口にしたことを、ジュアールはすぐに後悔した。というのも、それは目下の状況にあまりにぴったりと——はじめに考えていた以上にぴったりと——当てはまっていたからだ。しかし、いまはあの言葉をいって良かったと思う。そのおかげで、ヴァラスは謎を解く鍵を手にしたのだから。ヴァラスがそのことをじっくりと考え、うまく応用することができるならば、間違った道に進むことはないだろう。しかし、ジュアールには、ヴァラスが自分の言葉に特別な注意を払ったようには見えなかった。


コリントス通りの医院で、ジュアールは白い小さな寝室にいるダニエル・デュポンに会いに行く。自分の医院での習慣で、医師はノックせずに部屋に入る。扉に背を向けていた教授は、その音を聞いてびくりと体を震わせた。

「脅かさないでください」

「すみませんね」とジュアール。「自分の部屋に入るような気になっていたんです。ぼんやりしていて」

デュポンはベッドと窓のあいだに立って、そわそわしながら待っていたらしい。不満げな顔つきをしている。

「腕のほうは大丈夫ですか?」とジュアールが尋ねる。

「ええ、もちろん。とても順調です」

「すこし熱がありますか?」

「ぜんぜんありません。すごく元気ですよ」

「あまり動きまわらないほうがいいですね」

デュポンは答えなかった。別のことを考えていたのだ。窓のところへ行き、カーテンを一枚――ほんの数センチだけ――開けて、自分自身は姿を見られずに外の通りが見えるようにした。

「マルシャが戻ってこない」とデュポン。

「まもなく来ますよ」と医師が答える。

「ええ……でも急がないと」

「まだ時間の余裕はありますが」

「ええ……でも、そんなにはない」

デュポンはカーテンの端を放した。軽い生地が垂れさがり、元の刺繡の模様を描きだした。完全に静止する前に、カーテン全体がほんのわずかに震え――すぐに収まり――揺れともいえないほどの動きだった。

デュポン教授は、次に何をするか決まらない――したがって、動作を急ぐ理由の何もない――人間がよくする、緩慢な動きで腕を下ろす。待っている人がまだ来ない。その苛だちを隠す――そしてある程度抑える――ために、わざと過度にゆっくりした動作をおこなっているのだ。デュポンは腕を下ろした。

手は自然に垂れたままではおらず、脚に沿って上り、ジャケットの裾あたりでためらい、裾をすこしもち上げ、ふたたび降り、また上って、前に進み、最後にはポケットのなかにもぐりこんだ。

デュポンは医師のほうに向きなおった。

7

彼は暖炉の鏡に映った自分の顔と、その下の、大理石の上に二列に並べられた物体を見る。小さな彫像とその鏡像、銅の蠟燭立てとその鏡像、煙草《たばこ》入れ、灰皿、もうひとつの小さな彫像——美しい格闘技の闘士が蜥蜴《とかげ》を踏みつぶそうとしている彫像だ。蜥蜴を踏む闘士、灰皿、煙草入れ、蠟燭立て……。彼はポケットから手を出し、最初の彫像、子供に手を引かれる老いた盲人のほうに手を伸ばす。鏡のなかで、手の映像が彫像と出会うべく進む。ふたつの手は、一瞬、銅の蠟燭立ての上で宙にとどまる——どうするか決まらないまま。それから、手と手の映像は、大理石の縁と大理石の縁の映像の上で、鏡の表面から同じ距離を置いて、おとなしく、たがいに向かいあう。

子供に引かれる盲人、銅の蠟燭立て、煙草入れ、灰皿、蜥蜴を踏みつぶす闘士。手はふたたび青銅の盲人に向かう——手の映像も盲人の映像に向かう……。ふたつの手、ふたりの盲人、ふたりの子供、ふたつの蠟燭立て、ふたつの煙草入れの焼物、ふたつの灰皿、ふたりの美男、二匹の蜥蜴……。

彼はまだしばらく慎重な体勢にとどまっている。それから、決然として左の彫像を摑みあげ、そこに煙草入れの焼物を置く。煙草入れの場所に蠟燭立てを置き、蠟燭立ての場所に盲人を置く。

煙草入れの焼物、子供に引かれる盲人、蠟燭立て、灰皿、美男の闘士。

彼は自分の作品を見つめる。まだ何かが彼のまなざしに引っかかる。煙草入れ、盲人、蠟燭立て……。彼は最後のふたつの物体をいれ換える。煙草入れとその鏡像、盲人とその鏡像、蠟燭立て、蜥蜴を踏む闘士、灰皿。最後に、小さな赤い灰皿を押しやって、大理石の角のほうへ数センチ動かした。

ガリナティは部屋を出て、扉に鍵をかけ、長い螺旋《らせん》階段を降りはじめた。

運河沿いの道。花崗岩《かこうがん》の石材が河岸《かし》を縁どっている。埃の下のそこかしこに、黒と白と薄いバラ色の結晶が光っている。右側のすこし下には水が見える。

ゴムで覆われた電線が壁に垂直の線を描いている。

電線は下に向かって、一階の軒蛇腹を越えるために、一回、二回と、九〇度の角度で曲がる。だが、次は同じ角度に沿って進まず、壁から離れて、五〇センチほど空中を揺れる。

その下でふたたび垂直の壁に張りつき、さらに二、三回、正弦曲線を描き——最後にはふたたび直線の下降をおこなう。

ガラスのはまった小さな扉は重い軋み音をあげた。慌てて逃げだすときに、ガリナティが必要以上に大きく開けたからだ。

灰色の溶岩の立方体。電気が通らなくなった防犯ブザー。キャベツのスープの匂いが漂う通り。はるか彼方で、錆びたトタン屋根のなかに消えていく泥だらけの道。

仕事場から帰る自転車。環状通りに沿って自転車の波が流れていく。

「新聞は読まないのか？」とボナが書類鞄のほうに身を屈める……。

ガリナティは耳を塞ぎ、その苛だたしい音を追いはらおうとした。今回は両手を使って、頭の両側からぎゅっと押さえて、しばらく密閉したままにした。

耳から手を離すと、しゅうしゅういう音は消えていた。あまりに急な動きのせいでその音がふたたび生じることを恐れるかのように、ガリナティは用心しながら歩きはじめた。数歩あるくと、ふたたび、先ほど出てきた建物の前にいた。

数歩あるいて、明るい店のほうに顔を上げると、アルパントゥール通りの角にある煉瓦の邸が目に入った。あの邸そのものではなく、ショーウィンドーのなかにうまく飾られた巨大な邸の写真だ。

彼はなかに入る。

店内には誰もいない。奥の扉から褐色の髪の若い女性が現れ、彼に愛想のいい微笑みを投げかける。彼は壁を埋める陳列棚に目を向ける。

キャンディがいっぱいのショーウィンドー。キャンディはすべて鮮やかな色の紙で包まれ、円形や楕円形の大きな箱に収められている。

ティースプーンがいっぱいのショーウィンドー。スプーンは一ダースひと揃いで——並べかたは、平行だったり、扇状だったり、四角形だったり、放射状だったり……。

ボナはアルパントゥール通りに行き、小さな邸の呼び鈴を鳴らすかもしれない。耳の悪い家政婦の老女がようやくベルの音を聞きつけ、扉を開けに行く。

「ダニエル・デュポンさんにお会いしたいのですが」

「何とおっしゃいました？」

ボナは前より大きな声でくり返す。

「ダニエル・デュポンさんです！」

「ああ、ここですよ。何かご用ですか？」

「デュポンさんの消息を尋ねに参ったのです……消息を尋ねに！」

「ああ、そうですか。それはどうもご丁寧に。デュポンさんはとても元気ですわ」

なぜボナはデュポンの消息を尋ねに行くのだろう？　デュポン教授が死んだことを知っているのに。

ガリナティは、橋床の下で重なりあう金属の梁やケーブルが徐々に視界から消えていくのを眺めている。運河の対岸では、巨大な跳ね橋の機械装置が規則的な唸り音を立てている。
固い物体——ひどく小さいものでよい——を機械の中心部の歯車のなかに放りこむだけで十分だ。跳ね橋のすべての機能が、機械の故障の軋み音を上げて止まってしまうだろう。砕けずにもちこたえる非常に硬い小さな物体、たとえば灰色の溶岩の立方体……。

そんなことをして何になる？　すぐに修理班がやって来るだろう。明日にはすべてがいつものように動いている——何事も起こらなかったかのように。


「ダニエル・デュポンさんにお会いしたいのですが」

「何とおっしゃいました？」

ボナは声を大きくする。

「ダニエル・デュポンさんです！」

「もちろん、ここですよ！　そんなに大声を出さなくてもいいでしょう。わたしは耳は聞こえますよ！　デュポンさんにまだ何か用があるんですか」

「デュポンさんの消息を尋ねに参ったのです」

「消息を尋ねにですって？　でも、あの方は亡くなったんですよ！　亡くなったの、お分かり！　ここにはもう誰もいません、来るのが遅すぎましたよ」

ガラスのはまった小さな扉は重い軋み音をあげる。

あのヴァラスに何かいうことがあるか？　いったい何といえばいいのだろう？　彼はコートのポケットから絵葉書を取りだし、立ちどまって、しげしげと眺める。前景を占める石材の縁どりのなかの、花崗岩の結晶の数がほとんど数えられそうだ。丸めた紙屑――青みがかって、汚れている。彼はその紙屑を二、三度、足で蹴《け》とばした。

黒いガラス板が四本の金色のボルトでとめられている。右上のボルトは頭部を覆っていたバラの形の装飾がなくなっている。

白い石段。

煉瓦、ありきたりの煉瓦、壁を作る無数の煉瓦のなかのひとつの煉瓦。

夕方の五時ごろ、ガリナティに残されたのは、それだけだった。

いまや曳船は次の橋に近づき、橋をくぐるために、煙突を下げはじめる。

目の真下、相変わらずずっと下の水面すれすれに、真っ直ぐにぴんと引っぱられて、親指よりわずかに太いくらいの一本の引綱が延びている。青緑色のさざ波のほんのわずか上という高さだ。

すると突然、水泡の波が広がり、つづいて橋のアーチの下から平底船の丸い船首が現れる――そして、次の橋にむかって、ゆっくりと遠ざかっていく。

緑がかった長いコートの小柄な男は、欄干から身を乗りだしていたが、体を起こした。

第5章

1

そしてすでに夜のとばりが降りている――北海の冷たい霧が忍びより、そのなかで町は眠りに就こうとしている。日の光はほとんど消えていた。

ひとつ、またひとつと明かりの灯《とも》るショーウィンドーに沿って歩きながら、ヴァラスはローラン署長が読ませてくれた報告書のなかから利用できそうな要素を抽出しようと試みていた。犯罪の動機が物盗《と》りであるかどうか、それを確かめるためにヴァラスは――言葉の正確な意味で――「給料を貰っている」のだ。だが、なぜ犯人がふたりいると考えなければならないのか？ 拳銃を発射した殺人犯と、庭と邸を通りぬける容易な経路を教えた者が別人であると仮定したところで、事件の解明が進むわけではない。それに、芝生の上の足跡に関する推理はあまり説得力がない。ひとりがすでに小道の煉瓦張りの縁を歩いていたとしても、もうひとりはその後ろを行けば済むのだし、というより、経路をよく知っているほうが先に行けばいいだけの話なのだ。夜の侵入者ふたりの移動は、そうした位置関係を想定しておくのがいちばん自然だろう。

いずれにしても、わざわざ芝生の上を歩く必要はまったくない。芝生に足跡が残っているのなら、それにはかならず別の理由があるはずだ――あるいは、何の理由もないかもしれない。

ヴァラスは朝からの疲れがたまり、脚が痺《しび》れはじめていた。こんなに長い歩行には慣れていないのだ。町の端から端まで何度か行き来を重ねて、全部でかなりなキロ数になったにちがいないし、その大半を徒歩でこなした。警察署を出たあと、コリントス通りに向かうために、シャルト通りと県庁とベルジェール通りを経由した。ベルジェール通りでは三叉路《さんさろ》にぶつかった。いま歩いてきた道と、直角の曲がり角を作りつつヴァラスの前に延びているふたつの選択可能な道とが交差している。この場所にはすでに二度来た記憶があった。最初は正しい道を行き、二度目は間違った道を選んでしまった。だが、最初のときにどちらの道を選んだかはもう思いだせない――それに、このふたつの道はそっくりだった。

左の道を選択したのだが、道路のつながりのせいで何度か道を曲がらざるをえず、結局――思ったよりずっと短い時間で――ちょうど警察署に向かいあう裁判所前の広場に戻ってしまった。

そのとき、ローランが警察署から出てくるところだった。ローランは、一五分も前に警察を出たヴァラスがまだそこにいるのを見て驚いた様子だった。しかし、いかなる説明も求めず、車でジュアール医院まで送ろうと申しでた。ローラン自身もそちらの方向に向かおうとしていたからだ。

二分後、ヴァラスはコリントス通り11番地の呼び鈴を鳴らしていた。扉を開けたのは同じ看護婦――今朝、医師がいないにもかかわらず失礼なやり方でヴァラスを引きとめようとした看護婦――だった。その笑いで彼女がヴァラスを憶えていることが分かった。「どいつもこいつも!」。ヴァラスはジュアール先生ご本人にお会いしたいと告げ、この要件が緊急性の高いことを強調し、名刺を出した。そこにはこう書かれていた。「内務省捜査局」。

薄暗い客間と書庫を兼ねるような部屋で待たされた。誰からも腰かけるように勧められなかったので、立派な装丁の本がいっぱい詰まった書棚の前を行ったり来たりして、通りすがりに何冊かの本の題名をぼんやりと読んでいた。書棚の一段全部がペストに関する本――歴史書も医学書もある――で埋まっていた。

まずひとりの女性、ついでもうふたり女性が部屋を横切り、次に来た痩せて小柄な眼鏡をかけた男性はひどく急いでいるように見えた。ようやく戻ってきた看護婦が――まるでヴァラスのことなど忘れたように――誰を待っているのかと尋ねた。ヴァラスはジュアール医師を待っているのだと答えた。

「でも先生はたったいまお出かけになりましたよ、お会いになりませんでした？」

ばかにされていると思わないことは難しかった。ジュアール医師に会ったことがないのに、どうしてさっき来た男が件《くだん》の医師だと分かるというのか？　それに、なぜ、頼んだとおり、自分の来訪を告げなかったのか？

「ほんとうに申し訳ありませんでした。先生はお出かけになる前にあなたとお話しなさったとばかり思っていたものですから。あなたがいらっしゃることは申しあげたんですのよ。先生はたいへん重篤な患者のことで呼ばれたところなので、ここを出なければならなかったんです――一刻も早く。今日の午後の終わりは先生の予定がひどく詰まっておりますので、四時半きっかりに駅構内の電話ボックスと軽食スタンドのあいだで待っていてくださらないかとおっしゃっていました。今日、先生にお会いになるにはその方法しかありません。この医院へは夜遅くならないと戻っていらっしゃらないので。先生がこの部屋に入られたとき、先生ご自身があなたと会う約束をなさるものだと思っていましたわ」

通りすがりに、あの小柄な医者はヴァラスの顔をこっそりと、しかし、しっかりと見届けていた。「このへんには変なお医者さんがいますからね」。

それまで時間があったので、ヴァラスは貿易商マルシャの住居に赴いた。しかし、いくら呼び鈴を鳴らしても返事はない。だが、それでもかまわない。自分が殺されると思いこんだこの貿易商との会話の要点を、ローラン署長がくり返し教えてくれたからだ。とはいえ、この人物の精神状態について、ヴァラスは自分で判断を下したかった。ローラン署長はマルシャを完全な狂人だと見なしており、署長室でのマルシャの振舞いを考慮すれば、少なくともいくぶんかはローランの意見が正しいといえよう。しかし、マルシャの不安は無根拠だという判断に関して、いくつかの点でヴァラスはローラン署長ほど確信をもてなかった。じっさい、新たな犠牲者の殺害は今夜にも起こりそうなことだった。

ヴァラスは階段を降りると、建物の管理人に、ここに住むマルシャがいつ帰宅するか知っているかと尋ねた。マルシャさんはご家族全員を連れて、数日間の予定で、車でお出かけになった。近い親族が亡くなったという知らせでも受けたのではないか。「可哀そうにひどくショックを受けたご様子でしたから」。

貿易商マルシャが住んでいるのは町の南で、木材輸出商が集まる地区に近かった。その住居から、ヴァラスは駅に向かって出発し、ふたたびベルリン通りと裁判所前の広場を通った。それから、果てしなく続く運河に沿って進んだが、運河の対岸には古い家屋が連なり、その狭い切妻壁は何世紀にもわたって運河の水に浸食され、ひどく危うげな姿で運河のほうに傾いていた。


ヴァラスが駅の構内に入ると、すぐにニッケルめっきを施された小さな売店が目に入り、そこでは白い前掛けをした男がサンドイッチや瓶に入った発泡性のミネラルウォーターを売っていた。その右手、五メートルのところに電話ボックスが――一台だけ――あった。ヴァラスは駅の大時計の文字盤に頻繁に目をやりながら、同じ場所を行ったり来たりしはじめた。ジュアール医師は遅れていた。

駅の構内はあらゆる方向に急ぐ人々でいっぱいだった。ヴァラスは看護婦の指定した場所をすこしも離れなかった。というのも、人混みが激しかったので、医師が到着したときに見失うことを恐れたからだ。

ヴァラスは心配になりだした。約束の時刻はとうに過ぎており、病院を訪れたときの不快な印象が刻一刻と明瞭に甦ってきた。看護婦は伝言をヴァラスかジュアールのどちらかに伝えまちがえたのだ――いや、もしかしたらヴァラスにもジュアールにも。

コリントス通りの医院に電話して説明を求めねばならない。横にあるガラス張りの電話ボックスには電話帳がなかったので、ヴァラスはレモンソーダを売る男に、どこへ行けば電話帳を見られるか尋ねた。男は瓶を客に渡し、釣銭を数えながら、構内の一点を指さしたが、ヴァラスはいくら目を凝らしても新聞売りの男しか見えなかった。売店の男はヴァラスが何を探しているのか分からなかったにちがいない。それでも、ヴァラスはひどく狭い新聞売り場に入ってみたが、案の定、電話帳など影も形もなかった。挿絵入り雑誌とけばけばしい色の表紙の冒険小説のあいだに、文具がいくつか並べられていた。ヴァラスは消しゴムを見せてくれと頼んだ。

そのとき、ジュアール医師が扉を開けた。医師は駅構内の反対側、すなわち、本来の軽食スタンドと一連の電話ボックスがある場所で待っていたのだ。

医師はヴァラスに何も新しい情報を教えることはできなかった。ヴァラスは用心して陰謀のことを話そうとしなかったし、ジュアールもその日の朝、警察署ですでに証言したことをくり返しただけだった。

しごく当然のことだが、ヴァラスは駅前広場から昨夜と同じ路面電車――アルパントゥール通り方面に行く電車――に乗った。そして、同じ停留所で降りて、いまは環状通りを歩いて、あの煉瓦の小さな邸とカフェ・デ・ザリエのみじめな部屋のほうに向かっている。夜はまたもやすっかり更けている。ヴァラスの捜査は、きのうこの同じ道をたどって到着したときから一歩も進んでいなかった。

ヴァラスは通りの角に立つ大きな石造りの建物に入っていく。管理人に再確認の尋問をするため、バラ色カードを見せることになるし、たぶんそのとき、今朝、自分の母親とバクス夫人が友だちだといって小さな嘘をついたことを白状せざるをえないだろう。

太った陽気な男が出迎える顔を見て、ヴァラスは相手が自分を憶えていることが分かった。訪問の目的を明かすと、管理人は微笑み、あっさりとこういった。

「今朝いらしたときから警察の方だって分かってましたよ」

それから男は、すでに刑事がひとりやって来て質問をしたが、何も知らないと答えたのだと語った。そこでヴァラスは、怪しいそぶりを見せたと管理人が証言した若者について言及した。管理人は両手を宙にもち上げた。

「『怪しい』だなんて！」

きっとその刑事は若者の話が大事な手がかりだと思ったのだろうが、自分としてはそんなつもりはぜんぜん……。ローラン署長は自分の部下の時ならぬ「熱意」を危ぶんでいたが、ヴァラスの予想どおり、その危惧が正しかったことが確認された。つまり、管理人は、デュポンと若者が対面したとき、いい争っていたと証言したのではなく、ときどき「声を大きくした」といっただけだった。また、その学生がしばしば酔っぱらった様子だったと語った憶えはない。そう、若者が通りすがりに仲間にむかって邸を指さしたのは見たが、その身ぶりが脅かすようだったとはいわなかった。単に「大げさな身ぶり」をしたにすぎない——あの年頃の血気さかんな、あるいは神経質な若者だったらみんなそうするように。最後に管理人は、教授は過去においても――めったにないことではあったが――学部の学生たちの訪問を受けたことがあった、とつけ加えた。

カフェの店内は暖かく、心地よかった。その空気は――煙草のけむりや、人の吐息や、白ワインの匂いで――むっとしていたけれども。多くの人――同時に笑ったり、大声で話したりする五、六人の客――がいる。ヴァラスはここへ戻ってきて、隠れ家に帰ってきたような気がする。誰かと会う必要があるならここにしたい。むだ話の騒音に気を紛らせて、何時間だって待てるだろう――ちょっと離れたこのテーブルで、グロッグでも飲みながら……。

「やあ」と酔っぱらいが話しかける。

「こんにちは」

「あんたを待ってたんだ」と酔っぱらい。

ヴァラスは横を向く。この店でも、離れたテーブルで静かにしていることはできないのだ。

ヴァラスは二階の部屋に上がりたくない。なんだか陰気だったし、ひどく寒いにちがいない。カウンターに近づくと、三人の男が肘をついていた。
「それじゃあ」と酔っぱらいが大声を上げる。「あんたはここに座る気はないんだな？」

三人の男が同時にヴァラスのほうをふり向き、顔をじろじろと見る。ひとりは油で汚れた整備工のつなぎを着ており、残りのふたりは分厚いウールの、襟の大きな、濃紺の漁業用の上っ張りを着ている。ヴァラスは自分の小市民ふうの服装から警官という職業が透けて見えるのではないかと考える。ファビユスだったら、まず船員らしい服に着替えるだろう。

……ファビユスが入ってくる。青い水兵服を着て、腰をゆすりながら歩く――船の縦揺れが続いているという趣向だ。
「今日の漁はしけてたな」と彼は仲間にいう。「海じゅうのニシンが缶詰にされちまったみたいだぜ……」

三人の男は彼を驚きと不審の目でじっと見る。ストーブの前に立っているほかのふたりの客は会話を中断し――夢中になって話していたのに――、やはり彼を見つめる。カフェの主人がカウンターを布巾で拭う。

「おい、あんた、来なよ」と酔っぱらいが沈黙を破ってくり返す。「なぞなぞをやろう」

ふたりの船員、整備工、ストーブのそばのもうふたりの客、その全員が今までどおりの状態に戻る。

「グロッグを一杯くれないか」ヴァラスは主人に注文する。

そして、酔っぱらいの姿が目に入らないように、前のテーブルに着く。

「相変わらず愛想がいいねえ」と酔っぱらいが応じる。

「おれはね」とひとりの男がいった。「運河にたいして斜めの線を描きながら、それでも直線に進むことができるんだ。ほんとに!」

カフェの主人は、カウンターに肘をつく三人の客に新たに一杯ずつ注ぐ。別のふたりが口論を再開した。「斜め」という言葉の意味をめぐって意見が対立している。それぞれが相手より大声を出すことで自分の意見の正しさを証明しようとする。

「おれにしゃべらせてくれないか?」

「でも、さっきからしゃべってるじゃないか!」

「分かってないな。おれは、斜めの方向に——運河にたいして斜めに——進みながら、真っ直ぐに行くことができるっていってるんだ」

相手の男はじっと考え、穏やかに指摘した。

「運河に落っこちるよ」

「それじゃ答えになってないだろうが？」

「いいか、アントワーヌ、お前はいいたいことをいえばいい。だが、私の考えは変わらない。お前が斜めに進むなら、それは真っ直ぐじゃないんだ！　運河にたいしてだろうが、何にたいしてだろうがな」

灰色の仕事着を着て、薬剤師の縁なし帽をかぶった男は、たったいま自分が反論できないようにやりこめた議論のなりゆきに満足している。相手は不愉快そうに肩をすくめて、こういった。

「これほどばかなやつには会ったことがないな」

アントワーヌは船員たちのほうを向く。だが、船員たちは方言で陽気な合いの手を入れたり、大笑いしたりしながら、自分たちの話を続けている。アントワーヌは、ヴァラスがグロッグを飲んでいるテーブルに近づき、同意を求めた。

「聞いたか？　あの男は一見、学がありそうなふりをしてるが、一本の線が斜めにもなるし、同時に真っ直ぐにもなることを認めないんだ」

「ほう」

「あんたは認めるだろ？」

「いや、いや」とヴァラスは慌てて答える。

「何、認めない？　斜めの線は、同時に……」

「いや、そのとおりだよ、もちろん。私がいったのは、認めない人がいることを認めないということだ」

「ああ、そうか……そうだな」

アントワーヌはこの立場の表明に完全に満足した様子ではなかった。これでは曖昧すぎると思ったのだ。だが、議論の相手に呼びかける。

「ほら分かったか、どうだ、薬屋！」

「何も分からないな」と薬屋は静かに答える。

「この人はおれと同じ意見なんだぞ」

「そんなことはいっていない」

アントワーヌはますます苛だった。

「こいつに『斜め』って意味を説明してやってくれよ」とヴァラスに大声で頼みこむ。

「『斜め』ねえ……」とヴァラスはどっちつかずにくり返す。「いくつもの意味があるからなあ」

「私の考えも同じだ」と薬屋が同意する。

「それにしたって」とアントワーヌが我慢しきれず叫び声をあげる。「ほかの線にたいして斜めの線っていうのは、ちゃんと意味があるんだよ！」

ヴァラスは正確な答えを提示しようと試みる。

「その意味とは」と口を切る。「それら二本の線はひとつの角を形成するということだ。ゼロ度でも九〇度でもない角を」

薬屋は大喜びする。

「私のいったとおりだ」と薬屋は結論する。「角ができるということは、真っ直ぐではないということだ」

「これほどばかなやつには会ったことがないな」とアントワーヌ。

「そうか、おれはもっといいやつを知ってるぞ……あのな……」

酔っぱらいがテーブルから立ちあがり、話に割りこもうとする。だが、ちゃんと立っていられないので、すぐにヴァラスの隣に座りこむ。舌がもつれないように、ゆっくりとしゃべる。

「こんな動物、なあんだ？　朝に親殺しをして……」

「とうとう、こんな阿呆までしゃしゃり出てきたぞ」とアントワーヌが大声でさえぎる。「お前なんかにゃ、斜めの線が何かなんて分からんだろうが、ええ？」

「ご機嫌斜めみたいだな、あんた」と酔っぱらいは猫撫で声でいう。「でも、なぞなぞを出してるのは、おれなんだ。古い仲間のためにとびきりのを出してやろう……」

ふたりの論敵は新たな味方を求めてカウンターのほうへ行ってしまう。ヴァラスは酔っぱらいに背を向けるが、それでも酔っぱらいはうれしそうな口調で熱意をこめて続ける。

「こんな動物、なあんだ？　朝に親殺しをして、昼に近親相姦をして、夜に盲になるものは？」

カウンターでは全員を巻きこんで議論になっているが、五人の男が同時にしゃべっているので、ヴァラスには切れぎれの言葉しか理解できない。

「それじゃあ」と酔っぱらいはしつこく続ける。「分からないのか？　そんなに難しくないけどな。朝に親殺し、昼に盲……いや、違う……朝に盲、昼に近親相姦、夜に親殺し。どうだ？　そんな動物はなあんだ？」

　幸い主人が空になったグラスを片づけに来る。

「今夜もあの部屋を借りたいんだが」とヴァラスは主人に声をかける。

「ついでに一杯おごってくれるとさ」酔っぱらいがつけ加える。

だが、その提言を相手にする者は誰もいない。

「ほう、あんたは聾か？」と酔っぱらい。「おい、兄弟！　昼に聾で、夜、盲になるものは？」

「静かにしろ」と主人が命じる。

「それで、朝にはびっこを引くんだ」と酔っぱらいはいきなり真面目な口調で最後の文句を締めくくった。

「静かにしろといってるんだ」

「でも、悪いことは何もしてないぞ。なぞなぞを出してるだけだ」

　主人は布巾でテーブルを拭いた。

「そのなぞなぞがうるさいんだよ」

ヴァラスは出ていく。なすべき仕事がたしかにあったという理由以上に、なぞなぞを仕掛ける男にうんざりして店をあとにしたのだ。

寒い夜で疲れていたにもかかわらず、ヴァラスは歩きたかった。今日一日あちこちから拾いあつめた様々な情報の断片をひとつにまとめたいと思う。庭の鉄柵の前を通ったとき、あれ以来、人の住まなくなった邸のほうに目を上げる。通りの向かい側に住むバクス夫人の窓には明かりが点いている。

「おい！　待ってくれないか？　おい！　兄弟！」

酔っぱらいが追いかけてくる。

「おい、そこの！　おいったら！」

ヴァラスは足を速める。

「ちょっと待ってくれよ！　なあ！」

上機嫌な声はしだいに遠ざかっていく。

「おい、そこの、そんなに急ぐなって！……おい！……そんなに速く行くなよ！……おい！……おい！……おい！……」

2

右手の四本の指の上に左手の四本の指が重ねられ、その短いぽってりとした八本の指がたがいに触れあったまま、そっと左右に行き来をくり返している。

左手の親指は右手の親指の爪を、最初はやさしく、ついで徐々に力を入れてこする。ほかの指は位置をいれ替え、左手の四本の指の背が右手の四本の指の腹の下に入り、強く摩擦しあう。指はたがいに重なりあい、絡みあい、よじれあう。その動きは速さを増し、複雑になり、しだいに不規則になり、やがてあまりにでたらめになるので、もはや見分けられるのは、指の骨と掌のうごめきだけになる。

「入りたまえ」とローラン署長が返事をする。

両手の指を大きく開き、机の上に平らに置く。受付係が手紙をもってくる。

「署長殿、守衛室の扉の下にこれが差しこんでありました。『大至急』、それに『親展』と書かれてあります」

ローランは受付係の差しだす黄色い封筒を受けとる。鉛筆で書かれた上書きはほとんど読めないくらい薄い。「親展。署長殿。大至急」

「守衛はこの手紙をもってきた者の顔を見なかったのか？」

「見ることができませんでした、署長殿。扉の下にあるのを見つけただけです。すでに一五分か、それ以上前からそこにあったと思われます」

「よろしい。ご苦労だった」

受付係が出ていくと、ローランは封筒を触ってみた。かなり固い紙片が入っているようだ。ローランは封筒を電気の光に近づけ、透かして見ようとした。何も異常なものは見えない。ペーパーナイフで開けようと決心する。

なかにあったのは絵葉書で、ルイ一三世様式まがいの小さな邸が写っていた。邸は、郊外の陰鬱そうな長い道と、おそらく運河べりにある非常に広い通りの交差する角に立っている。その裏には、同じく鉛筆で次の一文だけが記されている。「今夜七時半に会いましょう」。女性の筆跡だ。署名はない。

警察には、毎日、この種の書簡——中傷、脅迫、告発等の匿名の手紙——が届き、それらの多くは文章が書けなかったり、頭がおかしかったりする者が送ってくるため、ほとんど意味不明である。この絵葉書の文章は簡単明瞭さで際だっていた。待ちあわせの場所は書かれていないが、写真に写っている通りの交差する場所なのだろう――ともかく、そのように想像できる。もしローランがこの場所を知っていれば、指定の時刻に一、二名の警官を送るだろう。しかし、大がかりな捜査をするには及ばない。そうしたところで――せいぜい――密輸した五キロほどの嗅ぎ煙草を陸揚げする漁船か何かをつかまえるのが関の山だ。

とはいえ、こうした軽微な犯罪はそれを発見した警官によってきちんと実際に処罰されなければならない。小規模な密輸入の多くが、そのわずかな分け前にあずかる警官たちの目こぼしで見逃されていることを署長もよく知っている。警官の絶対的非妥協が要請されるのは、重大な法律侵害があった場合だけなのだ。逆に、犯罪の規模が極小だった場合には、警官の行動をどうするかは考慮の余地がある……しかし、たとえば、ヴァラスが署長に説明したような政治組織が警官たちに働きかけた場合は……幸い、まだそんな問題はもちあがっていない。

ローラン署長は電話を取り、首都を呼びだした。はっきりさせておかねばならない。

中央の関係機関だけがその情報を明らかにすることができる——もう死体解剖が済んだとすれば。

電話はかなり早く通じたが、何度も部署から部署へと盥回《たらいまわ》しにされて、責任者をつかまえることができない。首都への死体の送致を命じる手紙に署名した局長は、法医学課に尋ねてみるように、といった。ところが、そこでは何も分からない。次々にある課から別の課へと電話がつなげられ、ようやく警視総監室に通じ、そこで誰か——正確には誰か分からない——が質問を聞こうといってくれた。

「ダニエル・デュポンを殺害した銃弾はどのくらいの距離から発射されたのですか?」

「ちょっと待ってください。そのままで」

様々な雑音が混じり、かなり長く待たされたあと、ついに返事がかえってきた。

「七・六五ミリ口径の弾丸で、発射されたのは正面から、約四メートルの距離です」

人からいわれたことをくり返すだけの、まったく何の証明にもならない回答だった。

つづいてローランはまたもやヴァラスの訪問を受けた。

特別捜査官は何も話すことがないように見える。どこへ行けばいいか分からないので、ここへ戻ってきたかのようだ。貿易商のマルシャが逃げてしまったこと、ジュアール医師と会見したこと、デュポン教授の前夫人を訪ねたことを物語った。署長はジュアールと関わりをもつたびに胡散臭《うさんくさ》いやつだと思っていたが、今回の医師の行動も十分に怪しかった。また、デュポンと離婚した妻が何も知らないことは、誰にとっても明白だった。ヴァラスは、文具店の主人である彼女が飾りつけた奇妙なショーウィンドーのことを語り、さきほど受付係がもってきた絵葉書をポケットから取りだしたので、ローラン署長は仰天した。

そして、机の上の、未知の女性が送ってきた絵葉書に手を伸ばす。たしかに同じものだ。署長はヴァラスに絵葉書の裏に書かれた文句を読ませる。

3

その情景の舞台はポンペイふうの都市だ――もっと細かくいうなら、長方形の広場で、その奥は寺院（あるいは劇場か、その種の建物）が占め、ほかの三方にはもっと規模の小さな建造物があり、それらの間に舗石《ほせき》を敷きつめた広い道路が通っている。この情景が何に由来するのか、ヴァラスにはもはや分からない。ヴァラスは――あるときは広場の真ん中で――あるときは石段、それもひどく長い石段の上で――人々に話しかけている。その人々は、初めは確かな個性をもってそれぞれ独立していたのだが、いまやたがいに見分けることができない。ヴァラス自身は明らかな役割をもっていて、それはきわめて重要らしい、たぶん公的な役割だ。そして、記憶は突然、ひどく鮮明になる。ほんの一瞬のあいだ、すべての情景が極端な濃密さをもって浮かびあがる。だが、これはいったい何の情景だろう？　その瞬間、自分がこう口に出しているのが聞こえる。

「では、これはずいぶん前に起こったことなのか？」

たちまちすべてが消えうせる。参会者たち、石段、寺院、長方形の広場、広場の建造物。かつてそんなものをヴァラスは見たことがなかった。

それらに代わって現れるのは、濃い褐色の髪をした若い娘の愛らしい顔――ヴィクトル・ユゴー通りの文具店の女主人と、喉を鳴らす軽い笑い声のこだま。しかし、その顔つきは生真面目だ。

ヴァラスと母親はようやく奥が袋小路になったあの運河にやって来る。低い家々が日を浴びて、その古びた正面を緑色の水に映している。ヴァラスたちが探していたのは、親族の女性ではなかった。それは親族の男で、よく知らない人物だった。ヴァラスはその男に会ったことがなかったし、その日も――結局――会えなかった。それはヴァラスの父親だった。そのことをどうして忘れてしまったのだろう?

ヴァラスは町のなかを、行きあたりばったりに、うろつき回る。夜の空気は湿って冷たい。昼のあいだも一日じゅう、空は黄色く、低く、靄《もや》がかかっている――雪空だ――が、雪は降らず、一一月のような霧が立ちこめている。今年は冬が早い。

街頭の明かりは赤茶けた光の輪を作るだけで、通行人が道に迷わないようにするのがせいぜいだ。道路を渡るときによほど注意しないと、歩道の縁石に足をぶつけてしまう。

商店がもっとたくさんある界隈でも、よその町から来たヴァラスはショーウィンドーの照明があまりに貧弱なことに驚いた。米や安物の石鹼《せっけん》を売るのに客の目を引く必要はないということだろう。この地方にはアクセサリーを売る店などほとんどないのだ。

　ヴァラスは、ところ狭しと品物が積まれた埃っぽい店に入る。だが、商品の小売店というより、品物の保管を目的としているらしい。店のずっと奥のほうで、前掛けをした男が木箱に釘を打っている最中だった。男は釘を打つ手を止めて、ヴァラスがほしがっているのがどんな種類の消しゴムか、理解しようと努力する。ヴァラスが説明しているあいだ、それがどんなものか自分にはよく分かっているといった風情で、何度も頷いていた。それから何も返事をしないまま、店の反対側に行こうとする。だが、目的の場所に達するためには、その途中に置かれているたくさんの品物をどかさなければならない。そののちに、いくつもの引出しを次々に開けたり閉めたりして、しばらくじっと考え、脚立《きゃたつ》によじ上って、調査を再開する――が、成果は上がらない。

　男は客のところに戻ってくる。その品物はもうない。以前はあったが、もうずいぶん前のことだ――戦前からひと箱だけ残っていた。でも、最後の一個まで売れてしまったのだろう――誰かがよそへしまったのでなければ。

「ここにはあんまりたくさん物があるから、なんにも見つからなくなってしまうんですよ」

ヴァラスはふたたび夜のなかにもぐりこむ。

いっそのこと、あの淋しい邸に戻ってみようか。

ローラン署長が指摘したように、ジュアール医師の行動には怪しいところがある——その秘密の役割が何なのかはよく分からないが。あの小柄な男は医院の客間兼書庫を横切ったとき、ヴァラスの姿が目に入らないようなふりをして、近眼の眼鏡ごしにヴァラスの顔をしっかりと見ていた。ヴァラスの顔を確認するために、わざとあの部屋を通りすぎたのだ。そして、三〇分後に交わした会話のなかでも、自分の考えを述べるのに、何度もおかしな理屈をこねまわして、ヴァラスを驚かせた。心ここにあらずといった様子だったし、ときどきその場とは関係ないことを口走りさえした。

「あの男にはやましい気持ちがあるんです」とローラン署長は断言していた。

また、貿易商のマルシャとかいう男だって表に見えるほど狂っているわけではないだろう。いずれにせよ、彼の考えからすれば姿を隠すほうが安全なのだ。ジュアール医師の話のなかで、銃撃されたデュポンがコリントス通りに運ばれてきたとき、そこにマルシャがいたことへの言及がないのも変だ。むしろ逆に、ジュアールは誰の助けも借りなかったと、ことあるごとに強調していたではないか。だが、署長の話から判断すれば、デュポン教授の最期についてマルシャが語った事実がすべてでっちあげだとは考えられない。もしジュアールがなんらかの手立てで、今夜マルシャが殺されると知っていたなら、その前夜にマルシャが自分の医院にいたことをかならずや隠そうとするはずだ。しかも、ジュアールはマルシャがその事実をすでに署長に話したことを知らないのだ。

つまり、ヴァラスが局留郵便で受けとった速達は、まさにこの事件に関するものだった——そのことをヴァラスは最初から確信していたが。それは第二の殺人——今日の殺人——に関して殺し屋に送られた実行命令なのだ。第二の殺人は（この仮説を信じるなら）同じこの町で実行されるはずだ。ヴァラスが署長室で読まされた若い刑事の報告書の結論は、次の点に関しては正確だったといえよう。すなわち、ダニエル・デュポンの襲撃にはふたりの共犯者がいたということだ——局留郵便の受取人（アンドレ・VS）と、その速達の文章のなかでGという頭文字で名ざされている人物。今夜の仕事は前者がひとりで実行するのだろう。要するに、マルシャが運命の時刻よりもずっと前から待ち伏せされるのを恐れたのは正しかった——問題の速達には

「午後いっぱいかけて仕事を完了させる」との文言が見られるが、それが意味するのはこの待ち伏せのことだからだ。

残るのは、謎の人物によって守衛室の扉の下に差しこまれた署長宛ての手紙だ。犯人たちがみずから犯行の場所と時刻を警察に通報する必要があるとは考えられない。彼らの計画には、犯行の声明をおこない、可能なかぎり大きな反響を起こすという手口が含まれているものの（すでに内務省や首相官邸には組織の指導者たちが出した数通のメッセージが届いている）、この絵葉書の密告は彼らの実行計画を失敗させる可能性もある——彼らがもはや何も、誰も恐れることがないほど自分たちの力を強大だと思っているのなら話は別だが。となると、ローラン署長が彼らと通じているという疑惑も生じてくる——もちろん、そんなことは考えられないのだが。

むしろ、ローランがすっかり確信しているらしいことを認めるほうが理にかなっているだろう。つまり、あの絵葉書はマルシャが出した警告状なのだ。そのようにして、マルシャは町を出る前に、死者の邸を監視するように警察を説得するための最後の手立てを講じたのだろう。

小柄な医師の怪しい振舞い、貿易商の怯え、気送速達便に記された様々な暗示……。

こうした事実から推測できる結論はかならずしも確実なものとはいえない。それはヴァラスにも分かっている。とくに、署長に届いた絵葉書が自分の判断に影響をあたえていることは認めよう——常識的に考えて、絵葉書がこの事件の確たる証拠とは考えにくいにもかかわらず。だが、結局、ヴァラスには絵葉書の指定する場所に赴く以外の選択はなかった。いまや、いかなる手がかりも残されていない以上、この手がかりの方向を追っても、失うものは何ひとつない。ヴァラスのポケットには、家政婦の老女から渡された邸の鍵のひとつ——ガラスのはまった小さな扉の鍵——が入っている。マルシャは、ヴァラスに進むべき道を示して、逃げてしまった。今度はヴァラス自身がマルシャの役割をひき受ける番だ。奇跡が起こって誰かが自分を殺しに来るかどうか見届けてやろう。ヴァラスは拳銃をもってきてよかったと思った。

「まったく、何が起こるかわかりませんからな」とローランは皮肉たっぷりにいっていた。

夜の七時だ。

ヴァラスは庭の鉄柵の前に到着する。

あたりは闇に沈んでいる。通りにひと気はない。ヴァラスは静かに鉄柵の門を開く。なかに入り、慎重に門をぎりぎりまで押しもどすが、逃げ道を確保するため、閉めきることはしない。

たまたま夜遅く環状通りを行く通行人の注意を引いてはまずい。砂利で軋み音を立てないように、ヴァラスは芝生の上を歩く──煉瓦の縁石の上より歩きやすい。邸を右手に回りこむ。暗闇のなかに、両側の花壇に挟まれて明るく浮かぶ小道と、しっかり剪定されたニシキギの樹木の先端だけが見えている。

小さな扉にはまったガラス窓は、いまは木製の鎧戸が閉ざされている。鍵は錠前に入り、なめらかに回転した。ヴァラスは思わず空巣のような振舞いをしている自分に気づく。扉を大きく開かず、わずかな隙間からなかに身を滑りこませたのだ。鍵を抜き、そっと扉を閉める。

大きな家は静まりかえっている。

右に台所、左奥に食堂。ヴァラスは間取りをよく知っている。通り道を確かめるための明かりは必要ないだろう。だが、懐中電灯を点け、細い光の束を追って進む。玄関の敷石は黒と白で、正方形と菱形が組みあわさっている。灰色の絨毯の帯は、両側の縁にそれぞれ深紅の二本の縞が入り、階段を覆っている。
懐中電灯の光の輪のなかに、明らかにかなり古い、暗い色で描かれた小さな絵が現れる。それは悪夢の一夜だ。崩れた塔を稲光が不吉な輝きで照らしだし、その下にふたりの男が横たわっている。ひとりは王の衣裳を纏い、傍らの草叢《くさむら》に金の王冠が輝いている。もうひとりはただの村人だ。たったいま、落雷がふたりに同じ死をもたらしたのだ。

扉の把手を回そうとして、ヴァラスはやめる。もし扉の向こうで本当に殺人者が待ち伏せしていたとしたら、特別捜査官ともあろう者がそんな罠に引っかかるのはばかげている。自分は相手と顔を合わせるつもりで来たのだから、正々堂々と自分の役割を演じるべきだ。拳銃を握ろうとポケットに手を滑りこませたとき、朝から持ち歩いているふたつ目の拳銃――ダニエル・デュポンの拳銃――のことを思いだした。こちらは薬莢が詰まったままで、命を守らねばならぬときになんの役にも立たないだろう。だから、間違えてはならない。

だが、実際にはその恐れはない。デュポンの拳銃はコートの左ポケットに入っているからだ。最初に拳銃を入れたのもそこだし、鑑識から返却されたときにもそのポケットに戻したのだ。自分の拳銃とデュポンの拳銃を同時に出したことは一度もないから、二挺を混同したということはありえない。

だが、さらなる安全を期すために、ヴァラスは懐中電灯の光でそれぞれの拳銃を調べてみる。自分自身の拳銃はまちがいなく確認できた。デュポンの拳銃の引金をひいてみることにも何の不安も感じない——こちらは故障しているのだ。それをポケットに戻す動作をしかけたが、そのとき、こんなに重いものをいつまでもしょいこむ必要はないと気づく。そこで寝室に入り、ナイトテーブルの引出しの拳銃が置かれていた場所に戻しに行った。今朝、そこから家政婦の老女が拳銃を取りだすのを見た。

書斎に入ると、ヴァラスは入口の扉の枠のすぐ横にあるスイッチを押した。天井灯の電球が灯る。老家政婦は邸を出る前にすべての鎧戸を閉めていた。だから光は外から見えないだろう。

弾を装塡した銃を右手に持ち、ヴァラスは小さな書斎のなかを点検する。むろん、誰も隠れてはいない。すべてが整頓されている。刑事の報告書が指摘する崩れた本の山も家政婦が直していったのだろう。デュポン教授が数語だけ記した白い紙片は消えていた。紙挟みか、引出しのなかにでも収められたにちがいない。稜線が鋭く、角が凶器になる、ガラスのようにつるつるした溶岩の立方体は、インク壺とメモパッドのあいだに、おとなしく置かれている。椅子だけが、まるで誰かが座りに来るのを待つかのように、机からすこし引きだされていた。

ヴァラスは椅子の背もたれの後ろに立ち、入口のほうを眺める。来るかどうか疑わしい暗殺者の到着を待ち伏せるには絶好の場所だ。天井灯を消したほうがいい。そうすれば、ヴァラスは自分の姿を見られる前に、敵を見つける余裕があるだろう。

その観測場所から、ヴァラスは注意深く雑多な家具の配置を見定める。扉のところまで戻り、天井灯のスイッチを切って、暗闇のなかをもとの場所まで戻る。拳銃をもたない手を前の椅子の背もたれに置いて、自分の位置を確認する。

4

殺人犯の足どりが摑めないのは、ダニエル・デュポンが殺されたのではないからだ。だが、首尾一貫したやりかたでデュポンの自殺の経緯を再現することもできない……。石鹼で手を洗うようなローラン署長の動作がさらに速くなる……。で、もしデュポンが死んでいないとしたら？

ローランは突然、デュポンの「負傷」が不可解だったこと、地元警察が「死体」を検分できなかったこと、ジュアール医師が困惑していたことの意味を理解した。デュポンは死んでいない。そう考えれば、すべては納得がいく。

ローランは電話を取り、番号を回した。２０２の０３。

「もしもし、カフェ・デ・ザリエかね？」

「ええ、そうです」と重くもごもごした声が答える。

「ヴァラスさんと話をしたいのだが」

「ヴァラスさんはいません」声は不愉快さを隠さない。

「どこにいるか分からないかな？」

「どうしてわたしに分かると思うんです？」と声が応じる。「あの人のお守《も》りをしている訳じゃないんで」

「私は警察署長だ。君のところにヴァラスという名の客がいるね?」

「ええ、今朝、届けを出しました」と声がいう。

「そんなことじゃない。その人物が君の店にいるかと尋ねているんだ。もしかしたら部屋に戻ったんじゃないか?」

「見て来させます」声は無愛想に答え、しばらくして、いくらか満足げにこういい添えた。「誰もいません!」

「よろしい。ご主人と話したいのだが」

「主人は私です」と声が答える。

「ほう、君だったのか! デュポン教授の息子とかいう人物について、若い刑事にばかげた話をしたのは君なのか?」

「私はなんにも話しちゃいません」と声は抗議した。「私がいったのは、このバーには若い人もときどき来るけど、若い人といったって年はいろいろで——あのデュポンの息子でもおかしくない若者もいて……」

「デュポンに息子がいると刑事にいったのか?」

「いや、あの人に息子がいるかどうかなんてぜんぜん知りません! あの人は客じゃないし、たとえ客だったとしても、私には――こういっちゃなんだが――あの人が町の尻軽女相手にガキを作るのを止めることなんてできやしませんよ、旦那」。正確な事実をいうように努めて、声は急にやさしくなった。「あの刑事さんは、この店に若者が来るかと聞いたんです。私はええと答えました。一六歳以上なら法律で認められてますから。それから、刑事さんはあのデュポンに息子がいたはずだといったんです。だから私は刑事さんを喜ばせるために、そうだと答えて、その息子がいつかここに飲みに来たかもしれないって……」

「分かった。あとで署に来てもらう。だが今後、自分の言葉には注意してもらいたい。それから、もっと丁寧な態度をとるように。ヴァラスさんは帰ってくる時間はいわなかったのだね？」

沈黙が流れる。主人は電話を切ったのだ。署長の顔には、ただでは済まさないといった表情が早くも浮かんだが……そのとき、ようやく声が聞こえてきた。「今夜はここに泊まるとだけいってました」

「ご苦労。また電話する」

ローランは受話器を置き、手をこすりあわせる。自分の発見をすぐさまヴァラスに伝えたくてたまらなかった。ヴァラスのびっくり仰天を思うと、いまから笑いがこみあげてくる。電話の向こうで特別捜査官はこう教えられるのだ。「デュポンは死んではいない。ジュアール医師のところに隠れている」。

5

「車が下で待ってます」とジュアールは伝える。

デュポンは立ちあがり、すぐに出発する。旅行用の服装だ。大きなコートに片袖しか通すことができず、負傷した腕を曲げたまま包帯で巻いているので、ジュアール医師がその上からなんとかコートのボタンをはめてくれたのだ。鍔広《つばびろ》のソフト帽を額が完全に隠れるほど目深にかぶっている。誰からもデュポンだと分からないように、サングラスをかけることも承知した。病院には医療用の色つき眼鏡しかなく、眼鏡のレンズの色は片方がひどく濃いのに、もう片方はそれよりずっと薄かった――そのせいで、デュポン教授は通俗ドラマに出てくる密告者みたいな様子だった。

マルシャが土壇場になって約束した仕事を断ってきたので、デュポンみずからあの小さな邸に出かけていって、書類を取らねばならなくなった。

デュポンが医院の廊下を抜けるとき、ジュアールは誰も来ないように手を打ってあった。デュポンは無事、医院の門前に駐車した黒塗りの大型救急車に到着した。運転手の隣の席に座る――こうすれば乗り降りするのに時間もかからず都合がいい。

運転手は医院の黒い制服を身に着け、ぴかぴか光る庇《ひさし》のついた平たい帽子をかぶっている。実際には、内務大臣ロワ＝ドーゼのなかば公的なお抱えの「ボディガード」にちがいない。だが、この男はがっちりした体、物静かな態度、厳しく冷たい顔つきで、映画の殺し屋のように見えた。口もほとんど開かない。運転手が適切な人物である旨を記した大臣の手紙をデュポンに手渡し、ジュアールが車のドアを閉めるとすぐに発車した。

「まず私の家に寄ってもらいたい」とデュポンがいう。「道は教えるから。右に曲がって……。また右だ……。今度は左……。その建物を回りこんで……。ここで曲がる……。二本目の道を右……ここからは真っ直ぐだ……」

数分で環状通りに着く。デュポンはアルパントゥール通りの角で車を停めさせた。

「ここで駐車しないでくれ」と運転手に命令する。「私が来たことが分かってはまずいのだ。この辺を流しつづけるか、二、三〇〇メートル先で停めておいてくれ。きっかり三〇分経ったら戻ってきてほしい」

「承知しました。車を停めてから、ご一緒しますか？」

「ありがとう、だが、それには及ばない」

デュポンは車を降り、足早に鉄柵のほうに向かう。救急車の遠ざかる音が聞こえる。あの男は「ボディガード」ではない。もしそうだったら、付いていくといい張っただろう。外見で勘違いしたのだ。デュポンは自分の夢想癖に微笑みを洩らしていた。そもそも、あの種のボディガードが本当に存在するかどうかさえ怪しいものだ。


鉄柵の門は閉まっていなかった。錠前はずいぶん前から壊れているので、もう鍵で閉めることができなかった。だが、掛け金を下ろすことはできた。老家政婦アンナがいい加減な閉めかたをした――あるいは、アンナが家を出たあと、子供がいたずらで門を開けたのだ――子供か、浮浪者が。デュポンは石段を四段上がり、家の扉のほうはちゃんと閉まっているかどうか確かめた。銅製の大きな把手を握り、肩を当てて力をこめて強く押してみる。蝶番《ちょうつがい》がひどく固いのを知っているからだ。たしかに鍵がかかっていることを確認するため、また、使える片腕だけで慣れない動作をすることに不安もあったので、デュポンは二、三度試してみた。あまり大きな音を立てることはできなかったが、大きな扉はしっかりと錠が下ろされていた。

貿易商のマルシャにこの扉の鍵を渡したのだが、マルシャはそれを返しに来るひまもなく出発してしまった。デュポンの手元に残されたのは、ガラスのはまった小さな扉の鍵だけだ。だから裏手に回らねばならない。デュポンが足を踏みだすたび、夜のしじまのなかで砂利がかすかに軋む音を立てる。臆病者のマルシャを信用したのが間違いだった。デュポンは午後いっぱい苛々しながらマルシャの帰りを待っていたのだ。最後にはマルシャの自宅に電話したが、誰も出なかった。七時一五分前になってマルシャはようやく電話してきて、詫びを入れ、緊急の用向きで町を出なければならなくなったといった。もちろん嘘だ。怖気《おじけ》づいて逃げだしたのだ。

デュポンは小さな扉の把手を機械的に回した。扉は抵抗なく開いた。鍵がかかっていなかった。

邸のなかは暗く、静まりかえっていた。

デュポンは邪魔な眼鏡を外した。玄関の入口で立ちどまり、目下《もっか》の状況を把握しようと努める……。それではマルシャはここに来たのか？　いや、マルシャが渡されたのは表の扉の鍵だけだ……。もし家政婦のアンナが出かけなかったのだとしたら、この時間は台所にいるのだろうか……まさか……彼女がいたら廊下か階段の明かりくらいは点いているはずだ……。

デュポンは台所の扉を開ける。誰もいない。すべてが空き家みたいに片づいている。そして、窓は全部、鎧戸が閉ざされている。デュポンは玄関の照明を点ける。通りすがりに客間と食堂の明かりも入れる。たしかに誰もいない。階段を昇りはじめる。たぶん、アンナが出るときに、小さい扉の鍵をかけるのを忘れたのだ。ここ数か月、ちょっと頭がおかしくなっていたから。

二階に上がり、家政婦の部屋に入る。部屋は明らかに長い不在を予期して整頓されていた。

書斎の前まで来て、デュポンは息を止めた。きのうの夜、殺し屋がそこで待っていたのだ。

そうだ、きのうの夜も小さな扉は開いていた。殺し屋は鍵がなくても邸のなかに入れたのだ。今夜は錠前を壊さなければ入れなかったはずだが、デュポンはそんな形跡を見かけなかった。もし、今夜、殺し屋が入るのにまたしても扉が開いていたとしたら、それは老女のアンナが鍵をかけ忘れたからだ……。だが、そんな推理を重ねたところで安心できるわけではない。合鍵の束をもったプロなら、たいていの錠前はたやすく開けてしまう。誰かがこの邸に侵入し、書斎で仕事を完遂するために、昨夜と同じ場所で待っている。

客観的に見て、それが真実でないとはいえない。デュポン教授は臆病者ではないが、それでもいまになって、首都から本物のボディガードが派遣されなかったことを残念に思う。だが、必要な書類を取らずに帰ることはできない。

電話でマルシャは、ローラン署長がデュポンの暗殺を信じていないといった。自殺だと確信しているらしい。デュポンは踵《きびす》を返す。拳銃を取りに行こう。きのうの夜、病院に行くとき、ナイトテーブルの上に拳銃を置いた……。寝室に入ろうとした瞬間、ふたたび立ちどまる。待ち伏せしているのは、この部屋かもしれない。

こうして根拠のない不安が次々に浮かびあがり、教授を苛だたせる。我慢しきれなくなり、焦った動きで把手を回すが、用心して、すぐに扉を大きく開けはしない。すばやく手を滑りこませ、まず照明を点け、扉の隙間に顔をつけて、何か怪しいものが見えたら逃げだそうと身がまえる……。

だが、寝室は空っぽだ。ベッドの下にも、箪笥の陰にも、刺客などいない。唯一デュポンに見えたのは、鏡のなかの自分の顔だけだ。そこにはありありと不安が印されているが、いまとなってはお笑いぐさだ。

ただちにナイトテーブルのところに行く。大理石のテーブルの上に拳銃はない。引出しのいつもの場所に入っていた。昨夜と同じく、たぶんこれを使うことはないだろうが、何が起こるか分からない。もしきのうの夜、食堂から上がってくるときに持っていたら、きっと撃っていただろう。

教授は安全装置が外れていることを確認し、決然とした足どりで、拳銃を手に、書斎へ戻っていく。片手しか使えない——幸いにも右手だが。まず拳銃をポケットにしまい、扉をすこし開け、天井灯を点けたら、できるだけすばやく拳銃を摑むと同時に、いきなり扉を足で押しあける。このささやかな芝居は——いましがた演じた芝居と同様に無意味だろうが——演じる前からデュポンを笑わせてしまう。

だが、急がなければならない。車が戻ってきて鉄柵の前で待つことになっている。デュポンは扉の把手に手を伸ばしながら、腕時計をちらりと見る。まだ二〇分ある。ちょうど七時半だから。

ヴァラスは自分の心臓の高鳴りに気づく。窓際にいるので、車が停まり、庭の鉄柵が開き、重い足どりが砂利を軋らせる音が聞こえた。侵入者は石段の上の正面扉から入ろうとしていた。扉を押していたがうまく行かず、邸の裏に回る。それでヴァラスにはその男が貿易商のマルシャでないことが分かった。マルシャが考えなおして、死んだデュポンの書類を取りに来たわけではないのだ。それはマルシャでもなければ、マルシャ――あるいは家政婦アンナ――が寄こした代理の者でもない。この邸の鍵をもっていない誰かなのだ。

軋む足音は窓の下を通りすぎる。男は、ヴァラスがわざと開けておいた小さな扉のところに来た。扉を開けると、蝶番がかすかに軋む音がした。獲物を逃さないように、男は一階と二階のすべての部屋を見てまわる。

いまヴァラスには、書斎の扉の枠に沿って、耐えがたい緩慢さで、光の裂け目が広がっていくのが見える。

ヴァラスは殺人者が現れる場所を見すえる。明るい扉の枠のなかに、黒い人影が浮かびあがり……。

だが、男は明らかに闇に沈んだこの部屋を警戒している。手が忍びこみ、壁を探り、照明のスイッチに……。

ヴァラスは光に目が眩《くら》み、見えたのは、すばやい手が太い銃身をこちらに向け、男が発砲しようとする動きだけだ……。同時にヴァラスは床に身を投げ、引金をひいた。

6

男はばたりと前に倒れた。右腕を伸ばし、左腕は体の下で折りまげている。右手は銃把を握りしめたままだ。体はもう動かない。

ヴァラスは立ちあがる。男の死んだふりを警戒して、まだ拳銃を向けたまま用心しながら近づくが、どうしていいか分からない。

いきなり引金をひかれても当たらない場所を進みながら、男の体の反対側に回る。

相変わらず体は動かない。帽子は頭にしっかりとかぶさっている。右目はなかば閉じられ、左目は床を向いている。鼻はひしゃげてすこし絨毯にめりこんでいる。顔の見えている部分は灰色にくすんでいた。男は死んだ。

ヴァラスは苛々して、最後の慎重さを失ってしまう。身を屈め、男の手首に触り、脈を探る。男の手から重い拳銃が落ち、手を持ちあげるとぐにゃりと垂れた。脈は打っていない。男はたしかに死んだのだ。

ヴァラスは死体のポケットを探るべきだと考える（何を探すために？）。見えているのは、コートの右のポケットだけだ。手を突っこみ、色つき眼鏡を取りだした。眼鏡のレンズの色は片方がひどく濃いのに、もう片方はそれよりずっと薄かった。

「眼鏡のレンズは、右のほうが濃かったですか、それとも左ですか？」

左のレンズ……右側の。左側にある右のレンズ……。

左のレンズのほうが色が濃い。ヴァラスは眼鏡を床に置き、立ちあがる。それ以上ポケットのなかを引っかきまわす気になれない。むしろ座りたい。ひどく疲れている。

正当防衛。ヴァラスは男が自分にむかって発砲するのを見た。引金にかかった指が痙攣《けいれん》するのを見たのだ。自分がそれに反応し、発砲するまでに、かなりの時間がかかったと感じた。反射運動がさほど速くなかったことは確かだ。

だが、ヴァラスのほうが先に発砲したことは認めねばならない。自分の拳銃の発射音より前に銃声を聞かなかったからだ。もしふたつの発砲がまったく同時に起こったのだとしたら、男の弾が壁か本の背にめりこんでいる痕跡が見つかるはずだ。ヴァラスは窓のカーテンをもちあげる。窓ガラスも割れてはいない。相手は撃つひまがなかったのだ。

発砲の瞬間、ずいぶん時間がかかったように感じたのは、感覚が緊張しきっていたからにすぎない。

ヴァラスは銃身に掌を当ててみる。はっきりと熱さを感じる。死体のほうに戻り、体を屈めて、落ちた拳銃に触れる。こちらは完全に冷たい。よく見ると、コートの左の袖が空っぽだ。布地の上から腕の形を触ってみる。腕を包帯で吊っているのだろうか？「腕に軽傷」。

ローランに知らせなければならない。これから先は警察の仕事だ。死体が出てしまった以上、特別捜査官といえども単独行動は続けられない。

ローランはもう署長室にはいないはずだ。ヴァラスは腕時計を見る。七時三五分を示している。そのとき、時計が七時半で止まっていたことを思いだす。耳に当てると、かすかにチクタクいう音が聞こえる。発砲のせいでまた動きだしたのだろう——あるいは、身を投げだしたとき、床にぶつけたショックで。ヴァラスは署長室に電話をかけに行く。もし不在でも、きっと誰かが、どこに連絡すれば署長と話せるか教えてくれるだろう。ヴァラスは寝室に電話があるのを見た。

扉は開いている。寝室の明かりも点いて、ナイトテーブルの引出しが大きく開いている。そこにはもう拳銃はない。

ヴァラスは受話器を取る。電話番号、124の24。「直通ですから」。電話線の向こうで鳴る呼出し音はすぐに切れた。

「もしもし！」遠い声が答える。

「もしもし、こちらヴァラスですが……」

「ああ、よかった、ちょうど話したいと思っていたんだ。こちらはローランですよ。ひとつ発見したことがあるんです——絶対に当てられっこないことです！　ダニエル・デュポンですがね！　あいつはぜんぜん死んでなんかいない！　分かりますか？」ローランは一音一音を強調しながらくり返した。「ダニエル・デュポンは死んでいない！」

この邸の電話が通じないなんていったのは、いったいどこのどいつだ？

終幕

カフェの店内の暗がりで、主人がテーブルと椅子、灰皿、ソーダ水のサイフォンを並べている。午前六時。

主人はまだちゃんと目覚めていない。機嫌も悪い。寝不足だからだ。昨夜は錠をかけるために泊まり客の帰りを待っていた。だが、夜遅くまで起きていても意味がなかった。結局、あの忌々しいヴァラスが帰ってくるのを見ずに錠をかけ、寝ることにしたのだ。主人はヴァラスが逮捕されたと思った。警察が彼を探していたからだ。

ヴァラスはようやく今朝になって——一〇分ほど前に——疲労困憊した様子で、やつれた顔をして、足をふらつかせながら帰ってきた。「サツがあなたを探してましたよ」と扉を開けながら主人はいった。相手は驚きもせず、「ええ、知っています、どうもありがとう」とだけ答えて、真っ直ぐ部屋に上がっていった。あまりに丁寧な応対で、どこか怪しい。だが、ヴァラスが帰る時刻を六時間遅らせたのは正解だった。すでに床に就いた主人は、ヴァラスをなかに入れるために、わざわざベッドから出てきはしなかっただろうからだ。ともかく、夜中になってのこのこやって来た客を泊めるのはもうよそう。面倒が多すぎる。そんな客が厄介ごとで迷惑をかけないはずはないのだ。


主人はたったいま店の明かりを点けたところだが、すぐに背の低い男が入ってきた。身なりはみすぼらしく、帽子は手垢がつき、コートも……。きのう、同じ時刻にやって来た男だ。きのうと同じ質問をする。

「ヴァラスさんはいますか?」

客のヴァラスがこんな時間に邪魔されるのを嫌がるか、それとも、二四時間も自分を探している男と会えないことを残念がるか分からず、主人はためらった。朗報をもたらす人間の顔には見えない。

「上にいます。上がってください。二階の廊下の突きあたりの部屋です」

顔色の悪い小男は、主人が指さした店の奥の扉に向かう。男の足どりがどれほどなめらかで、どれほど自然に音を殺しているか、主人はまだ気づかなかった。

ガリナティは後ろ手に扉を閉め、狭い昇降口に立つ。そこには、反対側の扉――外の通りに面した扉――の上部のすりガラスの窓から、淡い光が差しこんでいる。目の前に階段がある。ガリナティはそちらに行かず、廊下を通って反対側の扉まで行き――音もなく扉を開いて、歩道に出る。ヴァラスは二階の部屋にいる。それが分かっただけで十分だ。

今日はヴァラスを逃がさない。あいつの移動の逐一《ちくいち》をボナに報告できるだろう。ここ数日は、たしかに上司の叱責や評価の低下に値することばかりしてきた。だからボナは木材輸出商アルベール・デュポンの暗殺の話を自分には回してくれず、昨夜は「アンドレ氏」がその任務を命ぜられたのだ。上首尾だったらしい。

だが、ガリナティ自身の仕事ぶりだって、結局のところ、思ったほど悪くはなかったのだ。ただ、犠牲者の死をきちんと確認するために死体をこの目で見るべきだった。それができなかったので、気を回しすぎたのだ。自分がデュポン教授に負わせた傷は、まちがいなく致命傷だった。

ガリナティが特別捜査官の行方を追わず、ダニエル・デュポンの死体を求めて、この町のあらゆる病院や医院を回る危険な探索に一夜を費やしたことをボナが知ったら

（遅かれ早かれ、いつものように知るだろうが）、きっと腹を立てるにちがいない。

だが、自分自身の目で死体を見たのだ。これからはあの手の過ちを犯すことはない。今後、あんなばかなまねをしてボナの信頼を損ねることはもうない。素直にボナの命令に従おう。今日は、影のようにヴァラスを尾行することだ。べつに難しいことじゃない。

それには、たいして時間もかからないだろう。ヴァラスは始発列車で町を発《た》つつもりだからだ。ヴァラスはベッドの端に腰かけ、両膝に両肘を突き、手で頭を抱えている。痛いので靴を脱ぐ。歩きすぎで足が腫《は》れていた。

昨夜、ちゃんと眠らなかったので疲れきっていた。ローラン署長はただちに事件の指揮をとり、立派な仕事ぶりを見せつけた。そのローランのあとに付いて、あらゆる場所を回ったのだ。夜の訪問を続けるうち、ヴァラスは車のなかで何度も居眠りに落ちた。逆にローランは、なくなった死体を手に入れてからというもの、すっかり調子をとり戻していた。ヴァラスが思ってもみなかった行動力を発揮した――とりわけ、百万長者の輸出商の殺害を知った午後八時半以降は。

ヴァラスにはもう何の仕事もなかった。帰るようにいわれなかったので残っていただけだ。
〈特別捜査局〉に電話すると、ファビユス自身が出た。ヴァラスは仕事の報告を済ませ、前の部局に戻してもらえないかと聞いた。機先を制したのだ。なにしろこんな不始末をしでかしたあとでは、この微妙な立場での仕事にはとどまれないだろう。この町の検事局はもはやヴァラスを必要とはしていないので、朝のうちに首都に帰るほかあるまい。

極限的な疲労のなかで、失われた一日の断片がなおも次々にヴァラスを苦しめにやって来る。「……それから、もしあのとき、あのことを考えていれば……もしあのとき……」ヴァラスは苛だたしげに頭を振って、そうした妄念を追いはらう。いまとなってはもう遅すぎる。

四三かける一一四。四かける三は一二。四かける四が一六。一六たす一で一七。それに四三。もいちど四三。で二。七たす三は一〇。四たす三は七。七たす一は八。八たす一は九。それから四だ。四九〇二。ほかの解答はありえない。「四九〇二……。よくないな、君。面積が四九平方センチか。すくなくとも五〇はないといけないのだ」

たった一平方センチ——このわずかな空間が足りない。

ほんの二ミリは余分にあるが、それではどうにもならない。最後のほんの二ミリ。二平方ミリの夢……。足りない。運河の青緑色の水がかさを増し、花崗岩の河岸《かし》を越えてあふれだし、街路に広がり、町じゅうに怪物と泥を撒きちらし……。

ヴァラスは立ちあがる。このままじっとしていたら、本当に眠りこんでしまうだろう。上着の内ポケットから櫛《くし》を取りだそうとするが、動作がぎこちないため、櫛のケースをつまもうとして、財布を落としてしまい、そこから紙片が数枚、飛びだす。身分証明書が昔のヴァラスの顔を見せている。ヴァラスは洗面台に近づき、鏡のなかの自分の顔を見て、写真と比べる。睡眠不足のせいで顔つきが老けて見え、写真の顔と似ていた。それなら、この写真を変える必要もあるまい。また口髭を生やせばいい。ヴァラスの額はいわゆる「卑しい《バ》」額ではなく、単に髪の生え際が「低い《バ》」だけだ。

財布に証明書類を戻したとき、列車の切符の復路用の半券がないことに気づいた。ベッド近くの床に落ちていないかと見まわし、さらにもう一度財布のなかを探した。きのう、財布のなかに切符を見たことを思いだす。金を出すときに落としたにちがいない。あの切符はこの町に到着した正確な時刻を示す唯一の証拠でもあった。

電話に出たファビユスは、ヴァラスが恐れていた悲観的な反応は示さなかった。というか、自分の部下の話を半分も聞いていなかった。局長は新たな事件に着手していたのだ。それは次の犯罪、今夜、首都で起こるはずの——少なくともファビユスはそう考えていた——犯罪だった。

ヴァラスは髭を剃りはじめる。文具店の女主人の喉を鳴らす笑い声が聞こえてくる——挑発的というより苛立たしい笑い声。

「私は行かなければ……」

「みんなが夢中になることもある、何がなんでも殺人犯を見つけだそうとして……」殺人犯を見つけだそうとして夢中になるが、犯罪は起こっていなかった。見つけだそうとして夢中になり……「……はるか遠い場所を探るが、じつは、手を伸ばして自分自身の胸に当ててみればいいのに……」。この言葉はいったいどこで聞いたのだろう?

これは文具店の女主人の笑い声ではない。騒音が聞こえてくるのは階下からだ——おそらくカフェの店内からだろう。

アントワーヌは自分の冗談をとても気に入っていた。左右を見まわして、聞いた者がみんな面白がっているかどうか確かめた。薬屋ひとりがくすりとも笑わず、こういっただけだった。

「ばかばかしい。なぜ一〇月に雪が降っちゃいけないんだ」

だが、ちょうどそのとき、アントワーヌは船員の片割れが読んでいる新聞にある見出しを見つけて叫んだ。

「ほら、おれのいったとおりだ！」

「ほら？　おれのいったとおりだって？」と薬屋が尋ねる。

「おい、ご主人、おれのいったとおりだ！　死んだのはアルベール・デュポンなんだ！　だから見てみろよ、そいつはアルベール・デュポンって名前で、たしかに死んだんだ！」

アントワーヌは船員の手から新聞を取りあげ、カウンターごしに差しだした。主人は黙って問題の記事を読みはじめる。「普段の夜と同じく徒歩で自宅に帰り……」

「だからさ」とアントワーヌ。「おれが正しかっただろ？」

主人は答えない。冷静に読みつづける。ほかの客は早すぎる冬についての議論を再開する。アントワーヌは苛々してくり返す。

「どうだい？」

「どうだいって」と主人。「喜ぶ前に記事を最後まで読んだほうがいい。きのうの記事と同じ事件のことじゃないんだ。これはきのうの晩の話だ。だから、きのうの記事はおとといの事件のことなんだ。それに、この男は銃で撃たれたんじゃない。車に撥《は》ねられて歩道の端で死んだ。『……軽トラックの運転手は方向を変えると港方面に逃走し……』。だから、ばかなことをいってないで読んでみろ。きのうと今日をごっちゃにしちゃいけない」

主人は新聞を返し、空のグラスを集めて、洗おうとする。

「まさかあんたは」とアントワーヌ。「毎晩、デュポンって名前のやつが殺されてるっていうんじゃないだろうな」

「この世に同じ名の人間はごまんといる……」酔っぱらいがもったいぶった調子で始める……。

ヴァラスは髭を剃りおえると、下に降りて熱いコーヒーを一杯飲もうと思った。この時間なら用意ができているだろう。店に入って最初に見かけたのは、なぞなぞ好きの男だった。昨夜、ヴァラスはなぞなぞの文句を思いだそうとして、できなかった。

「こんな動物、なあんだ？　朝は……」

「おはよう」と酔っぱらいは満足そうな微笑みを浮かべて挨拶する。

「おはよう」とヴァラスも答える。「ご主人、ブラックコーヒーを一杯ください」

しばらくして、ヴァラスがテーブル席でコーヒーを飲んでいると、酔っぱらいが近づいてきて、話を始めたそうな様子を見せた。ついにヴァラスのほうから尋ねる。

「ええと、きのうのなぞなぞはなんだったっけ？　こんな動物……」

喜んだ酔っぱらいはヴァラスの向かいに座り、思いだそうとする。こんな動物……。

突然、酔っぱらいは顔を輝かす。片目をつぶってみせ、ひどく意地悪そうな表情を浮かべていう。

「こんな動物、なあんだ？　色は黒、空を飛び、六本足」

「ちがうな」とヴァラス。「それじゃない」

布巾でひと拭き。主人は肩をすくめる。まったく暇な人間もあったものだ。

だが、主人は泊まり客がみずから進んで愛想よく振舞おうとするのを信用しない。

ブルジョワは人にいえない理由でもないかぎり、こんな安宿には泊まらない。金を節約したいというのなら、部屋を借りておきながら、ひと晩じゅう留守にするなんてはずがない。それに、きのうの夜、なぜ警察署長はこの男と話したいといったのだろう?

「主人は私です」

「ほう、君だったのか! デュポン教授の息子とかいう人物について、若い刑事にばかげた話をしたのは君なのか?」

「私はなんにも話しちゃいません。私がいったのは、このバーには若い人もときどき来るけど、若い人といったって年はいろいろで——あのデュポンの息子でもおかしくない若者もいて……」

「デュポンに息子がいると刑事にいったのか?」

「いや、あの人に息子がいるかどうかなんてぜんぜん知りません!」

「よろしい。ご主人と話したいのだが」

「主人は私です」

「ほう、君だったのか! 教授の息子とかいう人物についてばかげた話をしたのは君なのか?」

「私はなんにも話しちゃいません」

「デュポンに息子がいるといったのか?」

「いや、あの人に息子がいるかどうかなんてぜんぜん知りません。私がいったのは、このバーにはいろいろな齢の若い人が来るってことだけです」

「あのばかげた話をしたのは君なのか、それとも主人なのか?」

「主人は私です!」

「君なのか、若い人がばかげた話を、教授がカウンターに?」

「主人は私です!」

「よろしい。私はとてもほしい息子が、ずいぶん昔に、いわゆる若い娘が奇妙な死にかたをして……」

「主人は私です。主人は私です。主人は私、主人は……主人は……主人……」

水槽の濁った水のなかを、いくつかの影が通りすぎる、こっそりと。主人はその場でじっとしたままだ。大きく広げて突っぱった両腕でがっしりした上体を支え、手でカウンターの縁を掴み、まるで脅すように頭を傾け、唇をわずかに歪めて、目は虚ろだ。主人のまわりで親しい亡霊たちがワルツを踊る、輪を描きながらランプシェードにぶつかる蛾のように、日光に浮かぶ埃のように、海をさまよう小舟のように、波のまにまに小舟は揺らす、壊れやすい積荷、古い樽、死んだ魚、滑車とロープを、ブイにパンのかけら、ナイフ、そして人間たちを。

解説

『消しゴム』は、アラン・ロブ=グリエが一九五三年に発表した最初の長篇小説です。二〇世紀を揺るがす〈ヌーヴォー・ロマン〉の文学革命はこの一作から始まったといって過言ではありません。

〈ヌーヴォー・ロマン〉とは「新しい小説」を意味するフランス語で、この流派に属するとされる作家には、ロブ=グリエを筆頭に、ナタリー・サロート、クロード・シモン、ミシェル・ビュトール、マルグリット・デュラスなどがいます。

このなかでナタリー・サロートだけは一九三九年に『トロピスム』を書いて早いデビューを果たしていますが、まったく評判になりませんでした。〈ヌーヴォー・ロマン〉という言葉がこの流派を指して使われるようになるのは、ロブ=グリエの活躍する一九五〇年代後半のことです。サロートの『トロピスム』も〈ヌーヴォー・ロマン〉隆盛の勢いに乗ってエディシオン・ド・ミニュイ（深夜出版）社から一九五七年に復刊されますが、このサロート復権の立役者は、ロブ＝グリエでした。当時、ロブ＝グリエはエディシオン・ド・ミニュイ社で文芸顧問を務め、出版作品選定の助言をしていたからです。

いま名前を挙げた〈ヌーヴォー・ロマン〉の作家たちは、共通する文学思想や運動で結びついていたわけではありません。しかし、一九世紀に完成されたリアリズム小説の約束事にことごとく根源的な疑問を突きつけるという挑発的かつ実験的姿勢が一致しています。また、彼らの主著（そして〈ヌーヴォー・ロマン〉の先駆者とされるサミュエル・ベケットの作品）の大半がエディシオン・ド・ミニュイ社から出版されているという共通点もあります。この出版社の社長であるジェローム・ランドンと親しく、文芸顧問をしていたロブ＝グリエは、実践的にも〈ヌーヴォー・ロマン〉を支援する活動家だったわけです。

さらに、ロブ＝グリエは批評家としても過去の小説をきびしく批判するエッセーをいくつも発表し、それらの過激な評論はのちに『新しい小説（ヌーヴォー・ロマン）のために』（一九六三年）という書物にまとめられます。こうしてロブ＝グリエは理論面においてもこの流派の颯爽たる旗手として活躍しました。

そのうえ、一九六〇年代に入るとロブ゠グリエは映画づくりにも乗りだし、倒錯的なエロスの幻想を描きだす諸作でスキャンダルをひき起こします。そんなわけで、処女作『消しゴム』の出版以降、ロブ゠グリエは世界文学と映画芸術の最前線に立ちつつ、〈ヌーヴォー・ロマン〉の革命を推進する文化的ヒーローだったのです。

それでは、「最初のヌーヴォー・ロマン」といわれる『消しゴム』のどんなところが新しかったのでしょうか？

『消しゴム』が出版された一九五三年当時、フランス文学を主導していたのは、ジャン゠ポール・サルトルとアルベール・カミュでした。いわゆる「実存主義」の二大作家です。サルトルとカミュは『消しゴム』出版の前年に激しい論争をして決裂しますし、この二つの巨大な個性を一緒にして「実存主義」を説明することはたいへん難しいことです。しかし、サルトルの著作に『実存主義はヒューマニズム（人間主義）である』（邦題『実存主義とは何か』）というタイトルの講演録があるように、サルトルは、そしてカミュも、世界の不条理や理不尽に反抗する人間の自由への意志を信じていました。彼らは人間存在の価値を疑ったことは一度もなかったでしょう。

ところが、一九五〇年代から六〇年代にかけて、近代以降、自明の至上価値と見なされてきた〈人間〉を疑う思想的潮流がフランスで起こりつつありました。「構造主義」と呼ばれる思想です。

「構造主義」を支えた人々は、歴史的に進歩する人間という考えを批判してサルトルと論争したクロード・レヴィ＝ストロースも、人間という概念そのものが近代に入って捏造されたものにすぎないと断じ「人間の消滅」を予言したミシェル・フーコーも、文学作品の背後に作家という人間を見ることを拒否したロラン・バルトも、人間主体がじつは脆弱な作りものにすぎないと喝破したジャック・ラカンも、そろって近代的な人間中心主義の考えに根源的な批判をおこなっています。

こうした文化人類学や歴史哲学や文芸批評や精神分析を貫いて流れる巨大な潮流に、小説創作の世界で呼応していた作家が、ロブ＝グリエでした。そして、その姿勢をこの上なく明白に打ちだしたのが、彼の処女作『消しゴム』だったのです。

『消しゴム』の出版された一九五三年は、ロラン・バルトの『零度のエクリチュール』が出版された年でもあります。そこでバルトは、人間的な主観にすぎないものを客観的な制度のように装う文章のありかたを徹底的に批判しています。『消しゴム』のロブ＝グリエがおこなったのも、まさにそうした制度化した文章で書かれる小説の否定でした。

　しかし、バルトが人間的な主観性に汚染されない真っ白な無垢の文体、すなわち「零度のエクリチュール」なるものを夢想したのに対し、実作者としてそんな文章が不可能なことを知り尽しているロブ=グリエは、既存の制度化した小説の構造や文体と戯れながら、これを内部から解体する道を選びます。ロブ=グリエの作品がしばしば伝統的小説のパロディのように見えるのはそのためです。

　この視点から『消しゴム』という作品を具体的に検証してみることにしましょう。この小説の裏表紙には、作者自身による（と思われる）短い解説が付されていました。まずはその全文を訳してみます。

「ここに記されるのは、簡潔で、正確で、重大な事件だ。すなわち、ひとりの男の死である。この事件は推理小説的な性格をもっている。つまり、殺人者と、探偵と、被害者が登場する。彼らの役割は、ある意味で型どおりだともいえる。殺人者が被害者を銃で撃ち、探偵が問題を解決し、被害者が死亡する。しかし、彼らを結びつける関係は、いったん最終章が終ったときそう見えるほど単純なものではない。というのは、この書物はまさに、ピストルが発射されてから被害者が死ぬまでに経過した二四時間の物語だからである。この小説が語るのは、銃弾が三、四メートルの距離を通過するのに必要とした時間——すなわち〈余分の〉二四時間なのだ」

いささか分かりにくい文章かもしれませんが、『消しゴム』を読了したのちにもう一度読みかえせば、その意味は明白になるはずです。いずれにしても、『消しゴム』は「推理小説的な性格」（それもほとんどパロディ的な特質）を備えていて、ガストン・ルルーの『黄色い部屋の謎』やアガサ・クリスティの『アクロイド殺し』と共通するところがあるといえば、勘のいい読者は『消しゴム』のトリックを見抜くかもしれません。

とはいえ、『消しゴム』の推理小説的性格は、エドガー・アラン・ポー以来、畸形的な発達を遂げた近代的ミステリーの作法に由来するというよりも、もっとはるかに古い演劇を直接の発想源にしています。それは史上最初の推理ドラマといわれるギリシア悲劇『オイディプス王』です。

そもそも『消しゴム』の冒頭にはエピグラフとして、「すべてを見張る時間が、お前の意に染まぬ解答を出した」というソポクレスの一句が引用されています。これは『オイディプス王』の終幕近く、先王の殺人事件の捜査を指揮したオイディプス自身が先王の殺人者だったことが分かったのち、コロス（合唱隊）が発する台詞なのです。ここに『消しゴム』の物語を発想させた出発点があることは明らかです。

また、『消しゴム』の随所にオイディプスのドラマを連想させる細部が仕込まれていることが見てとれます（ただし、オイディプスという固有名詞はまったく出てきません）。冒頭のエピグラフのほか、スフィンクスがオイディプスに問いかけるなぞが何度も引用されますし、小説の舞台となる港町の運河にはスフィンクスを思わせる「伝説上の動物」のような模様が浮かんでいます。また、ガリナティという名の殺し屋が泊まるホテルの暖炉の上には『オイディプス王』に登場する盲目の予言者テイレシアスらしき彫像が置かれていますし、オイディプスの故郷と同じコリントス（フランス語の発音は「コラント」）という名前の通りも出てきます。さらに、一昼夜、町じゅうを歩きつづけた主人公ヴァラスの足はラストで腫れてしまいますが、ギリシア語でオイディプスとは「腫れた足」という意味です。そして、『オイディプス王』は息子による父殺しのドラマですが、『消しゴム』のデュポン教授を殺害したのも彼の息子であるという推理が作中で語られています。こうした事実を最初に体系的に指摘したのは、シカゴ大学教授のフランス文学者、ブルース・モリセットが著した『ロブ=グリエの小説』(一九六三年、エディシオン・ド・ミニュイ刊)でした。

なぜロブ=グリエがこんなに手のこんだやり方で『オイディプス王』を小説の下敷きにしたのかといえば、それが人間の自由意志に対する皮肉な運命の復讐のドラマだからでしょう。どれほど人間がみずからの強靭な精神と意志の自由を誇示しようとも、運命の力には逆らえない。つまり、『オイディプス王』というギリシア悲劇は、実存主義的な人間観の対極に位置するものなのです。

サルトルやカミュは人間を主体的存在として描きだしました。不条理な世界を相手にして自由意志をもって戦いに挑む人々です(たとえその戦いが敗北に終わるにしても)。

しかし、ロブ=グリエはそのような楽天的な人間理解を信用していません。人間はすでにできあがった台本にのっとって行動する演劇の登場人物、あるいはむしろ、舞台の上で踊らされるあやつり人形のようなものだと考えていたのではないでしょうか。それが証拠に『消しゴム』にはギリシア悲劇と同じプロローグ(序幕、前口上)とエピローグ(終幕、納め口上)が置かれています。そして、プロローグで最初に登場するカフェの主人はまだ人間というより機械的な存在にすぎず、カフェの「舞台装置」

が整い、「照明」が入ると、ようやく物語は動きはじめるのです。『消しゴム』では、リアルな人間らしい人間を描くという配慮は初めから放棄されているわけです。

それでは、この小説で人間に代わって重要な位置を占めているものは何か？　といえば、それは「物」です。さきほど、ロブ゠グリエは主体としての人間を信じていないと申しあげましたが、「主体」とはフランス語で sujet（シュジェ）といい、その反対語の「客体」は objet（オブジェ）です。「オブジェ」は同時に「物」を意味しています。つまり、ロブ゠グリエの小説では、近代小説においてシュジェ（主体）だったはずの人間がオブジェ（客体＝物）になってしまったのだといえるかもしれません。

ロブ゠グリエの小説における「物《オブジェ》」の重要性を主張したのは、「対物的文学《オブジェクティフ》」（一九五四年）というロラン・バルトの評論でした。その主張を簡単に要約してみましょう。

……ロブ゠グリエの小説の描写は、真実をめざす伝統的なリアリズムとはまったく異質なものである。リアリズム文学は物の描写を欲望や好悪といった人間的反応で裏打ちするが、ロブ゠グリエの物には機能も実質もなく、彼のエクリチュール（文章）には人間的な深みや厚みはない。それはひたすら表層的なもので、対物レンズで物を見るように純粋な視覚によって組織されている。

ロブ＝グリエの物の描写でいちばん有名なのは、『消しゴム』に出てくるレストランの四つ切りトマトの描写でしょう。そこではトマトという物の描写に徹することで、かえって物の具体的な手ごたえは消えてしまい、視覚的な表層、抽象的な絵柄、構造的な模様だけが残っているような気分にさせられます。

……このように描かれる物はもっぱら空間的存在であって、伝統的リアリズム文学が描いてきた物の変化という時間的性質を欠如させている。そのため、『消しゴム』に表象される時間も、不可逆的な変化を引きおこす直線的な時間ではなく、出発点からふたたび出発点に還る循環的時間になっている。

時間的特質に関してバルトの議論を補足しておくと、『消しゴム』が「二四時間の物語」だという作者自身による解説を思いだすべきでしょう。この小説の出来事は午後七時半に始まり、翌日の午後七時半に終わります。そして、この小説が終わったのちも、まったく同質の出来事が二四時間のサイクルで繰り返されることが作中で示唆されているのです。バルトがいうとおり、これは「循環的時間」の物語です。さらに意味深いことは、主人公ヴァラスの時計が七時半で止まっていることです。つまり、この時間は循環的というよりも、人間的変化や歴史的進展を欠いた、死んでいる時間なのかもしれません。

……文学は何世紀にもわたって深さを描く芸術形式だった。バルザックやゾラは社会的な深さを、フロベールは心理的な深さを、プルーストは記憶の深さを描き、つねに人間や社会の内面を扱ってきた。しかし、ロブ＝グリエは人間と環境の表層を描き、目に見えない内面を特権化することなく、対物レンズをとおすごとく、目に見える物だけを描きだすのだ。

バルトの文章はそのように終わるのですが、なぜこのように物への執着が特権化されるのかという点についてはまったく触れられていません。そんなことをすれば、物を描くことが作家の内面と関係づけられて人間的な理由で説明されてしまう恐れがあるからでしょう。バルトはロブ＝グリエを「事物主義者」と呼びましたが、ロブ＝グリエ文学のそうした特色を市場経済に覆いつくされた世界の反映だと考えたのが、社会学者のリュシアン・ゴルドマンでした（『小説社会学』、一九六四年）。

ゴルドマンによれば、人間が重要性を失って消滅に向かい、それに比して事物がより現実的、自立的、活動的になるのは資本主義市場経済の支配する世界の必然的ななりゆきです。これをマルクスは物＝商品のフェティシズム（物神崇拝）と呼びました。市場経済においては、あらゆる物が金銭にしていくらになるかという価値で測られ、その価値によって、物が人間にとっての有用性をこえて、自立した存在と見なされるようになります。ロブ＝グリエの小説は、人間が受動的存在となって消滅に瀕し、一方、物が自立的に活動し社会を構成するような世界を映しだす鏡だというわけです。なかなか見事な説明ではありますが、ロブ＝グリエの小説がそのような世界の反映から出発して、どのように独自な文学世界を作りだしているかについては語られていません。マルクス主義的反映論の限界ということになるでしょう。

さて、表題の「消しゴム」とはどういう意味でしょうか。作中で主人公のヴァラスは執拗に自分が欲しい消しゴムを文具店などで求めますが、彼の希望は果たされません。「消しゴム」とは、この社会でけっして満たされることのない人間的な欲望とその挫折の比喩という解釈が可能です。あるいは、物にあふれる世界のとりたてて意味をもたない物だから、小説のタイトルは「消しゴム」でも、「四つ切りトマト」でも、何でもよかったのかもしれません。

ゴルドマンは、この小説が殺人の失敗という事件で始まりながら、様々な紆余曲折を経て、結局、殺人の成就という当初予定された目的に落ちつく物語であることに着目します。この物語が描くとおり、人間と人間、人間と事物の関係を機械的メカニズムが支配する世界では、メカニカルな自動調整作用が働いて、人間的な錯誤や個人の特性をあっさり消しさってしまうのです。そうした社会的な消去の作用が「消しゴム」なのだとゴルドマンは解釈しています。

いっぽう、『ロブ＝グリエの小説』のブルース・モリセットは、ヴァラス＝オイディプスが探偵として殺人事件を追いながら、最後に自分が殺人事件の犯人になるという自己否定のドラマを重視します。自分の役割を消しさり、それとともに自分自身もすり減り、すり切れて消えていくという行為そのものが、「消しゴム」なのだと語っています。

ともあれ、『消しゴム』とともに小説の新しい地平が開かれ、それに呼応して上がった多くの声が〈ヌーヴォー・ロマン〉という文学の革命をおし進めていきました。そして、小説の方法意識や実験精神は尖鋭化の一途をたどりました。ロブ゠グリエ自身も小説の第三作『嫉妬』あたりまでは、小説の方法意識を研ぎすますことで、小説を変革することが可能だと信じていたように思われます。

しかし、小説の抽象的な方法を重視して、具体的な物語内容をなおざりにする傾向からは、早くも読者を真に説得するような小説が生まれにくくなっていきます。ちょうどそのころ、ロブ゠グリエはアラン・レネの映画『去年マリエンバートで』の脚本執筆を担当したことをきっかけに、映画製作の道に踏みだします。そして、最初の長篇映画『不滅の女』(一九六三年)を完成させます。『消しゴム』の発表からちょうど一〇年経っていました。

言語の生みだすイメージがつねに読者の意識のなかで不確定なゆらぎをもつ小説と違って、映画は観客に固定したイメージしか提示できません。そのため、ロブ゠グリエは映画においては紋切型と化したイメージと積極的に戯れることを恐れません。そうして、通常の物語や出来事の意味を脱線させ、制度化された芸術世界にひびを入れるというやりかたをいっそう明快なものにしていきました。むろん小説と映画の創作をいっしょにすることはできませんが、そうした手法を追求した結果、もともと小説に備わっていたパロディ的な性格が映画では強まり、それが小説に逆流するというかたちで、ロブ゠グリエの小説世界を複雑化し、豊かに彩るようになりました。

そのようにして小説と映画の二重の創作活動によって一九七〇年代を横断したロブ゠グリエは、一九八〇年代から九〇年代にかけて、その名も「ロマネスク」三部作という自伝的フィクションの連作、『戻ってくる鏡』『アンジェリックもしくは蠱惑』『コラント伯爵の最後の日々』（コラントはCorinthe、すなわち、オイディプスの故郷と同名）を発表します。あれほど伝統的な小説《ロマン》を否定したロブ゠グリエが「いかにも小説らしい《ロマネスクな》」小説を発表するとは！　しかし、もちろんこれは単なるリアリズム小説への回帰ではありません。伝統的な小説の富を自分なりに自由に処理できるようになったという自信の表れでしょう。

そうした融通無碍《ゆうずうむげ》な境地に入り、二一世紀になってロブ゠グリエが発表した『反復』（二〇〇一年）という小説では、主要な登場人物の名前をダニー・フォン・ブリュッケとしています。これは『消しゴム』で殺人事件の被害者となるダニエル・デュポンのドイツ語化にほかなりません（von Brücke も Dupont も「橋から」という同じ意味）。そして、『反復』は『消しゴム』の物語の反復という側面を確かにもっているのです。『反復』の邦訳者の平岡篤頼氏がいうとおり、「ロブ=グリエは五十年かけて一周して、またもとの出発点に回帰した」（『反復』訳者あとがき）といえるかもしれません。要するに、すべては『消しゴム』から始まったのです。

最後にロブ=グリエの小説がその後の文学にあたえた影響について触れておきます。まず、本作『消しゴム』に限っていうならば、世界の多くの小説に、間接的な影響というか、着想のヒントをあたえたといえるでしょう。なぜなら、〈ヌーヴォー・ロマン〉という小説の方法の根源的な変革の出発点になっただけでなく、「謎解きを宙吊りにする謎解きミステリー」というパターンをほとんど完璧なかたちで実現したからです。多くの現代作家が、純文学とエンタテインメントの区別なく、このパターンを使って現代を描く試みに挑みました。なかでも日本における最高傑作として安部公房の『燃えつきた地図』（一九六七年）が挙げられるでしょうし、世界的に評判になったポール・オースターの『ガラスの街』『幽霊たち』『鍵のかかった部屋』の三部作（一九八五〜八六年）などは、『消しゴム』の先例がなければ書きえなかった小説といえるでしょう。

本国フランスに目を転じると、エディシオン・ド・ミニュイ社からほとんどの作品を出版している人気作家ジャン＝フィリップ・トゥーサンがロブ＝グリエの大ファンで、その小説から影響を受けたと公言しています。トゥーサンは日本に招かれたおりも、ロブ＝グリエの評論を題材にして東京大学で講義をおこないました。トゥーサンのクールな情景描写には、確かに「視線派」と呼ばれた初期のロブ＝グリエのスタイルの影響を見ることができそうです。

また、ロブ＝グリエの影響は欧米のニューウェーヴSFにも及んでいて、なかでもブライアン・オールディスの『世界Aの報告書』は、オールディス自身が語っているとおり、ロブ＝グリエに範をとった過剰なまでの外面描写を実践しています（おそらくその描写の徹底性ゆえに、一九六二年に完成されながら一九六八年まで出版社を見つけることができませんでした）。

日本文学に関しては、影響関係とは違いますが、筒井康隆が『虚人たち』（一九八一年）以降におこなった小説記述の実験と、虚構内の時間および虚構の自意識というテーマは、ロブ゠グリエと共通する問題意識に貫かれていて、東西の文学的最前衛のあいだに生まれたコレスポンダンス（照応関係）に感動させられます。

また、アトランダムに名前を挙げるならば、倉橋由美子（この作家はビュトールそっくりの二人称小説『暗い旅』を書いたことでも知られますが）、後藤明生、高橋源一郎、保坂和志といった作家たちにはロブ゠グリエの文学を通過した痕跡が見られると思います。

かくのごとく、一見、孤立した前衛的実験のように見えるロブ゠グリエの小説ですが、世界文学の広がりのなかに確かな軌跡を描きだし、ほかの小説家たちの試みとつながっています。ロブ゠グリエの小説空間は、彼が死んだいまもけっして閉ざされてはおらず、世界文学の現在と生々しく触れあっていると断言しておきましょう。

ロブ゠グリエ年譜

一九二二年
八月一八日、ブルターニュ半島の先端に位置する軍港都市ブレストで生まれる。父はガストン・ロブ゠グリエ、母はイヴォンヌ。一歳年上の姉としてアンヌ゠リーズがいる。一家はまもなくパリに移り住む。

一九二八年　六歳
パリ、一四区の公立小学校に入学（〜一九三三年）。

一九三三年　一一歳
パリ、ビュフォン校に入学（〜一九三九年）。

一九四〇年　一八歳
パリ、サン゠ルイ校のグランド・ゼコール入学準備学級に入学（〜一九四二年）。グランド・ゼコールは、一般の大学とは異なる国立の高等教育機関で、厳しい入学試験を通った学生が集まる名門校の総称。

一九四二年　二〇歳
グランド・ゼコールの一つである国立農学院に入学。当時のパリはナチス・ドイツ軍に占領されていた。

一九四三年　二一歳
ドイツ軍に徴用されてニュルンベルクに送られ、戦車工場の旋盤研削工として強制労働に従事する。
一九四五年　二三歳
国立統計経済研究所に就職し、「短期経済動向研究」誌の編集に携わる。
一九四八年　二六歳
国立統計経済研究所を辞め、セーヌ＝エ＝マルヌ県にある人工授精センターに勤務（～一九四九年）。このとき初めての長篇小説『弑逆者《しぎゃくしゃ》』を書き、原稿をガリマール社にもちこむが、ガストン・ガリマール本人からの「読者はいないでしょう」という丁重な手紙によって出版を拒否される。
一九四九年　二七歳
植民地果実柑橘類研究所に技師として就職。バナナ農場監督官としてアフリカのモロッコ、ギニア、仏領のグアドループ、マルティニークに滞在する。
一九五一年　二九歳
マルティニークで発病し、フランスに帰国する船中で『消しゴム』を書きはじめる。植民地果実柑橘類研究所を辞し、両親の暮らすパリの住居の上階の部屋で『消しゴム』の執筆に打ちこむ。夏にトルコ旅行。このとき、のちに妻となるカトリーヌ・ルスタキアンと出会う。完成した『消しゴム』をエディシオン・ド・ミニュイ社にもちこみ、社長のジェローム・ランドンと意気投合する。二人の友情にみちた協力関係は二〇〇一年のランドンの死（享年七五）まで続く。

一九五三年　　三一歳
『消しゴム』をエディシオン・ド・ミニュイ社より刊行。以後、ロブ＝グリエの主な著作のほとんどが同社から出版される。

一九五四年　　三二歳
『消しゴム』がフェネオン賞を受賞。ロラン・バルトが批評文「対物的文学《オブジェクティフ》」で『消しゴム』を論じる（「クリティック」誌に発表）。このためロブ＝グリエは新たな文学の旗手として著名になる。

一九五五年　　三三歳
エディシオン・ド・ミニュイ社で原稿審査の担当を始め、まもなくランドン社長の文芸顧問となり、この仕事を三〇年間続ける。長篇小説『覗くひと』を刊行。『覗くひと』がジョルジュ・バタイユ、モーリス・ブランショ、ジャン・ポーランの支持を受けて、批評家賞を受賞。評論「今日の文学」を「エクスプレス」誌で連載し、批評家としても活動を始める。

一九五七年　　三五歳
長篇小説『嫉妬』を刊行。カトリーヌ・ルスタキアンと結婚。彼女はこの前年にジャン・ド・ベルグの筆名で『イマージュ』という高踏的ポルノ小説を発表し、発禁処分を受けた（のちに『イマージュ』はアメリカのラドリー・メツガー監督により見事なハードコア・ポルノ映画となる)。ロブ=グリエは『イマージュ』にポーリーヌ・レアージュ(『O嬢の物語』の筆者名)という偽名で序文を寄せている。また、カトリーヌはBDSM(Bondage-Discipline, Domination-Soumission, Sado-Masochisme＝緊縛懲罰・支配隷属・サドマゾヒズム)と呼ばれる世界でも名を上げ、SMパーティを主催する女主人となる。この趣味を彼女に手ほどきしたのは夫だといわれる。

一九五九年　三七歳

長篇小説『迷路のなかで』を刊行。

一九六〇年　三八歳

アラン・レネ監督『去年マリエンバートで』のためにオリジナル脚本を執筆。

一九六一年　三九歳

日仏合作映画『涙なきフランス人』(市川崑監督、大映製作)のために脚本を執筆。大映の招きで日本にむけて旅立つが、経由地ハンブルク空港で飛行機が爆発炎上。九死に一生を得たロブ=グリエ夫妻は、その後も旅を続行し、日本に到着。映画の打ちあわせのかたわら日本各地を旅行する(結局、製作は中止)。日本からの帰路、香港に寄り、小説『快楽の館』のアイデアを得る。ついで、妻カトリーヌの父方の家族が暮らすテヘランに赴く。『去年マリエンバートで』がヴェネツィア国際映画祭で金獅子賞受賞。『去年マリエンバートで』の脚本を「シネロマン」として出版。

一九六二年　四〇歳
唯一の短篇集『スナップ・ショット』を刊行。初めて中南米に赴き、ヌーヴォー・ロマンのための講演旅行。

一九六三年　四一歳
初めて、映画『不滅の女』を監督し、イスタンブールでロケを敢行。同作は商業的には失敗するが、ルイ・デリュック賞を受賞。『不滅の女』の脚本をシネロマンとして出版。批評集『新しい小説のために』を刊行。

一九六四年　四二歳
アメリカに行き、五〇の大学を巡る大規模な講演旅行をおこなう。

一九六五年　四三歳
長篇小説『快楽の館』を刊行。カンヌ国際映画祭で審査員を務める（審査委員長はエリザベス・テイラー）。

一九六六年　四四歳
映画『ヨーロッパ横断特急』を監督し、公開。

一九六七年　四五歳
映画『嘘をつく男』を監督し、翌年公開。

一九六九年　四七歳
長篇映画第四作で初めてのカラー作品である『エデンその後』を監督し、その後の映画の基調となるエロティックな幻想を展開してみせる。公開は一九七一年になる。

一九七〇年　**四八歳**

長篇小説『ニューヨーク革命計画』を刊行。デヴィッド・ハミルトンの写真集『乙女たちの夢』に文章を寄せる。

一九七一年　**四九歳**

来仏した横尾忠則と会い、一緒に画文集を作る計画が進むが、結局実現せず。

一九七二年　**五〇歳**

テレビ用に映画『Nが賽を手にした』を製作。これは『エデンその後』で撮影した素材を違う編集でまとめた作品。最初は放映中止となるが、一九七五年に放映される。ニューヨーク大学で自分の小説と映画をテーマにして連続講義をおこなう。以後、一九九七年まで、一年おきに同大学で講義を続ける。デヴィッド・ハミルトンの写真集にふたたび文章を寄せる（『ハミルトンの令嬢たち』）。

一九七四年　**五二歳**

映画『快楽の漸進的横滑り』（アニセ・アルヴィナ主演）を監督し、公開。ミシュレの『魔女』から着想を得て、サディスティックな色彩の強い性的ファンタジーを繰り広げたため、フランスではフェミニストに非難され、イタリアでは風俗紊乱《びんらん》的ポルノとして上映禁止になる。『快楽の漸進的横滑り』の脚本をシネロマンとして出版。

一九七五年　**五三歳**

映画『危険な戯れ』を監督し、公開。

ふたたびお気に入りの女優アニセ・アルヴィナを起用して、サド的エロティシズムの幻想を描きだす。ポール・デルヴォーの銅版画とロブ゠グリエの文章を組みあわせた合作『女神ヴァナデに捧げる廃墟の寺院の建立』を刊行。スリジー゠ラ゠サルで一〇日間に及ぶシンポジウム「ロブ゠グリエ——分析、理論」が開かれ、ロブ゠グリエ自身も参加する。

一九七六年　五四歳

小説『幻影都市のトポロジー』を刊行。ルネ・マグリットの絵をあしらった画文集『囚われの美女』を刊行。

一九七七年　五五歳

イリナ・イオネスコの写真集『鏡の寺院』に文章を寄せる。

一九七八年　五六歳

小説『黄金の三角形の思い出』と幻の処女作『弑逆者』を同時刊行。ロサンゼルスのカリフォルニア大学で講義。ロバート・ラウシェンバーグの石版画とロブ゠グリエの文章を組みあわせた合作『表面化したいかがわしい痕跡』をアメリカの美術館で展示し、大型のオリジナル画文集として刊行。東京のアテネ・フランセでの「ロブ゠グリエ映画祭」のために来日。エディシオン・デュ・スイユ社が「永遠の作家」叢書において『彼自身によるロブ゠グリエ』を一九七九年に刊行すると予告。この刊行は中止されたが、のちの自伝的フィクション「ロマネスク」三部作の執筆につながっていく。

一九八〇年　五八歳
ブリュッセル大学の文芸社会学研究所長に就任（〜一九八七年）。

一九八一年　五九歳
アメリカ人学生向けに練習問題つきの中級フランス語教科書として小説『ランデヴー』を刊行。『ランデヴー』にプロローグとエピローグを加え、フランスで『ジン──ずれた舗石のあいだの赤い穴』として刊行。

一九八二年　六〇歳
映画『囚われの美女』を監督し、翌年公開。

一九八五年　六三歳
東京で開かれた「国際ペン大会」で講演するため来日。自伝的フィクションというべき「ロマネスク」三部作の第一巻『戻ってくる鏡』を刊行。

一九八六年　六四歳
ヴェネツィア国際映画祭で審査委員長を務める。

一九八八年　六六歳
「ロマネスク」の第二巻『アンジェリックもしくは蠱惑』を刊行。

一九九四年　七二歳
「ロマネスク」の第三巻『コラント伯爵の最後の日々』を刊行し、自伝的フィクションの三部作を完結させる。

一九九五年　七三歳
映画『狂気を呼ぶ音』をディミトリ・

ド・クレールと共同監督し、公開。

一九九六年　七四歳
来日し、NHKのテレビ番組に出演したり、東京日仏学院で講演したりする。

一九九八年　七六歳
中国語版ロブ＝グリエ全集の刊行を機に中国旅行。

二〇〇〇年　七八歳
プルースト原作、ラウル・ルイス監督の映画『見出された時』に作家エドモン・ド・ゴンクールの役で出演。

二〇〇一年　七九歳
小説『反復』を刊行。エッセーやインタビューを集成した『旅人』を刊行。

二〇〇二年　八〇歳
シネロマン『あなたを呼ぶのはグラディーヴァ』を刊行。

二〇〇四年　八二歳
アカデミー・フランセーズの会員に選出される。

二〇〇六年　八四歳
映画『あなたを呼ぶのはグラディーヴァ』を監督し、ヴェネツィア国際映画祭に出品。フランス公開は翌年（DVD邦題は『グラディーヴァ　マラケシュの裸婦』）。

二〇〇七年　八五歳
小説『ある感傷的な小説』を刊行。

二〇〇八年
二月一八日、心臓発作で死去。享年八五。

訳者あとがき

『消しゴム』は小説の世界に革命を起こした作品です。それまで主流だった近代リアリズム小説の制度を転覆させて……と、こういった文学的、思想的意義については、本書の解説ですこしくわしく述べてみました。しかし、あの解説を読んだだけでは、『消しゴム』はなんだかとんでもなく高踏的、難解な本に感じられるかもしれません。あるいは、重苦しい人間中心主義の圧制を破砕した熱いロマンのように思えるかもしれません。しかし、『消しゴム』が小説に革命をもたらしたといっても、その革命はぜんぜんホットで破壊的なものではなく、むしろきわめてクールなものなのです。

そのことを説明するのに、ちょっとたとえ話をさせてください。ジャズの話です。ジャズは生まれてから一〇〇年すこし経った芸術形式ですが、主流となるスタイルを次々に変えていったことで知られています。とくに大きな変化は一九四〇年代に起こりました。それ以前のジャズ界の最大のスターは白人のベニー・グッドマンで、整然とした美しいアンサンブルでオーケストラを操り、「スイング」といわれる洗練されたダンス用の音楽を流行させました。

しかし、そのあまりに整ったサウンドに反抗したのが、チャーリー・パーカーを筆頭とする「ビ・バップ」と呼ばれるスタイルのジャズメンたちです。彼らにとって重要なのは、美しく人工的に構築されたサウンドではなく、体からほとばしるようなアドリブ、熱い人間のエモーションをじかに伝える音楽でした。そして、彼らの激しい即興演奏によってジャズの風景は一気に塗りかえられました。ジャズはビ・バップによって世界でいちばんホットな音楽になったのです。

しかし、ビ・バップもまた当初の自然発生的な肉体性を失い、みんなが同じような音の流れを作るようになります。いくら自分の身体からじかにホットな音を出そうと思っても、決まりきったいかにもビ・バップ的な音しか出てこなくなります。

こうした制度化したサウンドを打ちやぶるために、ふたたび革命が必要になります。しかし、今度の革命はクールでなければなりませんでした。人間的エモーションの吐露によってお上品なスイングを否定したビ・バップに対して、ホットなエモーションの垂れ流しを警戒し、サウンドをできるだけ精緻に組みあげて、これまで紋切型になった音の流れを周到に避ける配慮が必要になるからです。このクールな革命に成功したミュージシャンがマイルス・デイヴィスでした。彼が吹きこんだ一連のレコードはのちにアルバムにまとめられて、いみじくも『クールの誕生』というタイトルがつけられました。

この対比を小説の世界に移すと、実存主義とヌーヴォー・ロマンになるでしょう。人間の自由を求めてホットに戦った小説がサルトルやカミュの作品であるとするなら、ロブ゠グリエの『消しゴム』は彼らの熱く鬱陶しい人間中心の思いこみを排して、世界の実相をクールに描きだそうとしたのです。

ジャズの革命と文学の革命は時期的にも重なりあっています。一九四〇年代がビ・バップと実存主義の時代であったのに対し、五〇年代初めにマイルスとロブ゠グリエのクールの革命が起こります。

人間精神のエネルギーを無条件で讃美するような実存主義とビ・バップに対して、マイルスとロブ゠グリエは物理的な素材（音／言葉）を精緻に構築する道を選びました。マイルスは編曲を重視して音の新鮮なアンサンブルを紡ぎだしましたし、ロブ゠グリエは小説の構造を細分化して、ほとんど人工的なパズルのように組みたてました……。

ジャズと小説のアナロジーはここで終わりにしますが、芸術のありようにはホットとクールがあって、両者はしばしばがらりといれ替わること、『消しゴム』が小説の革命であるとしても、それはクールの革命であるということが分かっていただけたと思います。

さて、物語をパズルのように構成する『消しゴム』という小説において決定的に変化したものは、時間のありようでした。

伝統的なリアリズム小説では時間は不可逆的に過去から未来にむかって流れます。また、事件が生起する時間と、その事件を物語る時間はできるだけ自然に一致していることが理想とされます。物語の語り手はまるで事件の現場にいあわせたかのように時間を追って順序よく事件を語ることが望ましいのです。

しかし、『消しゴム』では事件の時間と語りの時間に大きなズレが導入されています。小説の冒頭を見てみましょう。最初に登場するのは、主人公格の探偵でも殺人者でも被害者でもなく、カフェの主人です。カフェの主人は、昨夜自分の店に来て電話を借りた老女から、その夜の七時半に起きた銃撃事件の話を聞くのです。つまり、彼は事件の当事者どころか目撃者ですらないのです。しかも、この小説が始まるのは、この主人がカフェを開く翌日の午前六時からであり、主人の語りは前夜の七時半の事件とほぼ半日ずれて事件を追いかけることになるのです。

とはいえ、この事件の時間と語りの時間のズレはけっして安定して持続しません。なぜなら、語り手はまもなくガリナティという殺し屋に移り、ガリナティの現在形の経験として事件が語られるからです。つまり、現在形で語られていながら、この経験は過去の出来事なのです。

そう、この点も重要です。伝統的な小説はいま起こりつつある出来事をなぜか過去形で語るのが普通ですが、『消しゴム』は過去の出来事も現在の出来事と区別なく、基本的に現在形で語っていくのです。もちろん、現在形で語られていても、それが過去の出来事なのか、現在時の語りなのかは、内容で区別がつきます。日本語訳ではすべて現在形で訳すことはできず、現在形と過去形を混ぜこぜにして文章を整えるほかないのですが、それでも現在と過去が分からなくなることはありません。とはいえ、時間の遠近感覚は攪乱されて、現在の時間と過去の時間が平板な表面上でパッチワークのようになっている印象に捉えられます。

さらに、この小説は事件の時間と語りの時間のあいだをたえず行き来するだけでなく、事件の時間を生きる人物も、語りの現在時を生きる人物も複数いるばかりか、その二つの時間にまたがって生きている人物もいて、それらの人物のあいだで、視点と語りが次々にリレーされていくのです。こうして、事件の時間も、現在の語りの時間も、ことごとく細分化されてしまいます。

しかし、ここからが作者の構成の腕の見せどころです。このように細分化された時間と語りを精妙に組みあわせ、織りなすことで、大きな〈時〉の流れが存在すると読者に錯覚させるのです。つまり、作者は同じ出来事を見る者の視点を変えて、何度も繰り返し物語ることによって、孤立したパズルのピースが大きな〈時〉の流れのなかで、あるべき場所を指示されてぴったりと嵌りあっていくように感じさせるのです。

しかし、そのようにして示唆される大きな〈時〉の流れというのは、じつは幻影にすぎません。というのも、作者は同じように見える出来事や事物を反復して描きながら、きわめて微細な部分に差異を忍びこませているからです。『消しゴム』に書かれている言葉は、同じ出来事や事物を描くように見えたとしても、すべて精妙な計算ずくでそこに差異が忍びこまされていて、ここに起こった出来事の同一性と差異の判定は最終的には宙吊りにされてしまうのです。

例を挙げれば、文具店のショーウィンドーに展示された画家のマネキンや、被害者デュポン教授の書斎に置かれた鉱物質の物体や、怪しい工作者の男が着るかぎ裂きのあるレインコートなど、記憶に残る重要な小道具がありますが、これらは出てくるたびにすこしずつ違っているような印象を受けます。いちいちの細部に恐るべき細かい技巧的差異が施されているからです。

ですから、これを翻訳する者としても、そうした同一性と差異の戯れをつねに意識しながら訳語を決定することを強いられました。けっして難しい言葉で書かれている小説ではありませんが、ロブ゠グリエがいたるところに仕掛けた事件と人物と事物の同一性と差異をめぐる罠を見逃さないようにして一語一語訳していく作業には当初予想した以上の心労がついて回りました。

『消しゴム』という小説の精密機械のように複雑な構成、小説の革命という離れ業をけっして力まずになし遂げたクールな魅力、上出来のミステリーのような面白さは、当たり前の話ですが、すべて言葉をコントロールする技術から来ています。その言葉の技術を日本語という外国語に移すことは、じつにスリリングな体験でした。読者のみなさまにそのスリルをいくぶんでも感じていただければ、これに過ぎる幸いはありません。

翻訳に関しては、光文社古典新訳文庫のスタッフのいつもながらの献身的なご助力に感謝の言葉もありません。訳文はスタッフとの共同作業を経ることでさらなる精妙さと正確さにむかって進化したと実感しています。小都一郎さん、駒井稔さん、今野哲男さん、本当にどうもありがとうございました。

この本の372～373ページにかけて、「盲」「聾」という語が用いられている箇所があります。これらは視覚障害者、聴覚障害者に対する差別的表現であり、現代では絶対にこのように用いるべきではありませんが、この部分は作者が登場人物の野卑な性格を象徴的に表現した部分でもあります。編集部では本作の文学的価値に鑑み、原文に忠実に翻訳することにいたしました。ご理解のほど、よろしくお願い申し上げます。

編集部

kobunsha classics
光文社古典新訳文庫

消《け》しゴム

著者 ロブ=グリエ
訳者 中条《ちゅうじょう》省平《しょうへい》

2013年8月20日 初版第1刷発行

発行者 駒井 稔
印刷 萩原印刷
製本 ナショナル製本

発行所 株式会社光文社
〒112-8011東京都文京区音羽1-16-6
電話 03(5395)8162(編集部)
03(5395)8113(書籍販売部)
03(5395)8125(業務部)
www.kobunsha.com

ISBN978-4-334-75275-0 Printed in Japan

いま、息をしている言葉で、もういちど古典を

長い年月をかけて世界中で読み継がれてきたのが古典です。奥の深い味わいある作品ばかりがそろっており、この「古典の森」に分け入ることは人生のもっとも大きな喜びであることに異論のある人はいないはずです。しかしながら、こんなに豊饒で魅力に満ちた古典を、なぜわたしたちはこれほどまで疎んじてきたのでしょうか。

ひとつには古臭い教養主義からの逃走だったのかもしれません。真面目に文学や思想を論じることは、ある種の権威化であるという思いから、その呪縛から逃れるために、教養そのものを否定しすぎてしまったのではないでしょうか。

いま、時代は大きな転換期を迎えています。まれに見るスピードで歴史が動いていくのを多くの人々が実感していると思います。

こんな時わたしたちを支え、導いてくれるものが古典なのです。「いま、息をしている言葉で」――光文社の古典新訳文庫は、さまよえる現代人の心の奥底まで届くような言葉で、古典を現代に蘇らせることを意図して創刊されました。気取らず、自由に、心の赴くままに、気軽に手に取って楽しめる古典作品を、新訳という光のもとに読者に届けていくこと。それがこの文庫の使命だとわたしたちは考えています。

このシリーズについてのご意見、ご感想、ご要望をハガキ、手紙、メール等で翻訳編集部までお寄せください。今後の企画の参考にさせていただきます。
メール　info@kotensinyaku.jp

光文社古典新訳文庫　好評既刊

花のノートルダム
ジュネ
中条 省平 訳

都市の最底辺をさまよう犯罪者、同性愛者たちを神話的に描き、〈悪〉を〈聖なるもの〉に変えたジュネのデビュー作。超絶技巧の比喩を駆使した最高傑作が明解な訳文で甦る！

マダム・エドワルダ／目玉の話
バタイユ
中条 省平 訳

私が出会った娼婦との戦慄に満ちた一夜の体験「マダム・エドワルダ」。球体への異様な嗜好を持つ少年と少女「目玉の話」。三島由紀夫が絶賛したエロチックな作品集。

肉体の悪魔
ラディゲ
中条 省平 訳

パリの学校に通う十五歳の「僕」と十九歳の美しい人妻マルト。二人は年齢の差を超えて愛し合うが、マルトの妊娠が判明したことから、二人の愛は破滅の道を…。

恐るべき子供たち
コクトー
中条 省平
中条 志穂 訳

十四歳のポールは、姉エリザベートと「ふたりだけの部屋」に住んでいる。ポールが憧れるダルジュロスとそっくりの少女アガートが登場し、子供たちの夢幻的な暮らしが始まる。

愚者《あほ》が出てくる、城寨《おしろ》が見える
マンシェット
中条 省平 訳

大金持ちの企業家アルトグの甥であるペテールの世話係となったジュリー。ペテールとともにギャングに誘拐されるが、殺人と破壊の限りを尽くして逃亡する。暗黒小説の最高傑作！

光文社古典新訳文庫　好評既刊

失われた時を求めて 1〜3
第一篇「スワン家のほうへ Ⅰ〜Ⅱ」
第二篇「花咲く乙女たちのかげに Ⅰ」

プルースト
高遠 弘美 訳

深い思索と感覚的表現のみごとさで二十世紀文学の最高峰と評される大作がついに登場！豊潤な訳文で、プルーストのみずみずしい世界が甦る、個人全訳の決定版！〈全14巻〉

消え去ったアルベルチーヌ

プルースト
高遠 弘美 訳

二十世紀最高の文学と評される『失われた時を求めて』の第六篇。著者が死の直前に大幅改編し、その遺志がもっとも生かされている〝最終版〟を本邦初訳！

うたかたの日々

ヴィアン
野崎 歓 訳

青年コランは美しいクロエと恋に落ち、結婚する。しかしクロエは肺の中に睡蓮が生長する奇妙な病気にかかってしまう……。二十世紀「伝説の作品」が鮮烈な新訳で甦る！

ちいさな王子

サン＝テグジュペリ
野崎 歓 訳

砂漠に不時着した飛行士のぼくの前に現われた不思議な少年。ヒツジの絵を描いてとせがまれる。小さな星からやってきた、その王子と交流がはじまる。やがて永遠の別れが…。

女の一生

モーパッサン
永田 千奈 訳

男爵家の一人娘に生まれ何不自由なく育ったジャンヌ。彼女にとって夢が次々と実現していくのが人生であるはずだったのだが……。過酷な現実を生きる女性をリアルに描いた傑作。

光文社古典新訳文庫　好評既刊

オペラ座の怪人
ガストン・ルルー
平岡　敦　訳

パリのオペラ座の舞台裏で道具係が謎の縊死体で発見された。次々と起こる奇怪な事件に、迷宮のようなオペラ座に棲みつく「怪人」の関与が囁かれる。フランスを代表する怪奇ミステリー。

すばらしい新世界
オルダス・ハクスリー
黒原　敏行　訳

西暦2540年。人間の工場生産と条件付け教育、フリーセックスの奨励、快楽薬の配給で、人類は不満と無縁の安定社会を築いていたが、未開社会から来たジョンは、世界に疑問を抱く。

人間和声
ブラックウッド
南條　竹則　訳

いかにも曰くつきの求人に応募した主人公が訪れたのは、人里離れた屋敷だった。荘厳な神秘主義とお化け屋敷を訪れるような怪奇趣味が混ざり合ったブラックウッドの傑作長篇!

ご遺体
イーヴリン・ウォー
小林　章夫　訳

ペット葬儀社勤務のデニスは、ハリウッドで評判の葬儀社〈囁きの園〉を訪れ、コスメ係と恋に落ちるが、腕利き遺体処理師も彼女の気を引いていた。ブラック・ユーモアが光る中編佳作。

読書について
ショーペンハウアー
鈴木　芳子　訳

「読書とは自分の頭ではなく、他人の頭で考えること」……。読書の達人であり一流の文章家ショーペンハウアーが繰り出す、痛烈かつ辛辣なアフォリズム。読書好きな方に贈る知的読書法。

★続刊

饗宴　プラトン／中澤 務・訳

なぜ男は女を求め、女は男を求めるのか？　愛の神エロスとは何なのか？　悲劇詩人アガトンの入賞を祝う飲み会に集まったソクラテスほか6人の才人たちが、即席でエロスを賛美する演説を披瀝しあう。プラトンの最高傑作が生き生きと甦る！

地底旅行　ヴェルヌ／高野 優・訳

謎の暗号文を苦心のすえ解読したリーデンブロック教授と助手のアクセル。二人は寡黙なガイド、ハンスとともに地球の中心へと旅に出た。前人未到の地底世界を驚異的な想像力で自由自在に活写したヴェルヌの最高傑作を躍動感あふれる新訳で。

ヘンリー・ライクロフトの私記　ギッシング／池 央耿・訳

四季折々の美に満ちた南イングランドの田園風景の中で、自然の息吹を感じ、古典を読み耽り、思索をめぐらす生活。隠居した紳士がその日々の感懐を思いのままに書き綴る。著者自身を大いに投影した極上のエッセイ風小説を、極上の新訳で。